BASTEI
LÜBBE

DIANA PALMER

Süßer Rausch der Sinnlichkeit

Roman

Ins Deutsche übertragen
von Bettina Albrod

BASTEI
LÜBBE

BASTEI LÜBBE TASCHENBUCH
Band 18 256

1. Auflage: August 2000

Vollständige Taschenbuchausgabe

Bastei Lübbe Taschenbücher
ist ein Imprint der
Verlagsgruppe Lübbe

Deutsche Erstveröffentlichung
Titel der amerikanischen Originalausgabe: Magnolia

Lektorat: Martina Sahler / Katharina Geppert
Titelillustration: Richard Newton / Agentur Schlück
Umschlaggestaltung: QuadroGrafik, Bensberg
Satz: KCS GmbH, Buchholz/Hamburg
Druck und Verarbeitung: 52174
Société Nouvelle Firmin Didot
Mesnil-sur-l'Estrée, Frankreich
Printed in France

ISBN 3-404-18256-1

Sie finden uns im Internet unter
http://www.luebbe.de

Der Preis dieses Bandes versteht sich einschließlich der gesetzlichen Mehrwertsteuer

In Liebe für Russ und Carole McIntire

1

1900

Die Straßen von Atlanta waren durch den Regen aufgeweicht, und die Kutschengäule stemmten sich in die Stränge, um ihre Last die Peachtree Street hochzuziehen. Claire Lang sah ihnen dabei zu und wünschte, sie hätte das Geld, um sich eine Kutsche nach Hause mieten zu können, rund fünf Meilen entfernt. Der dumme Buggy war gegen einen Stein gefahren und hatte sich die Achse gebrochen, was ihre finanzielle Situation nur noch verschlimmerte. Will Lang war so ungeduldig gewesen, das Autoteil in die Finger zu bekommen, das er sich aus Detroit bestellt hatte, daß Claire den Buggy genommen hatte, um es für ihren Onkel von der Bahnstation abzuholen. Der Buggy war alt und in schlechtem Zustand, und statt aufzupassen, wo sie hinfuhr, hatte Claire nach ersten Anzeichen für den Herbst in den herrlichen Ahorn- und Walnußbäumen Ausschau gehalten.

Sie mußte irgendwie zu dem Bekleidungsgeschäft ihres Freundes Kenny gelangen – vielleicht hatte er ja Zeit, sie nach Colbyville zu fahren, wo ihr Onkel lebte.

Claire betrachtete den Schlamm, der an ihren Schnürstiefeln und am Saum ihres Kleides klebte, und sie zog eine Grimasse. Das dunkelblaue Kleid mit dem weißen Mieder und dem Spitzenkragen war nagelneu. Mantel und Schirm hatten den Regen ansonsten von ihr abgehalten, und der Hut hatte ihre braunen Haare geschützt, die ordentlich zu einem Knoten hochgesteckt waren, aber bei den Röcken hatte alle Vorsicht nichts genutzt. Was Gertie wohl dazu sagen würde! Aber egal, sie war ohnehin meistens unordentlich, weil sie zu gerne mit ihrem Onkel an seinem neuen Auto bastelte. Niemand sonst in Colbyville besaß eine dieser neuen, exotischen Erfindungen. Ja, im ganzen Land besaß nur eine Handvoll Leute ein Auto, und die waren größtenteils elektrisch oder dampfgetrieben. Onkel Wills Wagen dagegen fuhr mit Benzin, das er im Laden am Ort bezog.

Autos waren so selten, daß die Leute auf die Veranda rannten und guckten, sobald eines vorbeikam. Sie weckten sowohl Bewunderung als auch Angst und Ärger, denn ihr Lärm erschreckte die Pferde. Die meisten betrachteten Autos als eine Modeerscheinung, die schnell wieder verschwinden würde, doch Claire nicht. Sie sah in Autos das Transportmittel der Zukunft, und sie half ihrem Onkel mit Begeisterung.

Claire lächelte traurig. Wie glücklich ihr Leben doch verlief, seit sie bei ihrem Onkel lebte. Ihre Eltern waren vor zehn Jahren an der Cholera gestorben und hatten ihr einziges Kind verwaist zurückgelassen. Onkel Will war ihr einziger Verwandter, unverheiratet, und lebte mit seiner Haushälterin Gertie und einem farbigen Helfer, Gerties Mann Harry, in einem großen Haus vor der Stadt. Seit Claire erwachsen war, hatte sie ihren Teil an Hausarbeit übernommen, aber ihre größte Freude war es, an dem Automobil mitzuarbeiten! Es war ein blitzender, neuer Oldsmobile mit geschwungener Kühlerhaube, und allein sein Anblick verursachte Claire einen freudigen Schauer. Onkel Will hatte es Ende letzten Jahres in Michigan bestellt, und es war mit der Eisenbahn nach Colbyville gebracht worden. Wie die meisten Autos qualmte und hustete und spuckte es gelegentlich, und ab und zu verlor eines der dünnen Gummiräder die Luft, denn die Straßen um Colbyville waren steinig.

Die Leute in der Stadt hatten um Erlösung von dem gebetet, was sie als Erfindung des Teufels ansahen, und die Pferde waren in Scharen auf die Felder geflüchtet. Am Tag, nach dem das Auto geliefert worden war, hatte eine Abordnung aus der Stadt Onkel Will besucht: Onkel Will hatte höflich gelächelt und versprochen, das Auto von den Kutschwegen fernzuhalten. Er liebte sein elegantes Spielzeug, das ihn fast bankrott gemacht hatte, und verbrachte seine freie Zeit damit, daran herumzubasteln.

Claire teilte seine Faszination, und Onkel Will hatte es schließlich aufgegeben, sie aus der Garage zu vertreiben, so daß sie nach und nach alles über Zündkerzen und Gänge, Zylinder und Auspuff gelernt hatte. Mittlerweile wußte Claire fast soviel wie er selber. Ihre Hände waren schmal und schlank, und sie scheute sich nicht vor den gelegentlichen Kratzern und Wunden, wenn sie mal das falsche Teil berührte. Das einzig wirklich Lästige war die Schmiere. Damit der Motor ordentlich lief, mußten die Teile wieder und wieder geschmiert werden, und saubere Hände hatte man nie.

Eine Kutsche ratterte vorbei, fuhr durch eine Pfütze und bespritzte Claire von oben bis unten mit schlammigem Wasser. Claire stöhnte leise und sah so verzweifelt aus, daß der Fahrer anhielt.

Die Kutschentür öffnete sich, und dunkle Augen betrachteten sie. »Um Himmels willen, Kind, steigen Sie ein, ehe Sie noch nasser werden!«

Die vertraute tiefe Stimme verursachte Claire Herzklopfen, doch davon ahnte der Mann nichts. Claire achtete sorgsam darauf, daß niemand ihre Gefühle für den Bankier ihres Onkels erriet.

»Danke, Mr. Hawthorn«, erwiderte sie und lächelte höflich. Sie bemühte sich, damenhaft seine Kutsche zu besteigen, klappte den Schirm zu und hob ihre Röcke an, aber dann stolperte sie über den nassen Saum und landete völlig derangiert auf dem Sitz, hochrot im Gesicht, weil John Hawthorn sie so nervös machte.

Er rückte zur Seite, um ihr Platz zu machen. Dann klopfte er mit seinem Stock an das Kutschendach, damit sie weiterfuhren. »Wirklich, Claire, Sie ziehen den Schmutz an wie Pferde die Fliegen!« Er betrachtete ihr Kleid. »Ich muß rechtzeitig zum Öffnen in der Bank sein, aber mein Kutscher wird Sie nach Colbyville bringen«, setzte er hinzu. Er hatte eine seltsam kühle, distanzierte Art im Umgang mit Frauen, als wüßte er, daß sie ihn attraktiv fanden, und wollte sie sich vom Leibe halten. Das war das erste gewesen, was Claires Aufmerksamkeit geweckt hatte. Doch ihr gegenüber war er nicht kühl. Entweder neckte oder verwöhnte er sie, wie man es mit einem noch sehr jungen Mädchen tut. Vor zwei Jahren hatte sie das noch nicht gestört.

Claire hatte John kennengelernt, als er in der Bank von Eli Calverson zu arbeiten begonnen hatte. Im Jahr vor dem Spanisch-Amerikanischen Krieg hatte er sich zum Kreditbearbeiter hochgearbeitet, ehe er kurzzeitig in der Armee gedient hatte. Da er in der Zitadelle, einer Militärschule in South Carolina, erzogen worden war, hatte er sogleich ein Offizierspatent bekommen.

1898 war John in Cuba verwundet worden und aus der Armee entlassen worden, um in die Bank zurückzukehren, wo Claire ihn dann näher kennenlernte. Ihr Onkel hatte ihn immer wieder zur Investition kleinerer Summen befragt, mit denen er sich an Landkäufen beteiligt hatte. Je besser Claire John kannte, desto mehr zog er sie an, aber sie wußte, daß mehr nötig war als ihr hübsches Gesicht mit den grauen Augen und der schlanken Figur, um einen Mann wie John zu fesseln.

Er sah nicht nur gut aus, er war auch noch intelligent. Nach seinem Abschluß an der angesehenen Zitadelle hatte John in Harvard seinen Abschluß in Wirtschaftswissenschaften gemacht. Heute war er Vizepräsident der Peachtree City Bank, und das Gerücht war in Umlauf, daß er einst Nachfolger von Eli Calverson werden sollte, der selber keine Kinder hatte. Johns Aufstieg in der Bank war sehr steil verlaufen.

Doch in letzter Zeit waren auch Gerüchte um den attraktiven John Hawthorn und Diane, die schöne junge Frau des ältlichen Bankpräsidenten, aufgekommen. Mit einunddreißig war John in den besten Jahren und wurde von vielen Männern beneidet. Eli Calverson dagegen war über fünfzig und sah nicht besonders gut aus.

Mrs. Diane Calverson war klein, blond und blauäugig und hatte eine Haut wie Sahne. Sie war kultiviert und gut erzogen, und es hieß, daß sie mit den meisten europäischen Adelshäusern verwandt sei. Kurz, sie war der Traum jedes Mannes. Sie und John hatten allerdings mehr als die Bank und ihre Bekanntschaft mit Calverson gemeinsam: Vor zwei Jahren waren sie miteinander verlobt gewesen.

»Sie sind ein wahrer Gentleman, Mr. Hawthorn«, sagte Claire mit großer Höflichkeit, aber ihre Augen zwinkerten dabei.

Seine Lippen zuckten belustigt.

Claires Blick richtete sich auf den Stock, den er nur aus optischen Gründen mitführte. John war gesund und athletisch, spielte Tennis und konnte besser tanzen als die meisten Männer, wie sie bei den wenigen Gelegenheiten gesehen hatte, wo ihr Onkel sie zu einem öffentlichen Tanz begleitet hatte. Sie atmete den Duft seines teuren Rasierwassers, und ihr Herz schlug schneller. Wenn er sie doch nur bemerken würde. Wenn er …

Claire breitete ihre nassen Röcke aus und runzelte die Stirn über den Schmutz. Auch ihre Schuhe waren schlammverkrustet, und es würde Stunden dauern, sie wieder sauber zu bekommen. Und das, wo Gertie gerade erst aufgehört hatte, sich über die Wagenschmiere an Claires weißem Rock aufzuregen!

»Sie sehen sehr unordentlich aus«, bemerkte John freundlich.

Claire errötete und hob das Kinn. »Wenn Sie in langen Röcken drei Blöcke weit durch den Regen laufen würden, sähen Sie auch nicht besser aus.«

Er lachte leise. »Um Himmels willen. Beim letzten Mal war es doch Wagenschmiere, oder?«

Claire räusperte sich. »Onkel Will und ich haben das Öl im Wagen gewechselt.«

»Ich habe Ihnen das schon mal gesagt, Claire, so eine Beschäftigung schickt sich nicht für eine junge Dame.«

»Warum nicht?«

Er seufzte. »Ihr Onkel sollte mit Ihnen darüber sprechen«, sagte er dann. »Sie sind zwanzig. Sie brauchen Anstandsunterricht und ein Gesellschaftsleben, damit Sie lernen, wie sich eine Dame verhält.«

»So wie Mrs. Calverson?«

Johns Gesicht blieb ausdruckslos. »Ihre Manieren lassen mit Sicherheit nichts zu wünschen übrig.«

»Wirklich nicht«, stimmte Claire ihm bereitwillig zu. »Ich bin sicher, daß Mr. Calverson sehr stolz auf seine Frau ist.« Sie sah auf ihre Hände herunter. »Und sehr eifersüchtig.«

John blickte sie an. »Ich mag keine Anspielungen«, erwiderte er gefährlich sanft. »Glauben Sie, Sie könnten mich zurechtweisen?«

Claire hob die Brauen. »Aber nein, Sir, nichts liegt mir ferner. Ich meine, wenn es Ihnen gefällt, zum Objekt gemeinen Klatsches zu werden und Ihre Stellung an der Bank zu riskieren, warum sollte ich da eingreifen?«

Johns Gesicht verdüsterte sich. Wenn Claire sich vorstellte, daß er einst seine Truppen so angesehen hatte, hätte sie keinem Soldaten einen Vorwurf daraus gemacht, wenn er desertiert wäre. Seine Stimme war immer noch sanft, auch wenn sie jetzt kalt klang, als er fragte: »Welcher Klatsch?«

»Ich hätte vielleicht nichts sagen sollen«, erwiderte Claire und lächelte ihn nervös an. »Sie können mich hier rauslassen, bitte. Ich möchte auf dem Weg nach Hause nicht erwürgt werden.«

John machte ein wütendes Gesicht, aber er verlor nie die Beherrschung, schon gar nicht vor Claire. »Ich habe niemandem Grund zum Klatschen gegeben«, erklärte er.

»In Ihren Augen ist ein Essen bei Kerzenlicht mit einer verheirateten Frau allein nichts Skandalöses?«

John sah überrascht aus. »Wir waren wohl kaum allein. Das war im Haus ihrer Schwester, und ihre Schwester war dabei.«

»Ihre Schwester hat oben geschlafen. Die Bediensteten haben das gewußt und es den Bediensteten von allen anderen weitererzählt«, sagte Claire trocken. »Die ganze Stadt weiß es, John. Und wenn ihr Mann es noch nicht gehört hat, dann ist das nur eine Frage der Zeit.«

John preßte die Lippen aufeinander. Er war unvorsichtig gewesen in seinem Verlangen, nur einmal wieder mit Diane allein zu sein. Ihre Ehe mit Calverson war ein Racheakt gewesen, weil er sich geweigert hatte, seine Familie um eine große Anleihe auf sein Erbe zu bitten, damit sie ein elegantes Hochzeitskleid kaufen konnte. John war damals in die Armee eingetreten, und sie hatte versprochen, auf ihn zu warten … aber nachdem er zwei Monate in Cuba war, hatte Diane Calverson offenbar zu reich und greifbar nahe gefunden, um ihm widerstehen zu können.

John stammte aus einer alten, angesehenen Familie in Savannah und würde eines Tages Millionen erben. Doch er weigerte sich, auch nur einen Pfennig davon zu erbitten, und zog es statt dessen vor, sich seinen Lebensunterhalt selber zu verdienen. Das hatte er jetzt dank seines Gehaltes und einiger kluger Investitionen erreicht. Calversons Unterstützung war wertvoll gewesen, auch wenn John wußte, daß auch sein familiärer Hintergrund und seine Ausbildung für ihn gesprochen hatten.

Der Verlust Dianes hatte John verbittert. Doch jetzt schien ihre Ehe mit Calverson nach kaum zwei Jahren in Schwierigkeiten zu sein. Diane hatte John angefleht, sich mit ihr im Haus ihrer Schwester zu treffen, weil sie seine Hilfe brauchte. Wie hätte er sich da weigern können, selbst wenn er einen Skandal heraufbeschwor? Doch bei seiner Ankunft schien die Sache längst nicht mehr so dringend gewesen zu sein, denn sie hatte ihm gar nichts erzählt. Schon gar nicht bat sie ihn um eine Art von Hilfe. Diane hatte nur gesagt, daß sie ihre Ehe bereue und immer noch etwas für ihn empfinde. Doch nun hatten sie einen Skandal ausgelöst, der ihren und seinen guten Namen bedrohte.

»Hören Sie mir überhaupt zu?« fragte Claire und holte ihn damit in die Gegenwart zurück. »Es ist nicht nur Ihr guter Ruf, den Sie damit aufs Spiel setzen, und Dianes – sondern der der Bank.«

John sah sie scharf an. »Ich setze niemandes Ruf aufs Spiel. Auch kann ich mir nicht denken, Claire, was dieses Problem, wenn es überhaupt ein Problem ist, mit Ihnen zu tun hat«, meinte er kühl.

»Das stimmt«, mußte Claire zugeben. »Aber Sie sind der Freund und Bankier meines Onkels und dadurch in gewisser Weise auch mein Freund. Ich möchte nicht, daß Ihr Ruf geschädigt wird.«

»Wirklich nicht? Warum nicht?«

Claire errötete und wandte das Gesicht ab.

John lehnte sich zurück und betrachtete sie leicht lächelnd. »Haben Sie etwa eine heimliche Neigung zu mir gefaßt, Claire?« neckte er sie sanft. »Wie überaus aufregend!«

Claire errötete noch tiefer. Wie gebannt richtete sie ihren Blick auf die Umrisse des Bankgebäudes, das sie jetzt erreichten. Da würde er aussteigen und sie mit ihrer Verlegenheit allein lassen. Warum, oh, warum nur hatte sie überhaupt den Mund aufgemacht?

John beobachtete, wie Claire mit beiden Händen ihre Tasche umklammerte. Ihre Einmischung in sein Privatleben hatte ihn geärgert, aber andererseits war sie doch nur ein süßes Mädchen, dessen Bemerkungen ihn nicht so aufregen sollten. Er schätzte sie mehr als jede andere Frau. Einen Mann hätte er schon für viel weniger, als sie gesagt hatte, aus der Kutsche geworfen. Aber sie war gutmütig und mochte ihn, und es war schwer, darüber wütend zu sein. Außerdem weckte sie seinen Beschützerinstinkt.

Wenn es Diane nicht gäbe, könnte er an diesem Kind durchaus Gefallen finden. John beugte sich vor, als die Kutsche ihre Fahrt verlangsamte. »Nun, Claire«, beschwor er sie mit samtener Stimme, »wie ist es, hegst du eine heimliche Neigung für mich?«

»Die einzigen Gefühle, die ich im Moment hege, sind die, Ihnen eine Eisenstange über den Kopf zu hauen«, gab Claire ebenso leise zurück.

»Miss Lang!« rief er in gespielter Entrüstung und machte es dadurch noch schlimmer, daß er leise lachte.

Claire drehte sich zu ihm um und sah ihn mit blitzenden grauen Augen an. »Nun gut, lachen Sie mich ruhig aus. Ich schäme mich, daß ich mir je Sorgen um Ihre Stellung gemacht habe«, fauchte sie. »Ruinieren Sie ruhig Ihr Leben, Sir, mir soll es von jetzt an egal sein.«

Dann schlug sie mit ihrem Regenschirm an die Decke, damit die Kutsche hielt, und war ausgestiegen, ehe er auch nur ihren Namen sagen konnte.

Claire öffnete mit zitternden Fingern ihren Schirm und trat auf den hölzernen Gehweg, der eine enorme Verbesserung gegenüber dem Schlamm darstellte. Vor der Bank entdeckte sie Kenny Blake, ihren Freund aus Schulzeiten, und ging auf ihn zu, um ihn zu begrüßen.

»Oh, Kenny! Ein Glück, daß ich dich hier treffe. Kannst du mich nach Hause fahren? Bei unserem Buggy ist die Achse gebrochen.«

»Hast du dich verletzt?« fragte Kenny.

Claire schüttelte den Kopf. »Nur ein bißchen durchgerüttelt, mehr nicht.« Sie lachte. »Glücklicherweise war es kurz vor der Schmiede und den Mietställen. Ich habe gleich Hilfe bekommen, aber sie hatten so viel zu tun, daß mich niemand fahren konnte.«

»Du hättest doch eine Kutsche mieten können.«

Claire schüttelte mit einem bedauernden Lächeln den Kopf. »Onkel Will hat den Rest unseres Geldes für neue Wagenteile ausgegeben, und jetzt müssen wir uns sehr einschränken, bis seine Pension kommt.«

»Ich könnte dir etwas leihen«, bot Kenny an. Das konnte er leicht, denn er führte ein gutgehendes Herrenbekleidungsgeschäft in der Stadt.

»Nein, könntest du nicht. Fahr mich nur nach Hause.«

Kenny grinste und entblößte dabei seine Zahnlücken. Er war mittelgroß, blond, hatte blaue Augen und war sehr schüchtern. Doch Claire und er kamen gut miteinander aus.

»Dann warte, bis ich hier fertig bin, und danach werde ich dich fahren«, versprach er.

Claire ließ Kennys Arm los und spürte den Blick kalter Augen in ihrem Rücken. Sie sah sich um und entdeckte John Hawthorn in seinem teuren Anzug mit Hut und Stock an einer Säule lehnen, während er darauf wartete, daß Mr. Calverson die Tür aufschloß. Calverson vertraute niemandem den Schlüssel an. Er war sehr eigen mit den Dingen, die ihm gehörten – etwas, das John besser nicht vergaß, dachte Claire.

Punkt neun öffnete Mr. Calverson die mächtigen

Eichentüren der Bank und trat beiseite, um die Kunden einzulassen. Sein Blick ruhte auf einer goldenen Taschenuhr, die an einer Kette hing. Dann nickte er, klappte die Uhr zu und steckte sie zurück in seine Westentasche. Auf Claire wirkte er fast komisch, wie er dort stand, ein kleiner, dicker Mann mit blond-silbernem Schnauzbart und kahlem Kopf. Sie konnte sich einfach nicht vorstellen, daß eine Frau ihn attraktiv fand, schon gar nicht eine Frau wie Diane. Aber John war auch der einzige, der glaubte, daß sie den alten Calverson aus Liebe geheiratet hatte. Jeder andere in Atlanta wußte, daß Diane teure Vorlieben hatte – und daß der Ruin ihrer Familie Diane mit zweiundzwanzig mit keinem anderen Kapital als mit ihrer Schönheit zurückgelassen hatte. Diane hatte eine gute Partie machen müssen, um es ihrer Mutter und ihren Schwestern zu ermöglichen, sich im gewohnten Stil zu kleiden und das elegante Haus in Ponce de León unterhalten zu können. Mr. Calverson besaß mehr Geld, als sie je ausgeben könnte. Also warum setzte sie das alles für einen Flirt mit ihrer alten Liebe John aufs Spiel?

»Die Bank hat Probleme, nicht wahr?« fragte Claire, als sie neben Kenny in seinem Buggy saß, als er sie nach Hause brachte.

»Was? Warum? Natürlich nicht«, erwiderte Kenny schockiert. »Wie kommst du denn darauf?«

Claire zuckte die Achseln. »Ach, ich weiß nicht. Ich habe mich nur gefragt, ob sie wohl solvent ist.«

»Mr. Calverson hat das Geschäft sehr umsichtig betrieben, seit er vor ein paar Jahren hergekommen ist«, erinnerte Kenny sie. »Der Mann ist reich ... das sieht doch jeder.«

Es sah so aus, ja. Aber es war doch seltsam, daß ein Mann, der aus einer Farmersfamilie stammte, in so kurzer Zeit einen solchen Reichtum anhäufen konnte. Gut, er hatte natürlich Zugang zu Investmentnachrichten und besaß Land und mehrere Häuser.

»Unser Mr. Hawthorn hat dich so wütend angesehen«, sagte Kenny.

»Er hat mich mitgenommen und beleidigt.«

Kennys Hände zuckten, und das Pferd protestierte. »Ich werde ihn zur Rede stellen!«

»Nein, Kenny, mein Lieber. Nicht die Art von Beleidigung. Mr. Hawthorn würde sich nicht die Hände schmutzig machen, indem er sie auf mich legte. Ich meinte, daß wir uns ein wenig gestritten haben, sonst nichts.«

»Worüber?«

»Es steht mir nicht zu, darüber zu reden«, erwiderte Claire steif.

»Nun, man kann es sich schon denken«, bohrte Kenny weiter. »Jeder hier weiß, daß er hinter der Frau des Bankpräsidenten her ist. Man möchte meinen, der Mann hätte mehr Stolz.«

»Den scheinen Verliebte recht schnell zu verlieren, und sie war immerhin mit ihm verlobt, ehe sie Calverson geheiratet hat.«

»Wenn sie ihr kleines Nest riskiert, um sich hinter seinem Rücken heimlich mit John zu treffen, gibt es vielleicht wirklich Geldsorgen«, bemerkte Kenny. »Diese Frau weiß, worauf es ankommt.«

»Wenn John sie liebt ...«

»Ein Skandal würde ihn in Atlanta unmöglich machen, ganz zu schweigen von ihrem guten Namen. Ihre Familie war immer berechnend, aber es hat nie auch nur den Hauch eines Skandals gegeben.«

Claire dachte daran, wie John verwundet nach Hause gekommen war, nur um zu entdecken, daß Diane einen anderen geheiratet hatte. John war damals in einem furchtbaren Zustand gewesen, völlig zurückgezogen und unansprechbar. Claire hatte ihn damals mit Onkel Will im Krankenhaus besucht, nachdem der Klatsch über seine in die Brüche gegangene Verlobung zu ihr gedrungen war. Mit achtzehn hatte sich erste Verliebtheit für den verwundeten Soldaten in Claire geregt, der seine Schmerzen so tapfer ertrug und sogar einen Orden für seinen Einsatz bekommen hatte.

»Es muß schrecklich sein, jemanden zu verlieren, den man so sehr liebt«, sagte Claire und dachte an sich selbst, denn sie liebte John nun schon zwei Jahre lang …

»Es kommt bald ein Zirkus in die Stadt.« Kenny lächelte sie aufmunternd an. »Hättest du Lust, am Samstag mit mir dahin zu gehen?«

Claire erwiderte sein Lächeln. »Sehr gerne, Kenny.«

»Ich bitte deinen Onkel um seine Erlaubnis«, erklärte Kenny strahlend.

Claire sagte ihm nicht, daß ihr Onkel für solche Formen der Höflichkeit viel zu modern war oder daß sie seine Erlaubnis nicht brauchte. Kenny war nett und unkompliziert und lenkte sie von John ab.

Onkel Will hatte gerade die defekte Heizung repariert. Kenny sagte seinen Spruch auf und ging dann wieder, während Claire sich saubere Sachen anzog und ihr Kleid Gertie reichte.

Gertie seufzte. »Miss Claire, Sie haben eine Begabung dafür, sich schmutzig zu machen«, bemerkte sie mit einem Zwinkern in den Augen.

»Ich versuche, es zu verhindern«, verteidigte sich Claire, »aber das Schicksal ist mit einem Besen hinter mir her.«

Gertie kicherte. »Das sieht ganz so aus. Ich werde sehen, was ich tun kann. Oh, und am Sonntag bin ich nicht hier. Ich treffe mich mit meinem Vater am Bahnhof und gehe mit ihm zu einem Familientreffen.«

»Wie geht es ihm?« Gordon Mills Jackson war ein bekannter Farbigenanwalt in Chicago und hoch angesehen.

»Er ist so gemein und boshaft wie immer«, lachte Gertie. »Und mein Bruder und ich sind sehr, sehr stolz auf ihn. Vor ein paar Monaten hat er einen Lynch-Mob zum Schweigen gebracht und einen Farmarbeiter vor der Schlinge gerettet. Der Mann war unschuldig, und Daddy hat ihn erfolgreich verteidigt.«

»Eines Tages wird er noch im Obersten Gerichtshof landen«, prophezeite Claire.

»Wir hoffen es. Kommen Sie am Sonntag allein zurecht, oder soll ich mich nach jemandem umsehen, der das Kochen übernimmt?«

»Das mache ich selbst. Du hast mir schließlich beigebracht, wie man Hühnchen mit Kartoffeln zubereitet, und ich bin nicht so zimperlich, daß ich das Huhn nicht töten könnte.«

Gertie runzelte zweifelnd die Stirn. »Vielleicht kann Ihr Onkel das ja übernehmen. Er ist viel schneller als sie.«

»Nun, ich muß es üben«, verteidigte Claire sich.

»Er nicht. Sie haben noch genug mit Rupfen und Braten zu tun.«

»Du hast wahrscheinlich recht.«

»In ein paar Stunden gibt es Essen. Kommen Gäste?«

Claire schüttelte den Kopf. »Kenny mußte zur Arbeit. Es sind nur Onkel Will und ich.«

Dann ging Claire zur Garage und rief ihrem Onkel zu: »Ich bin zurück. Kann ich helfen?«

Will Lang sah unter der Motorhaube hervor. »Halleluja, du kommst gerade richtig! Ich mußte ein Leck in der Heizung reparieren. Gib mir doch mal die Zange, und dann hol das neue Teil!«

Es dauerte rund zwei Stunden, das Ersatzteil an seinen Platz zu bekommen und alles so einzustellen, daß es reibungslos lief. Ihr Onkel mußte ein Teil wieder herausnehmen und neu einbauen, aber gerade rechtzeitig zum Essen schnurrte die Maschine wieder reibungslos.

Onkel Will erhob sich, die weißen Haare dunkel vor Wagenschmiere, und ein breites Lächeln lag unter dem Schnauzbart auf seinem Gesicht. »Ha, jetzt habe ich es! Danke, Mädchen! Es war ein großer Tag für mich, als du zu mir gezogen bist. Ich hatte ja keine Ahnung, was für eine Mechanikerin mal aus dir werden würde!«

Claire knickste und ignorierte die Flecken auf Gesicht und frischer Bluse einfach. »Danke.«

»Aber laß dir das nicht zu Kopfe steigen. Du hast vergessen, die letzte Schraube anzuziehen, als du den Kühler wieder eingesetzt hast.«

Claire stöhnte auf. »Gertie hat mich gestört.«

»Ja, ja«, rief Gertie von der Veranda, »gib nur mir die Schuld.«

»Du sollst nicht lauschen«, rief Claire zurück.

»Wenn ihr aufhört, über mich zu reden. So, das Essen ist fertig.«

Gertie ging zurück ins Haus, und Claire schüttelte den Kopf. »Unheimlich, oder? Wie sie immer weiß, wenn ich ihr für etwas die Schuld gebe ...«

Ihr Onkel unterbrach sie. »Laß uns eine Probefahrt machen.«

»Aber es regnet in Strömen. Außerdem hat Gertie das Essen auf dem Tisch.«

Er seufzte ärgerlich. »Verdammt, ich habe auch Pech! Wo es doch gerade so gut läuft. Warum bauen sie die Autos denn nicht mit Dach?«

Nach dem Essen setzten sie sich auf die Veranda und sahen dem Regen zu.

»Warum hat Kenny dich nach Hause gebracht?« fragte Onkel Will auf einmal. »Wo ist der Buggy?«

Claire holte tief Luft. »Er ist über einen Stein gefahren, den ich übersehen hatte, und die Achse ist gebrochen. Nun, das wird nicht so teuer …«

Ihr Onkel ließ die Schultern sinken. »O weh, o weh, o weh«, murmelte er. »Und ich habe unser letztes Geld für das Ersatzteil ausgegeben.« Er sah hoch. »Claire! Ich habe eine Idee! – Wir können Pferd und Wagen doch verkaufen! Wir haben jetzt eine pferdelose Kutsche.«

Claire grinste. »Das haben wir.«

Er seufzte. »Das Benzin ist billig, also wäre der Unterhalt günstig. Und das Extrageld könnte ich für die letzte Rate auf das Haus nehmen.« Er machte ein glückliches Gesicht. »Unsere Sorgen sind vorüber, meine Liebe. Sie sind …« Er hielt inne, sein Gesicht wurde seltsam grau, und er umfaßte seinen linken Arm. Dann lachte er kurz auf. »Was für ein eigenartiges Gefühl. Mein Arm ist ganz taub geworden, und ich habe ein seltsames Gefühl in meiner Ke…«

Er blickte sie an, als könnte er nichts mehr sehen, und sank nach vorne auf den Teppich.

Claire rannte voller Sorge zu ihm hin. Sie wußte sofort, daß das mehr war als eine einfache Ohnmacht. Er lag so still, atmete nicht, und seine Haut war schrecklich grau. Aber das Schlimmste war, daß er die Augen geöffnet hatte und die Pupillen zusammengezogen waren. Claire wußte, was das bedeutete …

2

Innerhalb von zwei Stunden änderte sich Claires Leben für immer. Ihr Onkel erlangte sein Bewußtsein nicht wieder. Claire rief verzweifelt vom Nachbarhaus aus beim Arzt an, der ein paar Minuten später eintraf.

»Es tut mir sehr leid, Claire«, sagte Dr. Houston sanft und legte ihr väterlich den Arm um die Schultern. »Aber wenigstens ging es schnell. Er hat nichts gemerkt.«

Claire starrte ihn aus blicklosen Augen an.

»Gertie, bringen Sie doch bitte ein Laken und decken Sie ihn damit zu«, bat der Arzt die Haushälterin, die schweigend dabeistand.

Sie nickte und ging und war gleich darauf mit einem weißen Laken zurück. Das legte sie liebevoll über Will und kämpfte dabei mit den Tränen.

Irgendwie machte diese Geste alles so endgültig für Claire, und Tränen stiegen ihr in die Augen. »Aber er war doch so gesund«, flüsterte sie. »Er ist nie krank gewesen, nicht mal einen Schnupfen hat er gehabt.«

»Nun, manchmal ist es eben so«, erwiderte der Arzt. »Haben Sie Familie, Kind? Gibt es jemanden, der kommen und Ihnen helfen kann, den Nachlaß zu ordnen?«

Claire sah ihn verständnislos an. »Wir hatten – hatten nur noch einander«, sagte sie stockend. »Er war nie verheiratet und der einzige Verwandte meines Vaters, der noch lebte. Von meiner Mutter lebt auch keiner mehr aus der Familie.«

Der Arzt wandte sich an Gertie. »Sie und Harry sind doch hier, oder?«

»Natürlich«, bestätigte Gertie und legte die Arme um Claire. »Wir kümmern uns um sie.«

»Das ist gut.«

Der Arzt füllte den Totenschein aus, und dann erschien der Leichenbestatter, und eine Pferdekutsche brachte den Leichnam weg: Jetzt erst wurde Claire bewußt, in welcher Lage sie sich befand. Der Arzt und der Bestatter würden bezahlt werden müssen. Dafür würde der Verkauf von Pferd und Wagen vielleicht gerade reichen. Aber das Haus war mit einer Hypothek belastet, die die Bank sicher zurückverlangen würde.

Claire ließ sich schwer auf die Verandastufen sinken und zerknüllte ein Taschentuch in der Hand. Ihr einziger geliebter Verwandter war fort, und sie würde bald ohne einen Pfennig und ohne Dach über dem Kopf dastehen. Was konnte sie tun? Claire versuchte, sich zu beruhigen. Immerhin hatte sie zwei Dinge gelernt – sie konnte nähen, und sie konnte Autos reparieren. Claire entwarf und nähte Kleider für reiche Damen der Gesellschaft in Atlanta. Das konnte sie beibehalten, aber es gab weit und breit kein Auto.

Eine neue Welle der Panik überkam Claire und ließ sie in Tränen aufgelöst zurück. Doch schon bald erschien Gertie und tröstete sie damit, daß kaum jemand so gut mit Nadel und Faden umgehen konnte wie sie und daß sie eine gute Nähmaschine oben stehen hatte.

»Miss Claire, Sie können jederzeit als Näherin arbeiten«, versicherte Gertie ihr. »Mrs. Banning unten in der Stadt kommt mit dem Nähen gar nicht nach, so groß ist die Nachfrage. Ich wette, sie würde Sie auf der Stelle nehmen, wenn Sie für sie arbeiten wollten.«

Claire nickte, nur wenig erleichtert. Sie hatte Angst vor der Zukunft und versuchte, sich das nicht anmerken zu lassen.

Kaum eine Stunde später füllten Leute das Haus, die Onkel Will gekannt und gemocht hatten. Claires Stolz und Selbstkontrolle kamen auf einen harten Prüfstand, als ihr wieder und wieder Beileid ausgesprochen wurde. Frauen brachten Platten voller Torten und Kuchen, Krüge mit Eistee und Kannen voller Kaffee. Alles landete in der Küche, wo Gertie sich darum kümmerte. Kenny Blake erschien als einer der ersten und wäre geblieben, aber Claire wußte, daß es in seinem Laden auf die persönliche Bedienung ankam. Claire versicherte ihm, daß es ihr gutgehe, und schickte ihn zurück in sein Geschäft. Die Leute gaben sich den ganzen Tag und bis in die Nacht hinein die Klinke in die Hand, bis sich schließlich ein vertrautes und unwillkommenes Gesicht in der Tür zeigte.

Claires Augen waren rotgeweint, als sie den Bankpräsidenten Eli Calverson und seine elegant gekleidete, schöne junge Frau in das Haus führte.

»Es tut uns sehr, sehr leid, mein Liebe«, begann Diane Calverson auf ihre kultivierte Art und streckte Claire eine schmale Hand in einem weißen Handschuh entgegen. »Was für eine schreckliche Tragödie für Sie, und so unerwartet. Wir sind sofort losgefahren, als wir es gehört haben.«

»Machen Sie sich bloß keine Sorgen, junge Dame«, versicherte Calverson ihr und drückte ihre Hand. »Wir werden dafür sorgen, daß das Haus für den besten Preis verkauft wird, so daß noch etwas für Sie übrig bleibt.«

Claire konnte kaum noch klar denken, als sie den alten Mann ansah, der – so dachte sie – die kältesten Augen besaß, die sie je gesehen hatte.

»Und dieses infernalische Auto hatte er ja auch noch«, fuhr der Bankdirektor fort. »Vielleicht finden wir ja auch dafür einen Käufer ...«

»Ich verkaufe es nicht«, erwiderte Claire sofort. »Der Buggy und das Pferd sind zur Zeit im Mietstall, und sie können verkauft werden, aber ich werde mich nicht von Onkels Automobil trennen.«

»Nun, es ist noch zu früh, um das zu überlegen«, sagte Mr. Calverson glatt. »Sie werden Ihre Meinung sicher noch ändern. Diane, sprich doch ein wenig mit Miss Lang, während ich mich mit Sanders da drüben unterhalte – ich glaube, er ist schon eine Weile hinter dem Haus hier her.«

»Halt, einen Moment ...«, wandte Claire ein, aber der Bankier war schon fortgegangen.

»Zerbrechen Sie sich nicht den Kopf«, begütigte Diane. »Die Geschäfte überläßt man am besten den Männern. Wir Frauen sind für so komplizierte Dinge nicht geschaffen.« Sie sah sich um. »Sie armes Ding. Was für ein schäbiges Haus. Sie haben wohl kein besseres Kleid, das Sie anziehen könnten?« fragte sie dann freundlich.

Claire war zu aufgewühlt gewesen, um ihr altes Kleid, das sie in der Garage getragen hatte, auszuziehen. Dennoch war sie über die Bemerkung der Frau entrüstet. In ihrem Schrank oben hingen Kleider, gegen die Mrs. Calversons Paris-Importe schäbig ausgesehen hätten. »Mein Onkel ist gerade gestorben«, erwiderte Claire. »Da habe ich anderes im Kopf als meine Kleider.«

Diane schüttelte den Kopf. »Nichts ist wichtiger als Kleidung, egal, zu welchem Anlaß. Wirklich, Claire, Sie sollten hochgehen und sich umziehen, ehe noch mehr Leute Sie so sehen.«

Claire starrte sie mit offenem Mund an. »Mein Onkel ist erst vor ein paar Stunden gestorben«, wiederholte sie laut. »Ich glaube nicht, daß meine Kleidung da jetzt eine Rolle spielt.«

Diane errötete, als sich jetzt Köpfe zu ihnen umwandten. Sie machte eine seltsame kleine Geste und lachte nervös. »Wirklich, Claire. Sie müssen mich mißverstanden haben. Ich wollte nie andeuten, daß Sie schlecht angezogen sind. Schon gar nicht vor dem Hintergrund der traurigen Geschehnisse.«

»Natürlich wolltest du das nicht«, sagte John ruhig und trat zu Claire und Diane. Claire hatte nicht einmal gemerkt, daß er eingetroffen war, und bei seinem Anblick schlug ihr Herz trotz ihres Kummers schneller.

John ergriff Diane am Arm und musterte Claire besorgt. »Es tut mir sehr leid wegen deines Onkels, Claire«, sagte er freundlich. »Ich bin sicher, daß Diane ebenso empfindet. Sie wollte sich nur hilfreich erweisen.«

Claire blickte in sein attraktives, schmales Gesicht und wünschte sich, daß er für sie einmal so eintreten würde. Wenn sie doch nur den Kopf an seine Brust legen und ihren ganzen Kummer herausweinen könnte. Aber seine ganze Unterstützung schien Diane zu gelten.

»Ich habe kein einziges Wort mißverstanden, Mr. Hawthorn«, erwiderte Claire, und ihr Blick wanderte zu seiner Hand, die auf Dianes Arm lag. »Und keine einzige Geste.«

John trat schnell von Dianes Seite, aber nicht schnell genug, daß Mr. Calverson das Intermezzo nicht beobachtet hatte. Er kam auch sogleich herbei und ergriff den Arm seiner Frau mit einem Gesicht, das Bände sprach.

»Komm mit mir, meine Liebe, ich möchte dir einen neuen Kunden der Bank vorstellen. Sie entschuldigen uns doch sicher?« wandte er sich dann kühl an John und führte seine Frau davon.

»Sie sind besser vorsichtig«, flüsterte Claire. »Er ist nicht blind.«

John sah sie an, und seine Augen wurden dunkel vor Wut. »Seien Sie vorsichtig, ich lasse mir nicht alles gefallen, so wie ihr Lieblingsladenbesitzer.«

Claire hob, ärgerlich über seine Anspielung auf Kenny, das Kinn an. »Wollen Sie mich auch zurechtweisen? Nun, nur zu«, forderte sie ihn auf. »Diane hat mich schon runtergeputzt, weil ihr mein Kleid nicht gefällt, und ihr Mann versucht bereits, mir das Dach über dem Kopf zu verkaufen, damit Ihre Bank keinen Pfennig von dem Darlehen verliert, das sie Onkel gegeben hat. Haben Sie nicht auch noch eine verletzende Bemerkung für mich? Man soll die Leute immer dann treten, wenn sie am Boden liegen!«

Ihre kühlen Worte standen in traurigem Kontrast zu ihrer Stimme, die zitterte, und den Tränen, die in ihren Augen schimmerten, und rasch verließ sie das Zimmer und ging in die Halle. Dort lehnte sie den Kopf gegen die kühle Wand und kämpfte gegen eine Übelkeit an. Es war so ein langer, harter Tag gewesen.

Claire hörte, wie sich die Tür hinter ihr öffnete und dann wieder schloß. Die Stimmen waren leiser geworden, und Schritte kamen auf sie zu. Eine stählerne Hand ergriff sie am Arm und drehte sie um, und dann wurde ihr Gesicht in harten, kratzenden Wollstoff gepreßt. Starke Arme hielten sie fest, und sie hörte ein Herz regelmäßig und tröstlich schlagen. Claire atmete das edle Rasierwasser ein und ergab sich ihrem Kummer. Es war schon lange her, seit ihr Onkel sie das letztemal so gehalten hatte, damals, als ihre Eltern gestorben waren. Claire war in ihrem Leben nur selten getröstet worden.

»Mein armes Baby«, sagte John weich an ihrer Schläfe. Seine Hände strichen ihr über den Nacken und beruhigten sie. »So ist es gut, wein einfach, bis es nicht mehr weh tut. Komm.« Er zog sie an sich.

Claire hatte seine Stimme noch nie so zärtlich gehört. Es war tröstlich und erregend zugleich. Sie gehorchte, preßte sich an ihn und weinte ihre Angst, Furcht und Traurigkeit in den Armen des Mannes davon, den sie liebte. Es war schade, daß ihn nur Mitleid trieb, aber es war schön, in seinen Armen zu liegen.

Ein Taschentuch wurde ihr gereicht. Claire ergriff es, putzte sich die Nase und wischte sich die Tränen ab. Er gab ihr das Gefühl, klein und zerbrechlich zu sein, und es gefiel ihr, wie sein harter, muskulöser Körper sich an ihrem anfühlte.

Claire zog sich langsam von John zurück, ohne ihn anzusehen. »Danke«, sagte sie mit einem wässerigen Schniefen. »Darf ich fragen, was Sie dazu bewogen hat, ihre Feindin zu trösten?«

»Schuldgefühle«, erwiderte er mit einem schwachen Lächeln. »Und Sie sind keine Feindin. Ich hätte nicht so mit Ihnen sprechen dürfen. Sie hatten genug für einen Tag«, erklärte er, nun wieder förmlicher.

Claire sah zu ihm auf. »Das habe ich bestimmt«, sagte sie ärgerlich.

John betrachtete forschend ihr müdes Gesicht mit den wütenden Augen. »Lassen Sie sich vom Arzt etwas Laudanum geben, damit Sie schlafen können.«

»Ich brauche keine Ratschläge von Ihnen. Ich bezweifele, daß Sie wissen, wie es ist, wenn man einen Angehörigen verloren hat«, murmelte Claire unglücklich.

Seine Augen wurden dunkel, als er an seine jüngeren Brüder dachte, die verzweifelte Suche im schwarzen Wasser, das Entsetzen, als sie seinem Vater hatten sagen müssen, daß sie tot waren. »Da irren Sie sich«, gab John schroff zurück und verdrängte die schmerzhaften Erinnerungen. »Aber Verlust ist ein Teil des Lebens, man lernt es, sich damit abzufinden.«

Claire zerknüllte das Taschentuch in ihrer Hand. »Er war alles, was ich hatte«, klagte sie und sah John an. »Ohne ihn wäre ich in ein Waisenhaus gekommen.« Sie zog die Schultern hoch. »Ich konnte mich nicht einmal richtig von ihm verabschieden, so schnell ist alles gegangen.« Wieder liefen ihr die Tränen über die Wangen.

John hob ihr Kinn an. »Der Tod ist nicht das Ende, er ist der Anfang. Quälen Sie sich nicht unnütz, Sie haben noch Ihre ganze Zukunft vor sich.«

»Trauer braucht ihre Zeit«, erinnerte ihn Claire.

»Natürlich«, stimmte er zu und strich ihr eine Haarsträhne aus dem Gesicht. Darunter kam eine Spur Wagenschmiere zum Vorschein. John nahm das Taschentuch aus ihrer Hand und wischte sie weg. »Wagenschmiere und ein schmutziger Rock – Claire, Sie brauchen jemanden, der sich um Sie kümmert.«

»Jetzt fangen Sie nicht auch noch an«, erwiderte Claire und nahm das Taschentuch wieder an sich.

John lächelte kurz und schüttelte den Kopf. »Sie sind noch kein bißchen erwachsen geworden, Claire. Statt Ihnen beizubringen, wie man einen Automotor repariert, hätte Will Sie zu Parties bringen sollen, damit Sie ein paar junge Männer kennenlernen. So werden Sie noch als alte Jungfer voller Wagenschmiere enden.«

»Immer noch besser als als Sklavin eines Mannes!« gab Claire hitzig zurück. »Es ist gar nicht mein Ehrgeiz, einen Mann zu finden.«

John hob amüsiert eine Braue. »Nicht mal, wenn ich es bin?« fragte er gespielt enttäuscht und beobachtete amüsiert, wie sie hochrot wurde.

»Nein«, erwiderte sie kurz, »ich möchte Sie nicht heiraten. Sie sind viel zu hochmütig, und ich bin viel zu gut für Sie«, setzte sie mit einem Anflug ihres früheren Selbst hinzu.

John lachte leise. »Diese Zunge ist scharf wie ein Messer, was?« Dann holte er tief Luft und tätschelte leicht ihre Wange. »Sie werden überleben, Claire, ein bescheidenes Veilchen waren Sie nie. Aber ich hoffe, daß Sie zu mir kommen, wenn Sie Hilfe brauchen. Will war mein Freund, und Sie sind es auch. Mir gefällt der Gedanke nicht, daß Sie allein und ohne Freunde in der Welt stehen, besonders dann, wenn das Haus verkauft werden muß.«

Claire sah ihn ängstlich und John verstand sie sofort.

»Mir wird nichts wirklich gehören, nicht wahr?« fragte

Claire plötzlich. »Onkel Will hat erwähnt, daß er gerade noch einen Kredit aufgenommen hatte ...«

»Das hat er. Die Bank wird das Haus als Sicherheit nehmen und es verkaufen müssen. Alles, was über die Schuldsumme hinausgeht, gehört Ihnen, aber, ehrlich gesagt, bezweifele ich, daß viel übrigbleiben wird. Das Auto wird auch verschwinden müssen.«

»Ich werde es nicht verkaufen«, sagte Claire mit zusammengebissenen Zähnen.

»Doch, das werden Sie.«

»Sie haben kein Recht, mir etwas vorzuschreiben. Sie sind weder mein Bankier noch mein Freund!«

John lächelte. »Aber ich bin Ihr Freund, Claire – ob Sie es zugeben wollen oder nicht. Mr. Calverson wird weniger Ihre Interessen im Auge haben.«

»Aber Sie, was? Gegen Ihren Chef?«

»Natürlich, wenn es notwendig sein sollte«, bestätigte er überraschend.

Claire senkte den Blick. »Dennoch werde ich das Auto nicht verkaufen.«

»Was wollen Sie denn damit machen?«

»Na, fahren, natürlich«, erwiderte Claire, und ihre Augen strahlten auf einmal. »John, ich werde es nicht verkaufen müssen! Ich kann es an Geschäftsleute vermieten und sie chauffieren! Ich werde ein Geschäft daraus machen!«

John sah aus, als hätte sie ihn über den Kopf geschlagen. »Sie sind eine Frau«, wandte er ein.

»Ja.«

John holte tief Luft. »Sie können wohl kaum erwarten, daß ich einen so haarsträubenden Plan gutheiße.«

Claire richtete sich zu voller Höhe auf. Es nützte nichts, er überragte sie immer noch um einen Kopf. »Ich mache, was ich will«, informierte sie ihn. »Ich muß meinen Unterhalt verdienen. Ich habe kein Geld.«

John betrachtete sie eine Weile nachdenklich. Ihm wurden auf einmal ein paar Dinge klar, vor allem, daß er kurz davor stand, wegen Diane in einen Riesenskandal verwickelt zu werden. Ihr Mann war bereits mißtrauisch – und wenn das stimmte, was Claire ihm erzählt hatte, wurde bereits über ihn getuschelt. Er konnte nicht zulassen, daß Dianes makelloser Name befleckt wurde.

Seine Augen wurden schmal. Claire sah gar nicht so schlecht aus. Sie war schlank und hatte einen teuflischen Humor. Dazu kamen ein freundliches Herz, passable Manieren und die Tatsache, daß sie ihn amüsierte. Er mochte sie, was er nur über wenige Frauen sagen konnte. Außerdem verehrte sie ihn. »Sie könnten mich heiraten«, schlug er unvermittelt vor. »Dann hätten Sie einen Mann, der für Sie sorgt, und ein Dach über dem Kopf.«

Claire hatte das Gefühl, als täte sich der Boden unter ihren Füßen auf. »Warum sollten Sie mich denn heiraten wollen?«

»Nun, es würde unser beider Probleme lösen, nicht wahr? Sie bekämen den Mann Ihrer Träume« – er lächelte, als sie tief errötete – »und ich würde den Klatsch zum Schweigen bringen, der Dianes guten Ruf bedroht.«

Dianes guten Ruf, dachte Claire, nicht seinen eigenen. Er stellte die Frau noch immer über seine eigenen Interessen. Die unfreundliche Bemerkung über ihre Schwärmerei für ihn störte sie. Claire haßte es, daß er wußte, was sie für ihn empfand.

»Sie heiraten?« wiederholte sie heiser. »Eher würde ich einen Arseneintopf essen!«

John lächelte nur. »Das Angebot steht. Aber ich warte, bis Sie zu mir kommen, wenn Sie entdeckt haben, daß das die beste Lösung für Ihre Probleme ist.«

»Ich werde das Auto fahren und damit mein Geld verdienen!« betonte Claire. Sie wußte, daß das nicht realistisch war, und fast hätte sie hinzugesetzt, daß sie ihr Geld auch damit verdienen könnte, daß sie als Näherin arbeitete. Aber da er nichts über dieses Talent von ihr wußte, wollte sie es auch erst einmal für sich behalten.

John zuckte die Achseln. »Fahren Sie Ihr Auto, wenn Sie meinen«, sagte er und wandte sich zum Gehen, »aber denken Sie daran, kein Geschäftsmann mit etwas Selbstrespekt wird es zulassen, daß er gesehen wird, wie eine Frau ihn durch die Straßen von Atlanta fährt.« Er hob bedauernd die Schultern. »Ich warte darauf, von Ihnen zu hören, Claire. Wenn Sie verzweifelt genug sind, kommen Sie zu mir.«

»Das werde ich niemals tun«, rief Claire ihm hinterher.

Aber es war alles Fassade. Claire wußte nicht, wie es weitergehen sollte. Aber wie konnte er es wagen, ihr so ein Heiratsangebot zu machen! So kalt und berechnend, daß es ihr jetzt noch kalt über den Rücken lief. Er konnte doch nicht wirklich glauben, daß sie so einen Antrag annähme!

Er könnte es glauben, weil ihm Diane so wichtig war. Er hätte es nicht aussprechen müssen, das wußte sie auch so. Er liebte diese Frau über alles, und um sie vor dem bösartigen Klatsch der Gesellschaftsdamen zu retten, würde er sich selbst durch die Ehe mit einer anderen Frau opfern. Es war recht edel und heroisch von ihm, doch auch Claire würde ein Opfer bringen, wenn sie einen Mann heiratete, von dem sie wußte, daß er sie nicht liebte. Claire kannte seine Gefühle für Diane und wußte, daß sie sich nicht ändern würden. Sie wäre eine Närrin, wenn sie sich an ihn binden würde.

Und was, wenn sie ihn dazu bringen könnte, sie zu lieben? fragte eine kleine Stimme in ihr. Was, wenn er dadurch, daß sie täglich zusammen wären, lernen würde, sie zu lieben? Vielleicht bekämen sie sogar ein Kind, dachte Claire mit tiefem Erröten, und die Mutter seines Sohnes würde ihm doch sicherlich etwas bedeuten?

Claire verdrängte den Gedanken so schnell, wie er

gekommen war. Er würde sicher mit ihr schlafen können, denn Männer konnten das wohl mit jeder Frau. Aber er würde dabei an Diane denken. Wie könnte sie seine Küsse und Umarmungen ertragen, wenn sie wußte, daß er jemand anderen bei sich haben wollte, auch wenn diejenige ihn nicht haben wollte?

Die Antwort war, daß sie das nicht ertrug. Sie mußte die Scherben ihres zerstörten Lebens einsammeln und unabhängig werden. Es gab bestimmt einen Weg. Wenn das geliebte Auto ihres Onkels nicht die Antwort war, mußte sie sich eben etwas anderes ausdenken. Und dann sollte ihr der arrogante Mr. Hawthorn noch einmal mit seinem Heiratsantrag kommen!

Zwei Wochen nach der Beerdigung wurden Claires Sorgen erdrückend. Kenny kam einmal und bot ihr an, alles zu tun, was getan werden mußte, das Heckeschneiden eingeschlossen. Claire ging auf sein Angebot nicht ein, weil sie keine falschen Hoffnungen in ihm wecken wollte, denn sie konnte ihm keine Liebe geben, nur Freundschaft.

Claire vermißte ihren Onkel sehr. Geld war bereits ein Problem. Claire hatte Gertie und Harry entlassen müssen, was für alle drei schwer und mit vielen Tränen und Versprechungen abgelaufen war. Die beiden fanden sehr schnell eine neue Stelle, weil sie für ihre gute Arbeit bekannt waren. Das nahm wenigstens eine Last von Claires Gewissen. Auch das Haus war verkauft worden, und Mr. Calverson hatte Claire eine Nachricht geschickt, daß der neue Besitzer nach Ablauf eines Monats einziehen wolle.

Claire würde zweihundert Dollar als ihren Teil des Geschäfts erhalten, aber auch die wären schnell aufgebraucht, weil sie die Beerdigung noch bezahlen mußte.

Claire hatte versucht, Kunden für ihr Autounternehmen

zu finden, aber wie John ihr prophezeit hatte, standen die Geschäftsleute nicht gerade vor ihrer Tür Schlange. Im Gegenteil, sie wurde nur abgewiesen. Claire holte den Wagen aus der Garage und fuhr um den Block – in dem langen Mantel, mit der Kappe und der Brille, die ihr Onkel immer getragen hatte. Jungs warfen mit Steinen nach ihr, und sie versetzte ein Pferd in Panik, so daß es über eine Hecke sprang. Danach parkte sie das Auto wieder in der Garage und schloß es weg.

Claire hatte auch kurz erwogen, als Näherin in einer Fabrik anzufangen, aber die Frau, die Gertie ihr als mögliche Auftraggeberin vorgeschlagen hatte, hatte gerade eine neue Näherin eingestellt und brauchte keine weitere Hilfe. Die einzige Alternative war, ihre Kleider an der Tür zu verkaufen oder einen Laden zu finden, wo sie Änderungen vornehmen könnte. Claire dachte an Kenny, aber sie hatte keine Lust, Anzüge zu nähen oder gar zu ändern.

In Heimarbeit zu nähen war eine gute Sache, nur daß ihr Heim in Kürze weg war. Ihr gehörten die Hühner und die Eier, die sie legten, aber wo sollte sie sie züchten, um die Eier an Kunden verkaufen zu können?

John hatte ihr gleich gesagt, daß sie zu ihm kommen würde, weil sie Hilfe brauchte, und sie war fast an dem Punkt angekommen. Nur ihr Stolz hielt sie noch zurück. Doch Stolz war teuer, und sie hatte fast kein Geld mehr.

Claire hatte gerade erst ihren Mantel ausgezogen, als es an der Tür klopfte. Sie öffnete und stand John gegenüber.

Ihr Herz tat einen Sprung, aber dann überwog ihr Ärger. »Frauen führen Bordelle und Pensionen!« fuhr sie ihn wütend an. »Wenn sie eine Art Geschäft leiten können, dann sicher auch andere.«

»Haben Sie vor, ein Bordell zu eröffnen?« fragte John belustigt. »Das kann ich nicht empfehlen – nicht in Colbyville.« Er beugte sich vor. »Wie auch immer, wenn Sie es tun, verspreche ich, daß ich Ihr erster Kunde bin«, flüsterte er.

Claire errötete. »Sie wissen sehr gut, daß ich das nicht wirklich vorhabe! Ich wollte nur ein Argument liefern«, setzte sie hinzu, denn der Gedanke daran, in Johns Armen im Bett zu liegen, ließ ihr die Knie weich werden. Er scherzte natürlich nur. »Was wollen Sie?«

John lächelte freundlich. »Ich wollte sehen, wie Sie zurechtkommen«, erwiderte er. Er suchte ihren Blick. »Ich habe mich bei Ihren Nachbarn über Sie erkundigt. Sie scheinen im Moment nicht viel Geld zu haben.«

Claire verschränkte die Arme vor der Brust. »Wenn ich nichts mehr habe, werde ich schon einen Job finden.«

»Sie wissen, daß Sie das Haus Ende des Monats räumen müssen?«

»Ja«, gab Claire widerstrebend zu.

John hatte erwartet, daß Claire nach Wills Tod zusammenbrechen würde. Tatsächlich hatte er täglich damit gerechnet, daß sie zu ihm kommen würde. Aber das war sie nicht. Sie hatte niemanden um Geld gebeten. Ihr Stolz überraschte ihn, was nur noch wenige Dinge schafften. Dafür hatten ihn seine Erfahrungen viel zu zynisch werden lassen. John dachte an den speziellen Moment in Kuba, als ihm alle seine Illusionen genommen worden waren. Der Anblick spanischer Gefangener, die wie Vieh in einem Gehege zusammengetrieben worden waren, hatte seine ganze Kompanie mit Entsetzen erfüllt. Viele der Männer waren gestorben, ehe die Amerikaner die Insel hatten besetzen können.

Noch schlimmer als sein Entsetzen dabei war der Moment gewesen, als die USS Maine in Havanna unterging, nur zwei Monate nachdem er mit seinen Männern hergebracht worden war. Seine beiden jüngeren Brüder waren an Bord des Schiffes gewesen. Er war es gewesen, der sie mit seinen Orden und dem Offizierspatent beeinflußt hatte, ebenfalls in die Armee einzutreten. Und nun waren Rob und Andrew tot. Bei der Beerdigung der Jungen hatte sein Vater ihn verflucht, bis ihm die Luft ausging. John hatte sich von seinem Kommandanten in Tampa extra beurlauben lassen, um an der Beerdigung teilnehmen zu können.

John hörte, wie seine Mutter weinte, sah das Mitleid in den Augen seiner kleineren Brüder und der Schwester, die zurückblieben. Dann dachte er an die kalten Augen seines Vaters, der ihm sagte, daß er ihn in Savannah nie wieder sehen wolle. Selbst später, als er verwundet nach New York zurückgebracht wurde, kam er auf eigenen Wunsch in ein Krankenhaus in Atlanta. Sein Vater hatte seiner Mutter verboten, ihn dort zu besuchen, ja selbst, ihm dorthin zu schreiben. Allein dafür haßte John den Mann. Er erinnerte sich jetzt daran, wie oft Claire ihn dort besucht hatte. Er hatte alles verloren, was er liebte, auch Diane, und Claires freundliche Anwesenheit hatte ihm damals viel bedeutet.

»Warum gucken Sie so?« fragte Claire ihn unerwartet.

John blinzelte. »Wie gucke ich denn?«

»Als wenn Sie keinerlei Hoffnung mehr hätten«, sagte Claire mit guter Beobachtungsgabe.

John lachte hart auf. »Dachten Sie, ich wäre romantisch?« neckte er sie.

»Ich dachte ..., nun, es wird kaum eine Rolle spielen, nicht wahr? Wahrscheinlich wird jeder Mann kalt, wenn er die Frau verliert, die er liebt. Es tut mir leid, was ich über Diane gesagt habe«, setzte sie dann überraschend für ihn hinzu. »Ich weiß, daß Sie nichts dafür können, wie Sie für sie empfinden.«

John zuckte zusammen. »Sie sehen zuviel.«

»Das habe ich immer«, erwiderte Claire traurig. »Ich habe keine Freunde, weil die Leute es vorziehen, nicht durchschaut zu werden.«

»Das wird ihnen in Ihrer Nähe kaum gelingen.«

Claire seufzte. »Manchmal.« Sie sah sich in dem kahlen Raum um. »Glauben Sie, daß die neuen Besitzer eine Haushälterin brauchen werden?« fragte sie dann.

»Nein, sie haben schon eine. Was für eine Arbeit suchen Sie denn?«

»Alles, was ich kann, ist kochen und saubermachen«, erwiderte Claire. »Oh, und mit Autos kenne ich mich natürlich aus. Und ich nähe ein bißchen«, setzte sie mit kleinem Lächeln hinzu.

John musterte sie. »Jede Frau näht ein bißchen. Und Autos sind kein gefragtes Thema, wenn es keine in der Gegend gibt. Ich meine mich zu erinnern, daß Ihr Onkel sogar das einzige benzingetriebene Auto hier besaß.«

»Eines Tages wird es viele geben.«

»Ohne Zweifel. Aber Sie brauchen etwas schneller Geld.«

Er sah sich um. Die meisten Möbel waren bereits verschwunden, verkauft worden, um Rechnungen zu bezahlen. »Wissen Sie, wo Sie wohnen werden, Claire?«

Sie versteifte sich. »Ich werde schon etwas finden.«

John erkannte die Angst hinter ihren stolzen Worten. Sie würde nie ihre Niederlage eingestehen, egal, was es für sie bedeutete. Er bewunderte ihren unabhängigen Geist.

John steckte die Hände in die Taschen und seufzte. »Heiraten Sie mich«, sagte er mit plötzlichem Ernst. »Das ist die Lösung für Ihre Sorgen und für die meisten von meinen.«

Claires Herz tat einen schmerzhaften Sprung, aber sie weigerte sich, dem nachzugeben. Wütend funkelte sie John an. »Ich habe schon einmal nein gesagt, und ich sage es wieder. Sie wollen mich doch nur als Tarnung haben, damit Sie Ihre Beziehung zu einer verheirateten Frau fortführen können!«

Seine dunklen Augen wurden schmal. »Sie kennen mich

kein bißchen, nicht wahr? Drehen Sie den Spieß mal um. Würden Sie mich heiraten und mich dann mit einem anderen Mann betrügen?«

Claire versteifte sich. »Es käme mir nie in den Sinn, mich so unehrenhaft zu verhalten.«

»Mir auch nicht.« John blickte in ihre grauen Augen und erkannte, daß sie nur die Wahrheit überzeugen konnte. »Lassen Sie uns offen miteinander sein. Ja, ich liebe Diane«, gestand er, nahm die Hände aus den Taschen und trat einen Schritt näher. »Ein Teil von mir wird sie immer lieben. Aber sie ist verheiratet, und ich kann sie ehrenhaft nicht mehr haben. Alles andere würde ihren Ruf zerstören, und meinen dazu. Es gibt nur einen vernünftigen Weg für mich, ein neues Leben ohne sie anzufangen. Sie und ich sind einander nicht fremd. Wir kennen einander mehr oder weniger seit sieben Jahren, die letzten zwei davon recht gut. Sie verfügen über Eigenschaften, die ich bewundere. Wir würden vielleicht nicht die leidenschaftlichste Ehe aller Zeiten führen, aber ich denke, daß wir sehr gut miteinander auskämen. Gerade jetzt stehen wir beide allein in der Welt.«

Das hatte Claire nicht erwartet. Sie hatte gedacht, daß er sie überreden oder ihr etwas vormachen würde, um sie für seine Pläne einzuspannen. Seine Ehrlichkeit ließ sie ohne Gegenwehr.

John betrachtete sie, bis sie errötete. Er hob eine Braue. »Es könnte sein, daß Sie es genießen, verheiratet zu sein, Claire.«

»Falls wir heiraten, dann nur – nur als Freunde«, stammelte Claire. »Ich werde nicht – das heißt – ich kann nicht ...«

»Sie können nicht mein Bett teilen«, ergänzte John für sie und lächelte noch breiter. »Na gut, lassen wir es dabei. Vorerst zumindest.«

»Für immer!« rief Claire verlegen.

»Oh, Claire, wie rot Sie sind!«

»Und hören Sie auf, mich zu necken!« Claire trat nervös von einem Fuß auf den anderen. »Sie müssen mir Ihr Ehrenwort geben.«

Er legte die Hand aufs Herz. »Hiermit verspreche ich hoch und heilig, daß ich nichts tun werde, das Sie in Verlegenheit bringt. Einverstanden?«

Claire entspannte sich ein wenig. Immerhin erwies er ihr einen großen Gefallen damit, daß er ihr den Schutz seines Namens anbot und die Sicherheit seines Heims.

»Ich will kein Ersatz für sie sein, verstehen Sie«, murmelte Claire.

»Das verstehe ich«, versicherte John. »Ich hoffe, daß Sie immer aufrichtig mit mir sein werden. Ich verspreche im Gegenzug, daß ich Sie nie anlügen werde.« Sein dunkler Blick war sehr intensiv. »Ich denke, wir werden uns verstehen.«

Claire seufzte. »Es ist ein seltsames Geschäft.«

»Vielleicht erweist es sich mit der Zeit als Segen für uns beide. Was für ein Ring soll es sein?« setzte er dann lächelnd hinzu. »Und was halten Sie davon, Atlanta dadurch zu schockieren, daß wir schon Ende des Monats heiraten?«

Claire keuchte auf. »Ende des Monats? Das wird einen Skandal hervorrufen!«

»Möglich, aber einen netten.«

»Ich habe niemanden, der mich übergeben kann.« Claire biß sich auf die Unterlippe und überlegte und merkte gar nicht, daß sie sich seinen Wünschen unterwarf. »Sie haben doch sicher Familie. Wird sie kommen wollen?«

»Meine Familie lebt weit weg«, erwiderte John steif, der ihr nicht sagen wollte, warum er sie nicht zu seiner Hochzeit einlud. »Sie werden nicht kommen können.«

»Oh, ich verstehe.« Claire seufzte. »Ich werde allein in die Kirche kommen müssen.«

John lächelte. »Sie werden eine entzückende Braut sein, Claire. Und ich verspreche, daß es eine kleine Hochzeit wird. Nur die notwendigsten Leute.«

Darüber dachte Claire im Moment nicht nach. Seltsamerweise bedachte sie nicht, wer diese Leute sein würden ... bis es zu spät war.

3

Weil Claire und ihr Onkel einander so nahegestanden hatten und sie ihm in ihrer freien Zeit immer mit dem Auto geholfen hatte, hatte sie keinerlei Freundschaften mit anderen jungen Frauen in der Stadt geschlossen. Dieser Mangel wurde ihr jetzt sehr bewußt, als eine aufgeregte Gertie ihr bei den Hochzeitsvorbereitungen half. Wenigstens war jemand aus ihrer »Familie« bei diesem aufregendsten Moment ihres Lebens dabei.

»Ich wünschte, Ihr Onkel könnte Sie so sehen, Miss Claire«, seufzte Gertie. »Sie sind bildhübsch!«

»Natürlich bin ich das – der Schleier bedeckt ja mein Gesicht«, gab Claire lächelnd zurück. Sie trug kein traditionelles Hochzeitskleid, sondern ein elegantes weißes Seidenkleid, das sie für den ersten Auftritt einer Debütantin entworfen hatte. Die Debütantin hatte im letzten Moment entschieden, daß sie es nicht haben wollte. Da es in Claires Größe war, hatte sie es für sich selbst behalten und war nun sehr froh darüber. Sie trug einen großen Hut mit Schleier dazu und ein kleines Blumensträußchen, das Gertie ihr gepflückt hatte und das sie mit Silberband umwunden hatte.

»Das habe ich nicht gemeint, und das wissen Sie ganz genau«, schalt Gertie. Sie glättete eine Falte des langen, fließenden Kleides. »So. Sie sehen perfekt aus. Mr. John wird sehr stolz sein.«

»Mr. John« hatte nicht besonders stolz ausgesehen, als

sie ihn kurz an der Tür gesehen hatte, dachte Claire traurig. In den vergangenen drei Wochen war er sehr aufmerksam und höflich zu ihr gewesen und hatte sie jeden Abend zu Dichterlesungen und Konzerten ausgeführt. Seine Zuneigung zu ihr hatte sich nicht verändert. Es gab keine Küsse, keine Versuche, ihre Freundschaft in ein anderes Stadium zu überführen. Und heute, am Tag der Trauung, hatte er plötzlich gehetzt ausgesehen. Claire hatte insgeheim Angst, daß er sich vor dem Altar noch einmal anders entscheiden könnte – ein Bild, wie sie einsam dort wartete, erschien vor ihrem inneren Auge.

»Nanu, Ihre Hände zittern ja!« rief Gertie da aus und ergriff sie mit ihren, um sie zu wärmen. »Aber Kind, regen Sie sich nicht auf. Ehrlich, es ist sehr angenehm, verheiratet zu sein! Harry und ich sind es jetzt seit dreißig Jahren, und wir sind immer glücklich gewesen. Sie werden auch glücklich sein!«

Claire blickte ruhig in die freundlichen, warmen Augen. »Ja, aber Harry liebt Sie ja auch.«

Gertie hob die Schultern. »Manchmal stellt sich die Liebe auch erst später ein.«

»Oder gar nicht«, setzte Claire hinzu und dachte daran, daß John seinen Chef – mit seiner Frau – zur Hochzeit eingeladen hatte. John war vielleicht darüber beunruhigt, weil auch ein paar andere Leute aus reiner Neugier zu der Hochzeit kommen würden. Sicher hatte er deshalb so besorgt ausgesehen – nicht, weil er es bedauerte, ihr den Antrag gemacht zu haben! Sie mußte daran glauben, daß er sie gerne heiraten wollte!

John versuchte, Diane zu ignorieren, die in ihrem schwarz-weißen Kleid so schön und elegant aussah. Sie lächelte, sah aber angestrengt aus, und ihr Mann lächelte kein bißchen.

John hatte sich seit Wills Beerdigung Sorgen um Claire gemacht. Eli Calverson hatte sich ihr gegenüber kurz angebunden und ihm selbst gegenüber regelrecht feindselig gezeigt, als wenn er den Klatsch über Diane und ihn gehört hätte und nun wütend wäre.

John hatte unbedingt mit Diane sprechen wollen, um herauszufinden, ob ihr Mann sie wegen der Gerüchte schlecht behandelte. Doch er hatte es nicht gewagt, sich ihr zu nähern, um die ganze Situation nicht noch zu verschlimmern. Doch heute hatte sie ihn angesprochen, als sie für einen Moment hinten in der Kirche allein gewesen waren, und Tränen hatten in ihren Augen geglitzert.

Diane hatte ihn am Ärmel gezogen und ihn in einen Seitenraum gesteuert. »Ich hätte nie gedacht, daß du wirklich ernst machst! Tu es nicht! Tu es nicht!« flehte sie ihn an und klammerte sich an seinen Arm. »John, das kannst du einfach nicht machen! Ich habe mich geirrt. Ich habe einen furchtbaren Fehler gemacht, das gebe ich zu. Ich habe nur geheiratet, um dir eins auszuwischen. Aber was wäre, wenn meine Ehe sich plötzlich auflösen würde und du dann an Claire gebunden wärest? Du mußt die Hochzeit absagen!«

»Wovon redest du, Diane?« fragte John und packte sie an den Schultern. »Du wirst immer meine Freundin bleiben ...«

Das Feuer in seinen Augen ließ sie erbeben. Diane lehnte sich an ihn und hob ihm ihr Gesicht entgegen. »Ich will keine Freundschaft. Ich liebe dich!«

John hielt den Atem an. »Du hast gesagt ...«

»Ich habe gelogen! Ich wollte diese ganze, schreckliche Situation für dich einfacher machen, aber jetzt muß ich reden. Ich muß! John, du darfst mit dieser Ehe nicht ernst machen. Ich verspreche dir alles, alles ... wenn du aus der Kirche gehst. Alles, mein Liebling«, flüsterte sie verlockend.

John spürte einen Kloß im Hals. Ihre Augen versprachen ihm den Himmel, ihre Lippen ... wie von unsichtbaren Faden gezogen, neigte er sich zu ihr. Und dann ging ihm plötzlich auf, wer er war – und wer sie war – und wo sie sich befanden. Widerstrebend zog er sich zurück, und Schweiß sammelte sich auf seiner Oberlippe. »Es ist zu spät«, sagte er erstickt.

»Nein!« schrie sie auf. »Du kannst noch gehen.«

»Wie denn?« wollte er gequält wissen. Sie liebte ihn. Sie liebte ihn immer noch! Und er würde gleich heiraten! »Diane, halb Atlanta sitzt in der Kirche. Ich kann nicht!«

Diane sah ihn durch Tränen hindurch an. »Ich war eine Närrin! Ich habe erst vor kurzem gemerkt, wie sehr ich dich liebe. Aber es gibt keinen Grund für dich, John, dein Leben ebenfalls durch eine übereilte Heirat zu ruinieren. Du liebst sie doch gar nicht. Du liebst mich!«

»Ich weiß«, stöhnte John und ergriff fest ihre Hände. Seine dunklen Augen sahen sie bewundernd an. »Ich liebe dich mehr als mein Leben.«

Diane drängte sich an ihn. »Meine Ehe ist vielleicht vorbei«, flüsterte sie. »Ich kann dir jetzt nicht mehr sagen, aber ich bin vielleicht eher frei, als du denkst. John, du mußt die Hochzeit stoppen. Es können nicht zwei Ehegatten zwischen uns stehen. Es gibt etwas, das ich dir unbedingt sagen muß, über Eli...« In dem Moment entdeckte sie ihren Mann, der die Kirche betrat, und entfernte sich rasch ein paar Schritte von John. Als Calverson zu ihnen trat, lachte Diane. Wie schnell sie sich verstellen konnte, dachte John – viel besser als er.

»Oh, John, was für eine Geschichte«, sagte sie und tupfte sich die Augen ab. »Das müssen Sie einfach Eli erzählen.«

Ihr Mann entspannte sich, als er die Lachtränen auf ihrem Gesicht sah. »Später, meine Liebe, später«, sagte er und nickte John zu. »Dieser junge Mann hat eine Hochzeit vor sich.« Damit ergriff er Diane am Arm und steuerte sie auf ihre Plätze zu.

Diane sah sich zu John um, und ihre Augen waren groß und verzweifelt und bittend.

John war traurig. Diane hatte wochenlang nichts von sich hören lassen. Jetzt, an seinem Hochzeitstag, erklärte sie ihm ihre Liebe und bat ihn, nichts zu übereilen, versprach ihm eine gemeinsame Zukunft, deutete an ... ja, was? Er liebte sie und wußte nun mit Sicherheit, daß auch sie ihn liebte, und das, wo er im Begriff war, eine andere Frau zu heiraten.

War es verrückt von ihm, Claire zu heiraten, wenn er sie nicht liebte? Sein Blick suchte Claires, die ihn liebevoll anlächelte. Unbehaglich wandte er sich ab. Diane ... seine Liebe, sein ein und alles. Er war kurz davor, sie für immer zu verlieren, weil er üblen Klatsch eindämmen wollte und Mitleid mit Claire hatte. Warum hatte er nicht rechtzeitig gemerkt, daß er sich mit dieser Ehe fesselte? Er war nie auf den Gedanken gekommen, daß Dianes Ehe enden könnte. Jetzt auf einmal bestand die Möglichkeit – jetzt, wo es fast zu spät war! Für seine Ehe mit Claire würde es keine schnelle Auflösung geben, keine Annullierung, auch wenn Diane plötzlich frei sein sollte, denn dann gäbe es erst recht Klatsch über sie. Natürlich könnten sie auch zusammen weggehen ...

Noch war Zeit, sagte er sich. Er konnte dem Ganzen jetzt sofort ein Ende bereiten. Er könnte zu Claire gehen, ihr sagen, daß er sich alles noch einmal überlegt hatte, daß er sie nicht liebe und deswegen doch nicht heiraten könne. Das könnte er ihr sagen!

John unternahm sogar einen Versuch dazu. Als Claire die Sakristei betrat, ging er zu ihr, seine Gefühle in Aufruhr.

Claire sah ihn offen an, und er entdeckte Bewunderung in ihren Augen, als sie ihn glücklich ansah.

Johns Lippen öffneten sich, um die Sätze zu sagen, die diese Farce beenden würden. Aber als er durch den

Schleier in ihre sanften grauen Augen blickte, brachte er die Worte einfach nicht hervor. Er stand einfach nur sprachlos vor ihr. Sie sah so rein aus, so klar und unschuldig. So verliebt, dachte er bitter. Und plötzlich war die Vorstellung, ihr weh zu tun, unmöglich.

»Stimmt etwas mit meinem Kleid nicht?« fragte Claire besorgt.

»Nein«, gab John kurz zurück. Er warf einen Blick auf die vollbesetzte Kirche. »Warte auf die Musik, Claire«, sagte er steif und wandte sich ab, um zum Altar zu gehen, wo der Priester darauf wartete, sie zu verheiraten.

Er verachtete sich selbst. Mitleid war kein Grund für eine Hochzeit. Sein Herz gehörte für immer Diane, jetzt noch mehr denn je. Guter Gott, könnte er je vergessen, was Diane ihm heute anvertraut hatte? Könnte er je die Qual in diesen schönen Augen vergessen? Wie war er nur auf die Idee gekommen, Claire zu heiraten, wenn ein simples Darlehen doch den gleichen Zweck erfüllt hätte? Doch diese Einsicht war zu spät gekommen. Jetzt konnte er kaum noch aus der Kirche verschwinden, während die Hälfte von Atlantas angesehenster Bürgerschaft ihm zusah. Der Skandal würde ihn ruinieren ... und Claire auch. Jetzt mußte er die Sache durchstehen.

Claire hörte, wie die Musik zu spielen begann, und ging den Gang zum Altar hinunter – allein. Es gab niemanden, der sie dem Bräutigam übergeben würde, keine Brautjungfern und Blumenmädchen. Es war eine kirchliche Trauung, aber eine gedämpfte, keine fröhliche.

Claire entdeckte Diane, und die Frau sah John mit einem seltsamen Ausdruck im Gesicht in die Augen. Sie wollte ihn offenbar immer noch. Und eine Sekunde später beobachtete Claire, wie John den Kopf drehte und der Frau einen gequälten Blick zuwarf.

Als Claire an Johns Seite trat und der Priester zu sprechen begann, raste Claires Herz. John liebte Diane, und nach dem Blick zu urteilen, mit dem sie John eben angesehen hatte, wurde seine Liebe erwidert! Claire hatte das Gefühl, in der Falle zu sitzen. John war mit seinen Gefühlen genauso allein wie sie mit ihren.

Claire liebte ihn, aber das würde niemals auf Gegenseitigkeit beruhen. Er würde mit ihr zusammenleben, eines Tages auch mit ihr schlafen, und dann hätten sie vielleicht irgendwann Kinder. Aber träumen würde er von Diane, lieben würde er Diane, jede Minute und jeden Tag – so wie sie von ihm träumte und ihn liebte. Es würde ein leerer Triumph sein und eine hohle, herzlose Ehe. Und das hatte sie zu spät erkannt, weil sie von ihrer Trauer um Onkel Will und ihrer Liebe zu John zu überwältigt gewesen war.

Der Priester fragte John, ob er Claire zu seiner Frau nehmen wolle, und er antwortete gepreßt mit Ja.

Dann wurde Claire dieselbe Frage gestellt. Sie zögerte und spürte, wie Johns Hand ihre hart umklammerte. Claire sprach das Wort errötend, ohne bewußte Entscheidung. Dann steckte er ihr den Ring an den Finger, der Priester beendete die Zeremonie und erlaubte dem Bräutigam dann, die Braut zu küssen.

John hob den Schleier und sah ihr mit unbewegter Miene in die Augen. Dann beugte er sich herab und streifte mit kühlen Lippen kaum ihren Mund, ein Kuß, der sich sehr von dem unterschied, von dem sie geträumt hatte, den sie sich gewünscht hatte, seit sie ihn kannte.

John ergriff ihren Arm, und sie schritten den Gang entlang durch die Menge, die ihnen zujubelte und gratulierte. Nur Diane gratulierte nicht. John warf einen Blick auf ihr unglückliches Gesicht, und sein Herz wurde kalt. Er sah weg und schritt aus der Tür, ohne noch einen Blick zurück zu werfen.

Sie kamen spät in Johns Wohnung, nach einem aufwendigen Empfang. Es hätte ein schönes Ereignis werden können, aber da Claire aussah wie eine trauernde Witwe und John ein gezwungenes Lächeln zur Schau trug, kam nicht die richtige Stimmung auf.

Die Wohnung war hübsch. Sie lag in der Peachtree Street, von hohen, alten Bäumen umgeben. Claire wünschte nur, daß es hell wäre, dann hätte sie mehr sehen können. Morgen würde sie sich den Schuppen ansehen, von dem John ihr erzählt hatte. Vielleicht konnte sie ja Onkel Wills Auto darin unterbringen.

Zögernd verharrte Claire auf der Treppe zur zweiten Etage des großen viktorianischen Hauses, in dem John eine Wohnung gemietet hatte. Edle Sofas und Sessel standen im Salon, teure Vorhänge hingen an den Fenstern. In einem großen Aschenbecher lag eine halbgerauchte Zigarre, und im Kamin brannte ein Feuer, denn die Septemberabende wurden schon kühl.

»Das hier wird dein Zimmer«, verkündete John in gedämpftem Ton und öffnete eine Tür, die vom Salon abging.

Claire trat ein. Es war klein, aber gemütlich mit einem Eisenbett, das weiß lackiert und mit einer Damastdecke bedeckt war. Außerdem gab es einen Waschstand mit einem Krug und einer Wasserschüssel darauf und einen Ankleidespiegel mit Kommode und Schrank dazu. Alles, was man sich nur wünschen kann, dachte Claire, nur der Ehemann fehlt.

»Danke, daß du nicht auf einem gemeinsamen Zimmer bestanden hast«, sagte Claire leise und ohne ihn anzusehen.

»Das war kein Problem, da wir ja keine normale Ehe geschlossen haben.« Ärgerlich und voller Schuldgefühle schlug John gegen die Kommode. »Ich muß verrückt geworden sein!« Dann sah er sie so verbittert und voller

Qual an, daß Claire es wie einen Schlag ins Gesicht empfand.

Ihre Finger krallten sich in den Seidenvorhang. »Ich habe dir keine Falle gestellt«, erinnerte sie ihn kühl. »Du selber hast mich dazu überredet, weil du meintest, es sei in unser beider Interesse.«

»Ja, das habe ich«, gab er ehrlich zu und versuchte, seine Gefühle unter Kontrolle zu bringen. »Es war ein Akt, den wir beide unser Leben lang bereuen werden.«

Claire wußte nicht, was sie sagen sollte. John sah verzweifelt aus.

Er schloß die Augen und öffnete sie dann wieder. Er hatte das Gefühl, um zwanzig Jahre gealtert zu sein. »Nun, es ist passiert. Wir müssen das Beste daraus machen. Es gibt keinen Grund, warum wir viel zusammensein müßten. Du kannst dich um die Wohnung kümmern, und ich werde jeden Tag zur Arbeit gehen. Abends arbeite ich oft lange, auch samstags. Sonntags gehen wir in die Kirche. Gelegentlich besuche ich meinen Club, um Tennis zu spielen.«

Anscheinend hatte er nicht vor, sie dorthin mitzunehmen. »Ich hätte gerne das Auto meines Onkels hier«, sagte Claire gefaßt.

John seufzte und fuhr mit der Hand durch die Luft. »Wenn es sein muß.« Er brachte es nicht übers Herz, darüber mit ihr zu debattieren.

»Es muß sein«, beharrte Claire fest. »Außerdem will ich mein Rad haben.«

John hob die Brauen. »Du fährst Fahrrad?«

»Aber sicher. Die meisten jungen Damen besitzen heutzutage Fahrräder. Es ist eine wundervolle Übung. In der Stadt gibt es auch einen Fahrradclub.«

»Es ist gefährlich«, wandte John ein, als er ihre Pläne hörte. Erst ein Auto, jetzt noch das. »Eine Radrennfahrerin ist vom Rad gefallen und hat sich verletzt. Soweit ich weiß, ist es mittlerweile auch verboten, nachts Fahrrad zu fahren, wenn es nicht richtig beleuchtet ist.«

»Das weiß ich«, erwiderte Claire. »Ich richte mich natürlich nach den Regeln. Außerdem fahre ich nicht nachts.«

John steckte die Hände in die Taschen und betrachtete seine Frau. Er kannte sie wirklich nicht. Sie war seine Freundin. Aber sie war auch eine Fremde, die von jetzt an sein Leben teilen würde. John wußte noch nicht, ob ihm das gefallen würde.

Claire ging es nicht anders, trotz ihrer Sehnsucht nach Liebe. Sie zog eine Grimasse. »Gibt es hier fließendes Wasser?« fragte sie.

»Natürlich, in der Halle«, erwiderte John. »Und du darfst in die Küche gehen, auch wenn Mrs. Dobbs sich um die Mahlzeiten kümmert. Sieh dir ihren Zeitplan an und bitte sie um alle Speisen, die du magst.«

»Das werde ich tun.« Claire setzte ihren Hut ab und zog die große Nadel mit der Perle heraus. Ohne ihn sah sie zerbrechlich und sehr jung aus.

Es verletzte John, sie so zu sehen. Nichts von allem war ihre Schuld. Er runzelte die Stirn, als er überlegte, was für eine Enttäuschung dieser Tag für sie gewesen sein mußte. Und er hatte nichts dazu beigetragen, um es für sie einfacher zu machen. Tatsächlich war er die meiste Zeit feindselig gewesen, weil er immer nur daran gedacht hatte, was Diane zu ihm gesagt hatte und wie verzweifelt sie in der Kirche ausgesehen hatte. Er konnte den Schmerz kaum ertragen.

»Es tut mir leid«, sagte sie da unerwartet und sah ihn an. »Ich wußte, daß du heute eine andere Entscheidung treffen wolltest und daß es da zu spät war. Du hattest nicht so weit vorausgedacht, nicht wahr?«

Es hatte keinen Sinn, ihr etwas vorzumachen, das sah John sofort. Er hob das Kinn und seufzte schwer. »Es spielt keine Rolle mehr, was ich gedacht habe. Wir müssen aus dem, was ist, das Beste machen.«

Claire hätte am liebsten hysterisch gelacht, doch ihr Blick glitt nur bedauernd über sein schmales, attraktives Gesicht. Es würde ein trauriges Leben werden ohne seine Liebe und ohne die Hoffnung auf mehr als Toleranz auf seiner Seite. Sie mußte genauso verrückt geworden sein wie er, sich auf so eine Ehe eingelassen zu haben.

»Warum hast du mich geheiratet, wenn du noch immer sie liebst?« hörte Claire sich fragen.

Ein Muskel in Johns Wange zuckte. »Wie du sagst, Claire, ich habe nie weiter vorausgedacht. Du hast mir leid getan, ich mir vielleicht auch. Welchen Unterschied machen jetzt auch unsere Gefühle?« Er zuckte die Achseln. »Sie ist verheiratet, und ich bin es auch. Keiner von uns ist so schwach, den Eid zu vergessen, den wir vor Gott geleistet haben.« John sah jetzt müde aus, fast besiegt. Er wandte sich ab. »Ich werde mich früh zurückziehen. Das wäre für dich sicher auch das Beste.«

»Ja, vielleicht. Gute Nacht.«

John fühlte sich so schuldig, daß er sie nicht ansehen konnte, als er die Tür hinter sich schloß.

Als Claire später im Dunkeln allein war, ließ sie ihren Tränen freien Lauf. Sie hatte so große Erwartungen in ihre Ehe gesetzt, nur um jetzt zu entdecken, daß ihr Mann den Schritt bereits bereute. Wenn doch nur Diane nicht zur Hochzeit gekommen wäre! Doch nun war Claire in einer Ehe, die John nicht wollte, an ihn gebunden, und es war zu spät, um noch etwas dagegen zu unternehmen. Allein der Gedanke an eine Scheidung bereitete ihr Übelkeit. Das war ein Makel, den keine Frau sich in ihrem Leben wünschte. Aber eine sterile, lieblose Ehe war vielleicht viel schlimmer. Keine Küsse, keine Gemeinsamkeiten, nicht mal der Trost eines Kindes. Claire hielt sich die Faust vor den Mund, um einen neuen Tränenstrom zu stoppen. Wirklich, sie mußte aufhören zu weinen. Von ein paar zerbrochenen Träumen würde sie sich nicht unterkriegen lassen.

Am Freitag hatte sich Claires Stimmung ein wenig gehoben, weil sie den Schuppen aufgeräumt hatte, um Onkel Wills Auto dort unterzubringen. Mrs. Dobbs, die Vermieterin, hatte erst nach langem Überreden eingewilligt. Wie vielen Leuten war ihr die neue Erfindung unheimlich.

Claire ließ sich von Johns Chauffeur zum ehemaligen Haus ihres Onkels mitnehmen. Dort wischte sie das Auto sauber und stieg ein. Ein freundlicher Nachbar hatte ihr bereits ihr Fahrrad hinten mit Seilen festgebunden. Claire setzte ihre Schutzbrille auf und winkte allen zu, ehe sie davonfuhr.

Sie hatte das Gefühl, von allen Fesseln befreit zu sein. Claire fuhr auf der Straße nach Atlanta dahin in Mantel, mit Mütze und Schutzbrille. Die Sachen waren ihr vielleicht ein bißchen zu groß, aber mit dem Auto kam sie sehr gut zurecht. Die Pferde unterwegs wurden nervös, wenn sie sich näherte. Claire wollte die Tiere nicht erschrecken. Viele Leute waren schon umgekommen, weil ihnen die Pferde durchgegangen waren, nicht nur wegen der Autos, sondern auch, weil Reitpferde gegen ihre Gewohnheit zu Wagenpferden gemacht wurden. Kutschpferde mußte man sorgfältig auswählen.

Der Wind wehte Claire ins Gesicht, und sie lachte vor Freude laut – das erstemal in der einen Woche, die sie jetzt verheiratet war. John gab vor, daß sie gar nicht vorhanden war, außer bei Frühstück und Abendbrot, wo er gezwungen war, von ihr Notiz zu nehmen, weil sie das Essen mit Mrs. Dobbs zusammen einnahmen. Die Haushälterin wußte nichts von der wahren Natur ihrer Ehe und neckte sie fortwährend mit eindeutigen Anspielungen auf eine Erweiterung ihrer Familie.

Die gutmütigen Bemerkungen schienen John nichts auszumachen. Claire fragte sich, ob er sie überhaupt hörte, so versunken war er immer. Nur Claire störten sie. Es war schwer, sich die ganze Zeit über zu verstellen.

Aber wenn sie hier im Auto saß und mit fast fünfzig Stundenkilometern die Straße entlangfuhr, brauchte Claire sich nicht den Kopf zu zerbrechen. Ihre Kleidung entstellte sie so, daß niemand sie erkennen würde. Claire fühlte sich frei, mächtig und unbesiegbar. Es waren keine anderen Fahrzeuge auf der Straße, deshalb stieß Claire einen Jubelschrei aus und fuhr noch ein bißchen schneller.

Der Wagen hatte eine geschwungene Karosserie, Speichenräder und einen Knüppel im Vorderteil, mit dem er gesteuert wurde. Der Motor befand sich zwischen den Hinterrädern, darunter die Gangschaltung. Schnurrend sauste der Wagen dahin, auch wenn er noch viele Probleme machte. Zum einen neigte der Kühler dazu, zu heiß zu werden, und Claire mußte jede Meile anhalten, damit er sich abkühlen konnte. Außerdem riß ärgerlicherweise immer wieder der Keilriemen. Öl, das die Teile geschmeidig hielt, tropfte immer wieder aus den Fugen auf die blitzenden Räder, und die Bremsen funktionierten auch nicht einwandfrei. Doch trotz dieser kleinen Widrigkeiten hielt sich die Maschine ansonsten wacker und war für kleinere Ausfahrten gut geeignet. Wenn Claire fuhr, fühlte sie sich sorgenfrei.

Es machte Claire Spaß, in Atlanta zwischen den eleganten Kutschen und Wagen hindurchzusteuern. Atlanta war eine historische Stadt, und Claire hatte selber an zwei Feierlichkeiten 1898 teilgenommen. Die eine war die Versammlung der Veteranen im Juli gewesen, zu der rund fünftausend Zuschauer gekommen waren, um die herrliche Parade der alten Herren die Peachtree Street hinunter zu sehen. Claire erinnerte sich an General Gordon, der auf seinem stolzen schwarzen Pferd im Regen gesessen hatte, um die Parade abzunehmen, die an den 38. Jahrestag der Schlacht von Atlanta erinnerte. Der Moment hatte sie so beeindruckt, daß ihr Tränen in die Augen gestiegen waren. Die Nordstaatenzeitungen hatten über das Ereignis berichtet, als wenn die Südstaaten kein Recht hätten, Respekt für gewöhnliche Männer zu zeigen, die bei der Verteidigung ihrer Heimat im Krieg gefallen waren. Ein Krieg, der durch reiche Farmer ausgelöst worden war, die zu geizig gewesen waren, um auf ihre Sklaven zu verzichten.

Im Dezember desselben Jahres war ein zweiter Tag gefeiert worden, das Atlanta Friedensjubiläum, bei dem der Sieg der Amerikaner im Spanisch-Amerikanischen Krieg das Thema war. Präsident William McKinley war anwesend, und Claire hatte ihn selber gesehen. John hatte zu der Zeit in der Klinik gelegen, und Claire hatte ihm erzählt, wie aufregend es gewesen war, Konföderierte und Unionstruppler Seite an Seite feiern zu sehen.

Im vergangenen Juli hatten Onkel Will, John und Claire an einem Veteranentreffen beider Parteien im Aragon Hotel teilgenommen. Dort war es bewegend für Claire gewesen zu sehen, wie ehemalige Feinde versucht hatten, ihre Vergangenheit zu vergessen und Frieden zu schließen.

Schon bald war Claire zu Hause und manövrierte ihr Fahrzeug zum Schuppen hinter der weißen viktorianischen Villa von Mrs. Dobbs. Sie schaltete den Motor ab, wobei sie die Nase kraus zog, als sie die Benzingase einatmete.

Sie stieg aus dem Auto und tätschelte zärtlich den Ledersitz hinter dem Lenkrad. »So, Chester«, murmelte sie den Namen, auf den sie das Auto getauft hatten, »jetzt bist du zu Hause. Ich komme nachher und mache dich sauber.« Dann zog sie eine Grimasse, als sie die Knoten sah, mit denen ihr Fahrrad am Heck befestigt war. »Dafür werde ich ein Messer brauchen«, sagte sie zu sich selbst. Es war nicht sehr wahrscheinlich, daß ihr John dabei helfen würde, die Seemannsknoten aufzuknüpfen. John verbrachte nur wenig Zeit mit ihr.

Claire schloß den Schuppen ab, drehte prüfend den Türknopf und lief zur Rückseite des Hauses, wobei sie sich den Mantel auszog und die Schutzbrille absetzte. Dann lief sie rasch durch die Halle, um nach oben zu kommen, ehe man sie in ihrem Aufzug entdeckte, denn Rock und Bluse waren staubig und voller Öl, ihr Gesicht verschmiert und ihre Haare zerzaust.

Gerade als Claire in die Halle trat, stand sie plötzlich ihrem Mann und zwei Geschäftsleuten gegenüber. John sah sie an, als wenn er sie nicht kennen würde – schlimmer, als wenn er sie nicht kennen wollte! Seine dunklen Augen wurden noch dunkler, und er holte tief Luft.

»Claire, ich möchte dir Edgar Hall und Michael Corbin, zwei meiner Kollegen, vorstellen. Meine Herren, meine Frau Claire.«

»Sehr erfreut«, sagte Claire lächelnd und streckte eine ölige Hand aus – die beide Männer ohne ein sichtbares Zeichen von Abscheu schüttelten. »Verzeihen Sie meinen Aufzug, aber ich habe gerade das Automobil meines Onkels von Colbyville hierher gefahren. Das hat fast den ganzen Morgen in Anspruch genommen.«

»Sie fahren ein Auto, Mrs. Hawthorn?« fragte einer der Männer überrascht.

»Ja«, bestätigte Claire stolz. »Mein Onkel hat es mir beigebracht.«

Der Mann warf John einen sprechenden Blick zu. »Wie … interessant und … ungewöhnlich.«

»Nicht wahr?« erwiderte Claire. »Wenn Sie mich jetzt entschuldigen wollen, ich muß mich umziehen.«

»Ja, tu das«, sagte John, der aussah, als würde er liebend gerne noch mehr sagen.

Claire entkam und war sich schmerzhaft bewußt, daß schockierte und kritische Blicke ihr folgten.

»... nicht klug, daß Sie Ihre Frau mit so einem gefährlichen Ding fahren lassen«, hörte sie den älteren der Männer sagen, als sie oben auf der Treppe war. »Was werden die Leute sagen?«

Claire wartete nicht auf Johns Antwort. Männer! dachte sie ärgerlich. Sobald eine Frau ihre Schürze abnahm und etwas Intelligentes tat, schockierte es sie bis zur Sprachlosigkeit. Nun, sie würden sich noch auf einiges gefaßt machen müssen, wenn es nach ihr ging.

Doch ihr Mut hielt nur so lange, bis sie John eine halbe Stunde später allein in der Halle traf.

»Ich will nicht, daß du mit dem Ding durch die Stadt fährst«, sagte er kurz.

»Weil es sich für eine Dame nicht gehört und deine Freunde es nicht gutheißen?« fragte Claire ihn mit blitzenden Augen.

»Weil das verdammte Ding gefährlich ist«, gab John zurück. »Fahr nicht wieder allein damit.«

»Plustere dich nicht so auf«, erwiderte Claire erregt. »Ich werde tun, was mir gefällt. Ich bin nicht deine Sklavin ... oder dein Eigentum!«

Sein Gesicht verfinsterte sich. »Du bist meine Frau. Ich bin für dich verantwortlich. Das Ding ist eine Todesfalle!«

»Es ist auch nicht gefährlicher als ein Pferd«, informierte Claire ihn. »Und die Meinung deiner Kollegen interessiert mich nicht.«

»Mich auch nicht«, sagte John ärgerlich. »Mir geht es um dich, nicht um die öffentliche Meinung.«

Ihr Herz tat einen Satz. »Wirklich?«

»Wirklich. Und ich will nicht, daß du zum Stadtgespräch wirst«, sagte er ruhig und suchte ihren Blick. »Gewisse Regeln muß man einhalten. Deine gesellschaftliche Stellung ist jetzt höher als damals, als du noch bei deinem Onkel gewohnt hast. Du mußt dich anpassen.«

Claire seufzte schwer. Die alte Freiheit ihrer Jugend

schien mit ihrem Onkel gestorben zu sein. Jetzt mußte sie sich anpassen, um den Erwartungen der Gesellschaft zu entsprechen. Wie sollte sie nur ein so langweiliges Leben nach den herrlichen Tagen mit Onkel Will ertragen?

Claire ergriff die Lehne eines Stuhls und klammerte sich haltsuchend daran fest. »Ich verstehe«, sagte sie, als die volle Bedeutung der Veränderung in ihrem Leben ihr bewußt wurde – und der Veränderung in ihrem Ehemann. Diane würde er bestimmt nicht so bevormunden. Selbst wenn sie nackt im Auto durch Atlanta fahren wollte, würde er ihr nicht widersprechen. Aber Diane liebte er ja auch. Wenn er sich um Claire Sorgen machte, dann nur wegen ihres Rufs. Nur nicht noch mehr Klatsch zu dem, der schon kursierte.

John holte tief Luft. Claires Widerstand erfüllte ihn mit neuen Schuldgefühlen. »In einer Ehe wie der unsrigen muß man bestimmte Opfer bringen.«

»Meine Opfer natürlich«, sagte Claire. »Du machst einfach weiter wie vorher und arbeitest fünfzehn Stunden am Tag, während du um Diane trauerst.«

Ihr Angriff traf ihn unvorbereitet. »Verdammt!« fauchte er.

Gleich explodiert er, dachte Claire. Seine Augen blitzten, und er funkelte sie wütend an.

Claire hob das Kinn und trat auf ihn zu, ohne jede Furcht. »Würdest du mich gerne schlagen? Nur zu. Ich habe keine Angst vor dir. Tu dein Schlimmstes. Ich habe meinen Onkel und mein Zuhause und meine Unabhängigkeit verloren. Aber meinen Stolz und meine Selbstachtung habe ich noch, und du kannst nichts tun, um mir die auch noch wegzunehmen.«

»Ich schlage keine Frauen«, erwiderte John eisig. »Aber ich lasse nicht zu, daß du weiter allein in diesem Auto herumfährst. Wenn du das noch einmal versuchst, zerschneide ich die Reifen an dem verdammten Ding.«

»John!« schrie Claire auf, schockiert, daß er jetzt schon zweimal geflucht hatte.

John lächelte kühl. »Hast du gedacht, nur weil ich in einer Bank arbeite, reagiere ich nicht wie ein normaler Mann, wenn mich etwas ärgert? Ich habe ein paar Jahre lang eine Uniform getragen, Claire, zwischen dem Abschluß an der Zitadelle und Harvard. Ich habe in Atlanta gearbeitet, als ich mich eingeschrieben habe – lange genug, um in Kuba mitzukämpfen –, aber einmal habe ich mir kein Leben mehr außerhalb der Armee denken können. Ich habe mich an das Zivilleben angepaßt, weil ich es mußte. Und du wirst auch lernen, dich an das Gesellschaftsleben anzupassen, weil du es mußt. Es gibt schon genug Klatsch über uns.«

So hatte er noch nie zu ihr gesprochen – und John war plötzlich ein Fremder für Claire. Sie räusperte sich.

»Ich mußte Chester doch herholen.«

»Chester?« fragte John.

Sie machte eine verlegene Handbewegung. »Mein Auto.«

Er zwinkerte belustigt.

»Ich werde ihn nicht mehr fahren«, gab Claire schließlich nach, auch wenn es ihr so vorkam, als gäbe sie damit einen Teil von sich selber auf. Anscheinend mußte sie für ihren Unterhalt damit bezahlen, daß sie ihre Persönlichkeit aufgab. »Ich nehme an, wenn ich Bewegung brauche, kann ich mein Fahrrad fahren.«

»Du brauchst nicht so tragisch zu klingen«, sagte John. »Ich will nur, daß du dich wie die Frau des Vizepräsidenten einer der bekanntesten Banken in Atlanta benimmst, statt wie ein kleines Mädchen, das mit gefährlichen Sachen spielt.«

Claires graue Augen glitzerten. »Ein Auto ist wohl kaum ein Spielzeug.«

»Für dich schon. Warum verbringst du deine freie Zeit

nicht damit, dir ein paar Freundinnen zu suchen oder Besuche zu machen oder dir ein paar neue Kleider zu kaufen?« fragte er ärgerlich. »Du lebst jetzt in der Stadt und brauchst nicht mehr deine Hühner zu füttern und die Sachen zu waschen wie eine Landfrau.«

Mit anderen Worten, sie sollte sich so benehmen, als wäre sie gut genug für einen Harvard-Absolventen und Bankpräsidenten. Claire spürte Abneigung gegen ihn in sich aufsteigen.

»Ich werde mich bemühen, Sir«, sagte sie und knickste. John sah aus, als hätte er am liebsten noch geflucht, aber ehe er damit beginnen konnte, verließ Claire die Halle.

Eine Minute später kehrte sie mit wütendem Gesicht noch einmal zurück. »Nur zu deiner Kenntnis: Ich habe Chester mit dem Fahrrad hinten dran nur hier hochgefahren, um dir das Geld zu sparen, ihn transportieren zu lassen. Und auch zu deiner Kenntnis: Ich habe nicht vor, durch Atlanta zu fahren und deine Freunde zu schockieren. Ich werde den Pferdewagen nehmen!«

Und dann verschwand sie in ihrem Zimmer.

John schüttelte den Kopf und mußte auf einmal lächeln. Claire war ein tapferes Mädchen. Ein Jammer, daß sein Herz Diane gehörte, denn Claire war ihm in vielerlei Hinsicht ähnlich.

Es machte ihm nicht wirklich etwas aus, daß sie mit dem Auto herumspielte, aber dann wollte er dabeisein, um sie vor ihrem eigenen Übermut zu schützen. Außerdem mußte sie es wirklich lernen, sich an seinen Lebensstil anzupassen. Es würde ihr nicht schaden, wenn er sie ein bißchen zähmte, dachte er, nur ein wenig. Dabei mußte er dem Drang widerstehen, ihr in ihr Zimmer zu folgen, um den Streit fortzusetzen. Ihr Temperament war höchst anregend. John fragte sich, ob ihre Leidenschaft nicht nur verbal, sondern auch körperlich Ausdruck fand. Vielleicht würde er es ja eines Tages herausfinden ...

4

Nach einer schlaflosen Nacht entschied Claire, sich dem Wunsch ihres Mannes zu beugen und eine Gesellschaftsdame zu werden. Es könnte für sie nur von Vorteil sein, wenn sie sich ihm fügte.

Sie hatte nie besonderen gesellschaftlichen Ehrgeiz besessen, aber sie hatte durchaus Bekannte in Atlantas guter Gesellschaft. Eine davon war Mrs. Evelyn Paine, die Frau des örtlichen Eisenbahnmagnaten Bruce Paine. Sie besuchte sie eines Morgens mit der Karte in der Hand. Aber da Evelyn zu Hause war, brauchte sie ihr die Karte nicht zu hinterlassen, denn Karten gab man nur ab, wenn die Gastgeber nicht zu Hause waren.

Claire wurde im kleinen Salon empfangen und mit Tee und delikaten kleinen Kuchen bewirtet, während Mrs. Paine in einem seidenen Morgenrock auf dem Diwan lag. Claire und sie hatten sich über Claires Onkel kennengelernt und entdeckt, daß sie eine Menge gemeinsam hatten. Unter anderen Umständen wären sie wahrscheinlich gute Freundinnen geworden, aber Evelyns gesellschaftliche Stellung war höher. Evelyn war Claires Geschick beim Nähen aufgefallen, und Claire hatte einige Kleider für sie entworfen, ohne die Beziehung je auszunutzen, um sich gesellschaftliche Türen damit zu öffnen. Jetzt aber hatte Claire den Drang, jeden anzusprechen, der ihr dabei helfen könnte, das Beste aus ihrer neuen Stellung als Frau eines Bankangestellten in der Gesellschaft zu machen.

John mochte sie sich nicht wirklich zur Frau gewünscht haben, aber sie würde ihm schon zeigen, daß sie kein Mauerblümchen war.

»Meine Liebe, was für ein unerwartetes Vergnügen, Sie zu sehen«, begrüßte Evelyn sie lässig. »Ich wollte Sie ohnehin ansprechen und Sie bitten, mir ein ganz spezielles Kleid für den Weihnachtsball im Haus des Gouverneurs anzufertigen. Ich lasse Ihnen doch noch viel Zeit dafür, der Ball ist erst in drei Monaten.«

»Bei so viel Zeit wage ich Ihnen zu versprechen, daß es wirklich etwas Besonderes wird«, versicherte ihr Claire.

»Und was kann ich für Sie tun?«

Claire umklammerte ihr Täschchen. »Ich möchte an gesellschaftlichen Ereignissen teilnehmen«, sagte sie ohne Umschweife. »Ich werde hart arbeiten und habe keine Scheu davor, andere um Spenden zu bitten. Ich kann backen, Stände auf Bazaren besetzen und alles mögliche machen, solange es sich in vernünftigen Grenzen hält.«

Evelyn stützte sich auf einen Ellbogen. »Aber meine Liebe, Sie klingen ja geradezu verzweifelt. Darf ich nach dem Grund für diesen plötzlichen Ehrgeiz fragen?«

»Ich möchte, daß mein Mann stolz auf mich ist«, gab Claire einfach zur Antwort.

»Nun, das ist ein löbliches Ziel.« Evelyn setzte sich auf und streckte sich. »Ich kenne ein paar Leute aus den Komitees, und Freiwillige werden immer gesucht.« Sie lächelte spitzbübisch. »Sie können auf mich zählen. Ich werde sicherstellen, daß sie den richtigen Leuten vorgestellt werden.«

»Danke.«

Evelyn winkte ab. »Aber nicht doch. Wir Frauen müssen zusammenhalten.«

Claire entdeckte sehr schnell, daß man sie brauchte. Ihre Tage waren von morgens bis nachmittags damit ausgefüllt, Kuchen und Pasteten zu backen, Kleider zu sortieren, Verbände zu wickeln, um sie in Kriegsgebiete zu schicken. Außerdem hielt sie die Wohnung blitzsauber und fand auch noch die Zeit, Mrs. Dobbs beim Backen zu helfen. Dazu fühlte sich Claire verpflichtet, weil sie für ihre gesellschaftlichen Aktivitäten Mrs. Dobbs' Holzofen benutzte.

Mrs. Dobbs war von den Frauen beeindruckt, die zu Besuch kamen. Die Namen lasen sich wie ein Verzeichnis der High Society von Atlanta. Die Wirtin kleidete sich eleganter und half Claire beim Teetisch, den sie mit ihrem besten Silber deckte.

»Ich muß sagen, Claire«, bemerkte Mrs. Dobbs eines nachmittags, »ich bin von Ihrer Gesellschaft sehr beeindruckt. Man stelle sich nur vor! Mrs. Bruce Paine hier im Haus! Ihre Familie und die ihres Mannes gehören zu den angesehensten Bürgern Atlantas, und sie sind mit den Astors und den Vanderbilts bekannt!«

»Ich kenne Evelyn schon seit einigen Jahren«, vertraute Claire ihr an. »Sie ist eine nette Frau, aber aus naheliegenden Gründen habe ich nie versucht, eine enge Freundin von ihr zu werden.«

»Nun, das hat sich mit Ihrer Hochzeit geändert, denn Mr. Hawthorn ist hoch angesehen und stammt selber aus einer guten Familie.«

Claire wußte darüber nicht viel, außer daß John nie unter Geldmangel zu leiden schien. Er sprach mit ihr nie über Geld. Aber sie wußte, daß seine Stellung bei der Bank eine bedeutende war. »Ja, ich weiß, deshalb gebe ich mir auch so viel Mühe, in die richtigen Kreise zu kommen, damit er sich meiner nicht schämen muß.«

»Meine Liebe«, erwiderte Mrs. Dobbs freundlich, »niemand würde sich einer so hart arbeitenden, freundlichen jungen Frau schämen.«

Claire errötete. Mrs. Dobbs' Bemerkung tat ihr gut. Ein Glück, daß die alte Dame nicht zu Hause gewesen war, als Claire das Auto geholt und ihren Mann mit seinen Kollegen in der Halle getroffen hatte. »Sie sind es, die freundlich ist, Mrs. Dobbs – daß Sie mir so viel Freiheit in Ihrem Haus lassen.«

»Das ist mir ein Vergnügen. Ich muß sagen, daß ich Ihre Kochkünste sehr zu schätzen weiß. Wo haben Sie das gelernt?«

»Von der Haushälterin meines Onkels«, erwiderte Claire. »Sie war eine wundervolle Köchin.«

Es klopfte. »Ah, das wird Ihr Besuch sein, Claire, ich mache auf.«

Claire begrüßte Evelyn und ihre Freundinnen Jane Corley und Emma Hawks und stellte sie der aufgeregten und strahlenden Mrs. Dobbs vor.

Damit war der Tag der Vermieterin gerettet. Sie verschwand, um den Tee zu holen, und war einfach begeistert.

Nach Tee und Keksen zog Evelyn einen Block aus der Aktentasche, die sie immer dabei hatte.

»Ich bin keine Künstlerin, Claire, aber so in etwa stelle ich mir mein Kleid für den Weihnachtsball vor«, begann sie und reichte die grobe Skizze herüber. »Was halten Sie davon?«

»Oh, es ist schön.« Claire nickte und dachte bereits über Stoff und Verputz nach. »Nur diese Linie hier sieht nicht gut aus. Eine Naht läßt Ihre Hüften dick aussehen, was sie bestimmt nicht sind.«

Evelyn riß die Augen auf. »Sie haben recht, daran habe ich nicht gedacht.«

Claire nahm einen Stift aus einer Schale und strich die Linie weg. »Wenn wir zu dem Rock hier noch eine Bahn zusetzen ...« Sie machte noch ein paar Striche, während Evelyn überrascht zusah.

»Da«, erklärte Claire, als sie fertig war, und gab Evelyn die Zeichnung zurück. »Wie finden Sie das? Es muß natürlich schwarz sein, mit Silberband eingefaßt und Perlen auf dem Mieder.«

Evelyn fehlten die Worte. »Exquisit«, sagte sie schließlich, »einfach exquisit.«

»Ich habe noch nie etwas so Schönes gesehen«, rief Emma Hawks aus. »Ich kaufe alle meine Kleider in Paris, aber das ist – das ist absolut ungewöhnlich. Wie begabt Sie sind, Claire!«

»Danke«, freute sich Claire.

»Ja, das möchte ich haben«, sagte Evelyn. »Der Preis spielt keine Rolle.«

»Sie werden es haben.« Claire zwinkerte ihr zu. »Es wird einiges kosten.«

»Nun, das muß es auch für den Ball beim Gouverneur.«

Emma warf Claire einen Blick zu. »Ich nehme an, Sie werden die ganze Zeit mit Evelyns Kleid beschäftigt sein ...?«

»Aber nein!«

Emma strahlte. »Könnten Sie dann für mich auch ein Kleid machen?«

»Und für mich auch?« setzte Jane hinzu.

»Aber nicht dasselbe!« verwahrte Evelyn sich sofort.

»Natürlich nicht«, beruhigte sie Claire. »Jedes Kleid wird anders und auf die Trägerin zugeschnitten. Ich mache einen Entwurf, und Sie kommen am Freitag und sehen es sich an. Wie wäre das?« fragte Claire Jane und Emma.

»Wundervoll«, sagten sie zugleich.

Danach hatte Claire nur noch wenig freie Zeit. Wenn sie nicht buk oder bei Wohltätigkeitsveranstaltungen half, saß sie oben in ihrem Zimmer an der Nähmaschine inmitten von Stoffbergen und nähte wie verrückt, um alles rechtzeitig zu schaffen.

John sah sie nur wenig. Das war Claire auch recht so, denn ihre letzte Unterhaltung war nicht besonders amüsant gewesen. Claire war immer noch wegen seines Tadels entrüstet. Er schien ihr seitdem aus dem Weg zu gehen, aber am Freitag war er zufällig früh zu Hause und wandte sich an sie, weil ihre Zimmertür offenstand.

Ihr Anblick war eine Überraschung für ihn. »Was zum Teufel machst du da?« fragte er kurzangebunden.

Claire hatte gerade einen Unterrock für Evelyns Kleid genäht und den Rest ihres Unternehmens zum Glück sicher im Schrank verstaut. Claire wollte nicht, daß John erfuhr, daß sie ein eigenes Einkommen neben dem Haushaltsgeld hatte, das er ihr gab. Ihre Unabhängigkeit war ihr heilig, und mit dem Feind teilte sie sowieso keine Neuigkeiten.

»Ich nähe mir ein Kleid«, antwortete sie ruhig.

Johns Augen wurden schmal. »Du lebst hier nicht mehr mit deinem Onkel zusammen, Claire«, sagte er. »Du brauchst nicht mehr mit selbstgemachten Kleidern auszukommen. Geh zu Rich's runter und kauf dir etwas. Ich habe dort ein Kundenkonto.«

»Es gefällt mir, mir meine Sachen selber zu nähen.«

John betrachtete das einfache blaue Kleid, das sie trug und das zu ihren älteren gehörte. Es war schon recht ausgeblichen, aber bequem bei der Arbeit. »Das sehe ich«, bemerkte John ätzend. »Aber das ist kaum die Mode, die du in der Stadt tragen kannst.«

Claire war entrüstet. Sie würde sich ebenfalls ein Kleid für den Ball des Gouverneurs nähen – dann würde er schon sehen!

»Wo in der Stadt meinst du denn?« fragte sie kühl. »Seit wir vor über einem Monat geheiratet haben, hast du mich nicht einmal aus dem Haus gebracht!«

John runzelte finster die Stirn. »Ist das schon so lange her?«

»Es kommt mir viel länger vor«, gab Claire zurück und schob sich eine Haarsträhne aus dem Gesicht. »Wenn es dir nichts ausmacht, aber ich habe noch zu tun. Ich bin sicher, du mußt noch etwas Wichtiges erledigen oder mit Kollegen essen gehen.«

John lehnte sich an den Türrahmen und betrachtete Claire. Es kam ihm nicht vor wie ein Monat. Claire war verblüffend selten zu Hause, wenn er nach ihr suchte. John hatte angenommen, daß sie ihre Zeit mit Einkäufen verbrachte, aber nichts wies darauf hin. Gut, sie arbeitete an einem Stoff, aber das schien ihm eine seltsame Wahl für ein Tageskleid zu sein ... Es sah mehr nach einem Unterrock aus.

Johns Blick glitt durch ihr Zimmer, aber es war sauber und aufgeräumt und gab nur wenig Hinweise auf ihre Beschäftigung – nur auf dem Ankleidetisch lagen Handspiegel, Bürste und Puder, und auf dem Nachttisch stand ihr kleines Schmuckkästchen.

»Ich bekomme dich kaum zu sehen«, bemerkte er gleichmütig.

»Ein Segen, möchte ich meinen, wenn ich jetzt höre, was du über meine Garderobe denkst«, murmelte sie und trat die Pedale, um die Nadel im Takt zu halten.

John steckte die Hände in die Taschen, was den Stoff straff über seine starken Schultern spannte. »Nun, ein oder zwei Leute haben mich angesprochen, weil wir uns gar nicht auf gesellschaftlichen Veranstaltungen blicken lassen. Ich nehme an, wir sollten öfter ausgehen.«

»Warum?« fragte Claire und sah ihn aus klaren grauen Augen an. »Hat jemand geglaubt, du hättest mich ermordet und dann im Garten vergraben?«

Seine Lippen zuckten. »Ich weiß nicht. Vielleicht sollte ich danach fragen.«

Claire zog den Stoff von der Maschine, schnitt mit einer kleinen Schere den Faden ab und begutachtete den Saum kritisch. »Ich bin mit meinem Leben ganz zufrieden, so wie es ist«, sagte sie dann, ohne ihn anzusehen. Ihr Herz klopfte hart, wenn sie seinen muskulösen, harten Körper betrachtete, wie er da in der Tür lehnte. Er sah so gut aus. Es vorschlug ihr den Atem, wenn sie ihn nur ansah, aber das durfte sie ihn nicht merken lassen. Er neckte sie schon genug wegen ihrer Schwärmerei für ihn.

»Vermißt du keine hübschen Kleider und Parties, Claire?« fragte John.

»Ich habe beides nie gehabt, wie kann ich sie da vermissen?« gab sie zurück.

John dachte einen Moment darüber nach. Es stimmte. Sie hatte nie viele Dinge besessen. Doch jetzt konnte er ihr das ermöglichen. Warum zog sie dann keinen Vorteil daraus? Diane hätte das getan. Sie war sofort nach ihrer Hochzeit mit Eli Calverson zu einer Einkaufstour aufgebrochen, über die man heute noch sprach.

»Kauf dir ein neues Kleid«, sagte John plötzlich. »Nächsten Samstag ist abends eine Party bei den Calversons, und wir sind eingeladen. Eli glaubt wohl, du hättest jetzt lange genug um deinen Onkel getrauert und dich an die Ehe mit mir gewöhnt. Er will uns beide einem neuen Kunden vorstellen. Einem sehr wichtigen.«

»Warum uns?«

»Weil ich Vizepräsident der Bank bin, Claire, und Kunden bringen uns Geld. Dieser Herr ist der Leiter einer Investmentfirma und sehr gut mit Eli befreundet. Anscheinend ist er sehr reich.«

»Wie nett für ihn. Aber ich möchte nicht zu den Calversons gehen.«

John holte tief Luft. »Ich habe dir doch schon gesagt, daß ich mit Diane nichts hinter deinem Rücken habe!«

Claire blickte ihn ruhig an. »Dann soll ich also mitgehen

und den ganzen Abend zusehen, wie du sie anhimmelst? Nein, danke.«

Seine Augen blitzten wütend. »Immer noch besser, als den Abend hier zu verbringen und zuzusehen, wie du mich anhimmelst«, gab er eisig zurück.

Claire warf den Unterrock zu Boden, sprang auf und maß ihn mit durchbohrenden Blicken.

»Ich himmele dich keineswegs an! Ich sehe dich sowieso kaum! Und ich habe keine heimliche Neigung für einen so hochmütigen, überheblichen ...«

Plötzlich ergriff er sie und zog sie an sich. Claire spürte, wie sie an seine langen Schenkel gepreßt wurde, seine Arme um sie geschlungen. Ihr Gesichtsausdruck amüsierte ihn und ließ seine Wut verpuffen.

»Sprich doch weiter«, ermutigte er sie.

Das hätte Claire gerne getan, aber ihr Herz hämmerte und vorschlug ihr die Sprache. Das Fischbeinkorsett, das sie trug, schnürte ihr schon genug die Luft ab, ohne daß er sie an sich preßte. Claire bekam kaum Luft.

Schwach stießen ihre Hände gegen seine Brust. »Laß mich los«, stieß sie hervor. »Ich bekomme ... keine Luft.«

»Dann entspanne dich.«

»Es ist das Korsett«, flüsterte Claire und stieß härter zu.

John ließ sie los und ließ die Hände über das Korsett gleiten, seine Daumen an ihren Brüsten, die unter dem dünnen Stoff verborgen waren. Die leichte Berührung ließ ihre Brustspitzen hart werden vor unerwartetem Entzücken.

John wandte den Blick nicht von ihr und beobachtete ihre Reaktion, als seine schlanken Hände ihren Körper liebkosten.

Mit jeder Bewegung glitten seine Daumen höher. »Ist es so besser?« fragte er mit plötzlich heiserer Stimme.

Claire zitterte. Ihre Hände krallten sich durch den Anzug in seine Arme, und sie brachte kein Wort hervor.

Seine Nähe, das Gefühl seiner Hände auf ihrem Körper ließen ihr die Knie weich werden. Sie liebte ihn so sehr, daß schon die kleinste Zärtlichkeit der Himmel für sie war. Sie wollte seine Berührungen zu sehr, um dagegen zu protestieren.

Johns Lippen streiften ihre Stirn. Er spürte ihren inneren Zwiespalt. »Ich bin dein Mann, Claire. Es ist in Ordnung, wenn du mir nachgibst«, murmelte er tief. »Ich habe dir wirklich kaum etwas gegeben, seit wir verheiratet sind. Es fällt mir nicht schwer, dich glücklich zu machen. Ich werde nichts tun, was dir angst macht oder dir weh tut. Entspann dich einfach.«

Ihre Hände zitterten. Sie wollte leugnen, daß er ihr Lust bereitete, wollte ihn bitten, sie loszulassen, aber sie konnte es nicht. Claire stöhnte auf, verzehrt von dem Verlangen, von ihm berührt zu werden.

John verstand auf der Stelle. Er war in seiner Leidenschaft für Diane so hilflos wie Claire in ihrer für ihn. In der Hinsicht waren sie sehr ähnlich. Es tat ihm leid zu sehen, wie sie sich nach seiner Berührung sehnte. Er spürte ihre Sehnsucht und wollte sie stillen.

Seine Lippen berührten ihre Lider, die sich sacht schlossen. Seine Hände legten sich um ihre Brüste, und er spürte ihre Brustspitzen hart und warm an seiner Handfläche.

Claire fuhr zurück, aber er schüttelte den Kopf und hielt sie fest. Als Claire ihn ansah, entdeckte sie das Feuer in seinen Augen.

Der Raum war so still, daß man nur das Ticken der Uhr auf dem Kaminsims hören konnte. Von draußen erklangen Pferdehufe und das Rollen von Kutschenrädern. Ansonsten vernahm Claire nur ihren wilden Herzschlag.

Claires Reaktion ließ John schneller atmen. Diane war so erfahren, daß sie unter seinen Berührungen nur schnurrte wie ein Kätzchen. Bei Claire war es vollkommen anders. Er brauchte sie nicht erst zu fragen, um zu wissen, daß sie noch nie ein Mann so berührt hatte. Wahrscheinlich war sie sogar noch nie geküßt worden. Diese Erkenntnis erschütterte ihn.

John sah in ihr abgewandtes Gesicht, während seine Finger ihre Brüste liebkosten, und spürte, wie ihr Körper unter seinen Berührungen erbebte. Es gefiel ihr, was er mit ihr machte, aber sie war zu scheu, um es zuzugeben oder ihn sehen zu lassen.

John hob die Hände zum Ausschnitt ihres Kleides und begann, die kleinen Knöpfe zu öffnen. Claire stand ganz still vor ihm, vollkommen gefangen in diesen Empfindungen, die ganz neu für sie waren.

Als John alle Knöpfe geöffnet hatte, schob er seine warmen Hände unter den Stoff und schob ihn weit auseinander. Er hörte, wie sie den Atem anhielt und dann keuchend weiteratmete, während ihre Hände ihn noch fester umfaßten. Lächelnd ließ John seine Hände wieder höher wandern, bis er ihre runden, festen Brüste warm in seinen Händen hielt. Claire keuchte auf. Er spürte, wie auch er sich versteifte, und lachte auf, weil Claire ihn so mühelos erregt hatte.

»Oh, das … das darfst du nicht!« flüsterte Claire wild und zog an seinen Handgelenken.

»Du bist meine Frau, Claire«, erwiderte John und ignorierte ihre Proteste. Seine Hände fuhren fort, sie zu streicheln, und seine Lippen wanderten über ihr Gesicht. »Das gehört zur Ehe«, fuhr er sanft fort, als sein Mund tiefer wanderte und lockend vor ihren Lippen verharrte. »So drückt ein Mann seine Zärtlichkeit aus.« Seine Lippen streiften ihre sanft, ganz sanft, bis sie sich ihm öffneten. »Ja, Liebes, so ist es richtig. Öffne den Mund«, drängte er an ihren Lippen, und dann küßte er sie richtig.

Claire hatte noch nie solche Gefühle erlebt. Sie zitterte, als sich sein Mund auf ihren legte, und verlor sich in der Lust, die seine Hände auf ihren bloßen Brüsten weckten.

Claire wollte nicht, daß das endete, und wimmerte, so überwältigten sie ihre Gefühle. Sie spürte Johns Hände auf ihren Armen, die er zu seinem Hals führte. Dann bewegte er sie, so daß sie ganz zwischen seinen muskulösen Beinen stand. Seine freie Hand glitt zu ihrer Taille hinunter, und er drückte sie an seine Härte. In Claires Kopf schwirrte es. Sie wußte nichts über den männlichen Körper, aber seiner fühlte sich auf einmal ganz anders an, und ihre Knie wurden weich. Wärme breitete sich in ihrem Magen aus, und sie stöhnte unwillkürlich auf.

John hob den Kopf und sah ihr in die Augen. Dann drückte er sie bewußt an seine Hüften und spürte, wie sie sich ihm entgegendrängte. Claire wollte etwas sagen, und sein Blick fiel auf ihr Mieder. Sanft zog er ihr den Stoff über die Schultern und legte ihre Brüste frei.

John hielt den Atem an. »Himmel, Claire!« flüsterte er rauh. Verlangen überschwemmte ihn.

Claire wußte nicht, warum John sie so wild ansah. Er sah erstaunt aus, und sein Griff tat ihr fast weh. »Stimmt etwas nicht?« fragte sie leise und verstört, denn er sah fast aus, als hätte er Schmerzen.

»Weißt du das nicht?« Er blickte sie mit Hitze in den Augen an.

Claire war ängstlich und fasziniert zugleich. Sie wollte ihn fragen, was sie falsch gemacht hatte, aber als sie den Mund öffnete, um zu fragen, klopfte es plötzlich laut an der Tür.

John zuckte zusammen. Sein Griff wurde fester und gab sie dann plötzlich frei. Mühsam trat er ein paar Schritte von Claire fort. Langsam ging er zur Tür und öffnete sie einen Spalt breit.

»Ja?« fragte er kurz.

»Oh ... Mr. Hawthorn ... ich wußte nicht, daß Sie da sind«, stammelte Mrs. Dobbs, verstört durch seinen kurzangebundenen Ton. »Ich wollte Ihnen nur sagen, daß ich den Tisch für Sie und Claire heute im Speisezimmer gedeckt habe, weil ich mit ein paar Freundinnen Bridge spiele und wir in der Küche essen.«

John schwieg. Dann sagte er: »Wir können hier oben essen, dann stören wir Sie nicht.«

»Davon will ich nichts hören«, gab die Vermieterin fröhlich zurück. »Sie können später herunterkommen. Für Claire habe ich einen Kirschkuchen gebacken, ich weiß, wie gerne sie den ißt.«

Und sie ging mit einem Winken.

John schloß die Tür und lehnte den Kopf dagegen, während er gegen ein Verlangen ankämpfte, das er seit seiner Jugend nicht mehr empfunden hatte. Claire verstand nicht, was mit ihm los war, und es war deutlich, daß er es ihr jetzt nicht erklären würde. Er mußte das alles immer noch verarbeiten.

Als er sich zu ihr umdrehte, hatte Claire sich ihr Kleid zugeknöpft und hob gerade den Unterrock auf. John sah sie an, als wenn er sie noch nie zuvor gesehen hätte. Es verblüffte ihn, welche Wirkung sie auf ihn hatte. Vielleicht waren es ihre sanfte Ergebenheit und die Sehnsucht in den grauen Augen, die sein Begehren so entflammt hatten. Es war stimulierend, wenn man geliebt wurde. Aber was ihn irritierte war der Umstand, daß er dieses alles verzehrende Verlangen doch eigentlich nach Diane haben müßte.

Er mußte sich getäuscht haben, sagte er sich, als er zur Tür schritt, ärgerlich jetzt über seinen Mangel an Beherrschung und ihre Ergebenheit.

Claire warf einen Blick auf sein wütendes Gesicht. »Du brauchst mich nicht so anzusehen, als wäre das alles meine Schuld. Ich habe dich nie mit vorgehaltener Waffe gezwungen, mich anzufassen. Und dein Mitleid brauche ich auch nicht, wenn wir gerade beim Thema sind.« Claires Augen blitzten vor Wut. »Ich sterbe nicht vor Verlangen nach deinen Küssen, und ich werde dich auch nicht darum anbetteln.«

John erkannte den Schmerz in ihren Worten. Sie war verletzlicher als jede andere Frau, die er gekannt hatte, aber sie war auch sehr stolz und mochte es nicht, wenn die Leute sie schwach sahen. Diese Gefühle konnte er verstehen.

»Es war ein Moment außerhalb der Wirklichkeit«, erwiderte er sanft und aus dem Drang heraus, sie zu beschützen. »Zerbrich dir darüber nicht den Kopf.«

Nervös wickelte sie den Unterrock um ihre Hand.

»Hast du keinen Hunger?« fragte er dann. »Ich hatte mittags kaum Zeit zum Essen. Mrs. Dobbs hat dir einen Kirschkuchen gemacht.«

»Den mag ich.«

Er lächelte nachsichtig. »Ich weiß.«

Claire wandte den Blick ab und legte den Stoff weg. »Ich denke, es kann nicht schaden, etwas zu essen.« Sie sah in den Spiegel und zog eine Grimasse, als sie sah, wie wild ihre Haare aussahen und daß ihre Lippen geschwollen waren. Bei der schönen Erinnerung stöhnte sie leise.

»Claire, wir sind verheiratet«, erinnerte sie John und sah zu, wie sie sich frisierte. »Man erwartet, daß wir uns gelegentlich so verhalten.«

Sie senkte den Blick. »Aber du willst gar nicht mit mir verheiratet sein. Das hast du selber gesagt.«

»Ich habe aber auch gesagt, daß wir dann eben das Beste daraus machen müssen«, erinnerte er sie. »Ein paar Küsse machen dich noch nicht schwanger«, neckte er sie boshaft.

»John!«

Er genoß es, wie rot sie wurde. Er genoß so viel an ihr. Seine Augen glitzerten plötzlich, als er zusah, wie sie sich fertigmachte. Er hatte noch nie viel über ihren Platz in seinem Leben nachgedacht. Dafür hatte er viel zu sehr um Diane getrauert. Aber wenn er Claire jetzt so betrachtete, spürte er plötzlich Stolz darauf, daß sie zu ihm gehörte. Sie war unschuldig und freundlich und voller Schalk, und sie liebte ihn. Es hatte nie einen anderen Mann gegeben, weil sie immer nur ihn gewollt hatte. Das stieg ihm zu Kopf wie starker Wein. Diane hatte mit ihm geflirtet, ihn gereizt und sich dann wieder zurückgezogen. Claire kannte nichts von solchen Spielen. Sie war immer nur aufrichtig und offen, und Koketterie kannte sie nicht. Wie sehr sie sich doch von den rassigen, eleganten Frauen unterschied, die er in seinem Leben gekannt hatte. John fragte sich, wie es wohl wäre, wenn er Diane nie kennengelernt hätte und Claire von ganzem Herzen entgegenkommen könnte. Vielleicht hätte er sich ja in sie verliebt.

So, wie es jetzt war, spürte er sich mit plötzlicher Glut zu Claire hingezogen – um sie zu besitzen und zu beschützen. Er sah in ihr erhitztes Gesicht und fragte sich, wie ihm das Grübchen immer hatte entgehen können, das in ihrem Kinn saß, oder die Sinnlichkeit ihrer Lippen. Ihre Figur war so, wie sie sich ein Mann erträumte, hübsch gerundet und doch schlank.

Erneut mußte John ein starkes Verlangen nach ihr unterdrücken. Wie unerwartet, so für die eigene Frau zu empfinden. Was wohl geschah, wenn er dem nachgab?

Aber da war Diane. John wandte sich von Claire ab, verwirrter denn je.

5

Claire lernte mit jedem Tag mehr über John. Meistens war er ein fleißiger, ruhiger Mann. Er spielte gerne Schach und interessierte sich brennend für Züge und Eisenbahngeschichte. Zu Hause fand Claire ihn oft auf dem Balkon, wo er den Zügen zusah, die langsam zu den Schlachthöfen rollten. Sie fragte sich, ob er wohl geträumt hatte, Lokführer zu werden, wie so viele Jungen. Aber er sprach nie über seine Vergangenheit mit ihr.

Ab und zu erzählte John etwas von seiner Militärzeit. Er wußte, welcher Orden wofür verliehen worden war und wie man die Uniformen voneinander unterschied. Er wußte auch eine ganze Menge über Militärgeschichte und las viel über Strategie und Taktik. Außerdem besaß er eine Sammlung von Biographien großer militärischer Anführer.

John war sehr penibel mit seiner Kleidung. Sein Haar war immer sauber und ordentlich gekämmt, seine Fingernägel makellos und geschnitten. Seine Schuhe waren auf Hochglanz poliert, bis sie spiegelten. Die Bügelfalte in seiner Hose saß perfekt, und nie sah er unordentlich oder zerknittert aus.

Es gab so vieles, was sie von ihm nicht wußte. Sie fragte sich, ob es vor Diane schon andere Frauen in seinem Leben gegeben hatte, was sehr wahrscheinlich war. Er blickte sie ab und zu mit einer Art sinnlicher Weisheit an, die ihr die Knie weich werden ließ. Das hatte er nicht in der Bank gelernt. Er war auch sehr höflich und beeilte sich immer, ihr die Türen aufzuhalten, ihr in die Kutsche zu helfen und auf der richtigen Seite neben ihr zu gehen, wenn sie einmal – selten genug – gemeinsam in die Stadt spazierten. Seine Familie hatte ihm beste Manieren beigebracht. Außerdem besaß er ein starkes Gerechtigkeitsempfinden und war sehr ehrlich.

Aber er blieb auf Distanz. Es gab keine weiteren leidenschaftlichen Küsse oder intimen Berührungen. Sie gingen miteinander um, als hätten sie nie geheiratet. Gerade, als sie einander nähergekommen waren, hatte er sich vollkommen von ihr zurückgezogen.

Zum Teil verstand Claire seine Einstellung. Er liebte Diane. Vielleicht war es ihm so vorgekommen, als wäre er ihr untreu geworden, als er Claire geküßt hatte, obwohl sie seine Frau war. Wie schade, daß er sie geheiratet hatte, dachte Claire, wenn er doch so stark für eine andere Frau empfand.

Was wirklich tragisch war, war die Art, wie Claire für John empfand. Sie liebte ihn von ganzem Herzen. In ihrem ganzen Leben, in ihren Gedanken hatte es nie einen anderen Mann gegeben, und das wußte er. Wahrscheinlich schmeichelte es ihm sogar. Aber auf der anderen Seite konnte es auch nicht schön sein, für eines anderen Menschen Glück verantwortlich zu sein, wenn sie eine Frau war, die er nicht liebte und nicht lieben konnte.

Trotz aller Höflichkeit auf seiner Seite gab es die anderen Dinge, die Ehefrauen so schätzten, bei John nicht. Er schenkte ihr nie Blumen oder kleine Aufmerksamkeiten. Er kam nie zu ihr, nur um mit ihr zu reden. Er ging nie mit ihr ins Theater, in die Oper oder zum Essen, wenn es nicht aus geschäftlichen Gründen für die Bank sein mußte. Nie sagte er etwas zu ihrer Kleidung oder machte ihr ein Kompliment.

Einmal nur erhaschte Claire einen Blick auf den wirklichen Mann hinter der Maske, die er trug, und das war, als ein schlanker, dunkelhaariger Mann in Uniform in der Wohnung erschien und nach ihm fragte.

Claire starrte den Mann an wie eine Erscheinung. »Nun, mein Mann ist bei der Arbeit. In ... in der Peachtree City Bank«, sagte sie stockend.

Der Mann, der seine Kappe vorschriftsgemäß unter einen Arm geklemmt hatte, lächelte sie leicht an, und seine grünen Augen blitzten belustigt. »Sie sind seine Frau? Nun, Madam, ich muß sagen, daß es mich entzückt, daß Sie nicht blond und klein sind. Das letztemal, als ich John sah, war er noch nicht über seine Ex-Verlobte hinweg und drohte, ihren Mann zu erschießen.«

Das waren Neuigkeiten für Claire – und keine willkommenen. Ihr Gesicht wurde lang.

»Verzeihen Sie mir«, sprach der Mann schnell weiter. »Gestatten Sie, daß ich mich vorstelle. Ich bin Lieutenant Colonel Chayce Marshal, Vereinigte Staaten von Amerika.« Er überreichte Claire mit einer höflichen Verbeugung seine Karte. »Ich habe auf den Philippinen gedient und bin verwundet worden. Ich habe mich jetzt erst genügend erholt, um meinen Dienst wieder anzutreten, aber ich wollte John noch besuchen, ehe ich nach Charleston reise. Ich habe nur sehr wenig Zeit.«

»Kann ich Ihnen Tee oder Kaffee anbieten?« fragte Claire sehnsüchtiger, als ihr bewußt war. Es war ein einsames Leben, das sie nur im Kreis weniger Frauen führte.

Er lächelte. »Es wäre mir ein Vergnügen. Sie können John wohl nicht eine Nachricht schicken lassen?«

»Aber ja, doch«, rief Claire. »Mrs. Dobbs hat ein Telefon. Ich bitte sie, in der Bank anzurufen und John auszurichten, daß Sie hier sind.«

Chayce strahlte sie an. »Das wäre wunderbar.«

Claire suchte Mrs. Dobbs, um sie nach Kaffee und Kuchen zu fragen. Es war fast Mittag, so daß Mrs. Dobbs ihn zum Essen einlud, aber Chayce lehnte ab.

Kurz darauf gesellte Mrs. Dobbs sich mit den Erfrischungen zu ihnen.

»Mr. Hawthorn war begeistert, als er gehört hat, daß Sie da sind«, berichtete sie dem Offizier, »und er ist auf dem Weg hierher.«

»Danke«, sagte Chayce, »auch für das Festessen.«

»Oh, es ist nur ein Kuchen und etwas frisches Brot«, murmelte Mrs. Dobbs errötend. »Es freut mich, wenn es Ihnen schmeckt.«

»Seien Sie nicht so bescheiden, Mrs. Dobbs«, rief Claire, »alles, was Sie kochen, schmeckt.«

»Wie nett von Ihnen.« Die ältere Dame strahlte. »Nun, ich bin in der Küche, falls Sie mich brauchen.«

Sie ging, und Claire goß für sich und den Colonel Kaffee ein.

»Wie lange sind Sie und John verheiratet?« fragte er.

»Lassen Sie mich nachrechnen. Es ist die zweite Novemberwoche ... fast zwei Monate«, erwiderte Claire.

»Ich verstehe. Und das Haus hier gehört Ihnen?«

»Nein, John hat eine Wohnung im zweiten Stock gemietet«, erzählte Claire. Sie hielt das Gesicht gesenkt, als sie ihrem Gast zum zweitenmal die Tasse füllte, so daß ihr seine überraschte Miene entging. »John meinte, ein Haus sei nicht nötig.«

»Danke«, sagte der Gast und trank einen Schluck, ohne Milch und Zucker hinzuzugeben. Gedankenvoll betrachtete er mit seinen grünen Augen Claires schmales Gesicht. »Kennen Sie ihn schon lange?«

»Einige Jahre«, erwiderte sie und überraschte ihn damit erneut. »Mein Onkel ist vor kurzem gestorben, und er und John waren gute Freunde und gute Geschäftspartner. Ich war allein nach dem Tod meines Onkels, und als John mir einen Antrag machte, nahm ich an.« Claire lächelte Chayce an. »Sie sehen, es war also keine Herzenssache bei uns. Es war ... eine Geschäftssache.«

Chayce mußte sich einen Kommentar verbeißen.

»Entschuldigen Sie«, fuhr Claire fort, »ich sage das nur, weil Sie so dreingesehen haben, als könnten Sie nicht verstehen, warum John jemand so Unauffälliges wie mich geheiratet hat.«

Ihre Offenheit stieß den jungen Offizier vor den Kopf. »Ich würde Sie wohl kaum als unauffällig bezeichnen«, sagte er galant. Dann schaute er sie lange an. »Ich kann mir nicht vorstellen, daß John eine Frau nur aus Mitleid heiratet.«

»Das konnte er auch nicht«, pflichtete Claire ihm bei. »Aber es gab skandalöses Getuschel über ihn und seine Ex-Verlobte.«

»Ich verstehe.« Der Offizier lächelte. »Es freut mich, daß Sie mir genügend vertrauen, um nach so kurzer Bekanntschaft schon so ehrlich zu mir zu sein.«

»Ehrlichkeit ist ein Fehler von mir«, bekannte Claire. »Ich hatte noch nie das Bedürfnis, unbequeme Themen zu umgehen. Auch auf die Gefahr hin, daß ich Leute vor den Kopf stoße, wissen sie dann wenigstens, woran sie bei mir sind.«

Chayce begann zu lachen. »Wissen Sie, daß das der Grund war, warum John und ich im Dienst Freunde geworden sind? Er sagte immer, was er dachte, und ich auch. Wir sind verwandte Seelen. Ich glaube nicht, daß ich ihn je habe eine Lüge erzählen hören. Ich glaube auch nicht, daß er das könnte.«

Claire mußte zugeben, daß John auch ihr gegenüber seine Gefühle für Diane offen dargelegt hatte. Sie trank einen Schluck Kaffee. »War John ein guter Soldat?«

»Ein guter Offizier«, korrigierte er sie. »Ja, das war er. Es gibt nur wenige Männer, die so für die Armee geschaffen sind wie John. Ich denke, es ist ihm schwergefallen, aus der Armee auszutreten. Aber er konnte die Erinnerungen nicht ertragen.«

»Welche Erinnerungen?« wollte Claire wissen.

Chayce lächelte. »Oh, nein«, sagte er. »Ich werde nicht Johns Geheimnisse an Sie verraten. Das muß er schon selber tun.«

»Dann werde ich alt werden, ohne sie je zu erfahren. Er erzählt mir nie etwas über sich selbst.«

»Sie sind frisch verheiratet«, gab Chayce zu bedenken. »Warten Sie ein paar Jahre.«

»Und Sie glauben wirklich, daß er dann über sich selbst sprechen würde?« Claire lachte kalt. »Kaum. Alles, was ich weiß, habe ich selber beobachtet. Er mag Militärgeschichte, Eisenbahnen und Biografien«, zählte sie auf.

»Ja.« Ihr Gast lächelte. »Er kennt die meisten Bahnlinien in diesem Teil des Landes und viele von den Lokomotiven. Er ist ein Experte auf dem Gebiet der Geschichte Georgias und kennt sich mit den Differenzen der Armee mit den Indianern bestens aus.«

Claire lächelte. »Wie aufregend.«

»Wenn Ihnen mal das Gesprächsthema ausgeht, können Sie ihn nach den ›roten Stöcken‹ fragen.«

Claire beugte sich vor. »Rote Stöcke?«

»Abtrünnige, die ihren Stamm verlassen und eine eigene Bande gegründet haben, um sich von den Weißen das Land ihrer Vorfahren zurückzuholen. Wissen Sie zum Beispiel, daß ›Baton Rouge‹ roter Stock bedeutet?«

Claire hielt den Atem an. »Wie interessant! Und Schiffe mag er auch. Er besitzt ein echtes Modell der *Cutty Sark* in einer Glasflasche.«

»Ja, die hat er selber gebaut.«

Claire zog die Brauen hoch. »Das kleine Ding?«

»Er segelt so gerne«, erzählte Chayce. »Die See verfolgt ihn. Aber die Marine hat er nie gemocht, weil er dann zu viel Zeit weg vom Festland verbringen müßte. John ist immer auch gerne geritten. Er war Kavallerieoffizier. – Aber er hat auf Kuba einmal eine schlechte Erfahrung mit einem Pferd gemacht. Es hat sich in der Linie aufgebäumt und wurde unter ihm erschossen. Sein Bein war eingeklemmt, und die Spanier kamen ein bißchen zu nahe.« Er zuckte die Achseln. »Ein paar von uns sind los, um ihn zu retten, aber er hat die Sache nie ganz vergessen. Ich glaube, seitdem haßt er Pferde.«

»Ich wußte gar nicht, daß es auf Kuba Pferde gibt.«

»Wir haben Schiffsladungen davon für die Offiziere rübergebracht«, erklärte Chayce. »Leider wurden die meisten davon nach dem Krieg aufgegessen, weil es sonst nichts gab.«

»Darüber habe ich in der Zeitung gelesen«, sagte Claire. »Es gab viele traurige Geschichten. Es klingt auch so, als wenn es auf den Philippinen noch viel schlimmer gewesen wäre.«

»Das ist es noch«, antwortete Chayce kurz, und einen Moment lang spiegelte sich der Schrecken des Krieges in seinem Gesicht. »Kuba war schon schlimm gewesen, aber die Philippinen waren die Hölle. Ich bedaure zutiefst, daß ich nicht die Chance bekomme, dorthin zurückzukehren und meine Männer unterstützen zu können. Es war ein böser Schicksalsschlag, daß ich verwundet wurde.«

»Gehen Sie denn nicht zurück?« wollte Claire wissen.

Chayce schüttelte den Kopf. »Ich habe ein aufbrausendes Temperament und feste Überzeugungen«, sagte er amüsiert. »Ich habe mir überall Feinde gemacht – und so bin ich nun Ausbilder für ein paar grüne Kadetten. Gott gebe, daß ich ihnen viel beibringe, damit sie nicht in den Krieg ziehen und sterben, wie so viele junge Kadetten unter meinem Kommando es getan haben.«

»Ja.« Claire betrachtete prüfend sein Gesicht. »Es muß eine furchtbare Zeit gewesen sein.«

»Das war es. Krieg ist nie ruhmreich, Mrs. Hawthorn. Es ist nur eine glitzernde Fassade über einer häßlichen roten

Wunde.« Er lachte leise. »Verzeihen Sie, jetzt werde ich auch noch poetisch.«

»Oh, ich könnte Ihnen den ganzen Tag lang zuhören. Wieviel Sie wissen!«

Chayce schwieg und betrachtete ihr Gesicht mit den geröteten Wangen. Sie war hübsch, wenn sie aufgeregt war, und sie war die beste weibliche Zuhörerin, die er je getroffen hatte. »John hat Glück, daß er eine Frau hat, die so gut zuhören kann«, sagte er leise.

»Ich glaube, er hatte immer willige Zuhörerinnen«, bemerkte Claire bitter.

Chayce räusperte sich und trank noch etwas Kaffee, weil er seinen Kopf nicht in diese Schlinge stecken wollte.

»Ich habe Sie in Verlegenheit gebracht«, erkannte Claire. »Verzeihen Sie, ich neige dazu, zuviel zu reden.«

»Liebe Dame«, versicherte ihr Chayce, »ich habe den Großteil meines Lebens in der Armee verbracht«, und er lächelte trocken. »Ich glaube, mich kann gar nichts mehr in Verlegenheit bringen. Wie auch immer« – er unterbrach sich und zwinkerte ihr zu – »versuchen Sie es ruhig.«

»Aber Colonel«, sagte Claire und errötete, »flirten Sie etwa mit mir?«

Es war unglücklich, daß John gerade in dem Moment durch die Tür trat. Claires rote Wangen und der neckende Ausdruck des Colonels trugen nicht dazu bei, ihn besser zu stimmen. Der Morgen war schwierig gewesen, und der Tag schien nicht besser zu werden.

Doch John verbarg seinen Ärger und trat mit allen Zeichen der Freude vor, um seinen Freund zu begrüßen.

»Chayce!« rief er und streckte ihm die Hand hin.

Die beiden Männer schüttelten einander die Hände und klopften sich auf die Schultern.

»Himmel, ist das lange her«, rief John.

»Zwei Jahre«, präzisierte Chayce. Er seufzte. »Es tut gut, dich wiederzusehen. Ich bin auf dem Weg nach Charleston, und ich dachte, ich schaue mal nach dir, wenn ich durch Atlanta komme.«

»Charleston?«

Chayce grinste. »Ich soll Kadetten unterrichten«, sagte er. »Ironisch was – nach Jahren Dienst an der Front! Ich habe mir in Washington ein paar Feinde gemacht, weil ich zu offen war, mußt du wissen.«

»Das überrascht mich nicht.« John lachte leise. »Du hast deine Worte noch nie auf die Goldwaage gelegt.«

»Ich habe meine Unterstützung für William Jennings Bryan etwas zu deutlich gemacht, und ich bin der Anti-Imperialistischen Bewegung beigetreten. Die Senior-Offiziere waren der Meinung, daß ich mich hätte zurückhalten sollen. McKinley hat gerade die Wahl gewonnen, und ich bin in Ungnade gefallen.«

»Deine politischen Ansichten sind allein deine Sache«, bemerkte John. »Das sage ich, obwohl ich McKinley unterstütze.«

»Ja, weil Roosevelt Vizepräsident wird. Du hast unter ihm gedient, nicht wahr?« John nickte, und Chayce sagte: »Nun, wir können uns darauf einigen, daß wir nicht übereinstimmen.«

»Das wollte ich gerade sagen!« rief John und nahm die Kaffeetasse, die Claire für ihn gefüllt hatte. John sah sie nicht an. Er war zu aufgewühlt. Sie hatte noch nie mit ihm geflirtet, hatte aber anscheinend keine Mühe damit, es mit Chayce zu tun, der ein Frauenheld war. »Was wirst du unterrichten?« fragte er seinen Freund.

»Strategie und Taktik«, erwiderte Chayce. »Ich habe viel von den Offizieren gelernt, als ich in Arizona war und dann auf den Philippinen. Viele von ihnen waren in den Indianerkriegen gewesen.« Sein Blick wurde scharf. »Du würdest staunen, wie gut diese Indianer kämpfen können. Geronimo hat die Amerikaner ganz schön kämpfen lassen, bis er '86 endlich besiegt wurde. Ich war zwar in Arizona stationiert, habe aber nie gegen Indianer gekämpft.« Er seufzte. »Auch wenn ich viele kannte, die es getan haben.«

»Ich erinnere mich an einen von ihnen, Jared Dunn aus New York. Er hat mir eine Weihnachtskarte geschickt.«

»Mir auch«, sagte Chayce gerührt. »Dunn war eine Persönlichkeit. Ich hoffe, daß er seine Waffe jetzt eingemottet hat.«

»Meinen Sie seinen Armeerevolver?« warf Claire ein.

Chayce kicherte. »Nein, sein Gewehr. Dunn war ein Gewehrschütze und danach Texas Ranger. Man kann wohl sagen, daß er ein buntes Leben geführt hat, ehe er sich in New York niedergelassen hat.«

»Niedergelassen würde ich ihn nicht nennen«, wandte John ein. »Er ist immer noch dafür bekannt, mit der Waffe zur Stelle zu sein, wo es erforderlich ist, und er übernimmt viele Fälle außerhalb der Stadt.«

»Das ist kein Job, der mir gefallen würde«, meinte Chayce. »Jura ist staubtrocken. Da ziehe ich das Militärleben vor. Fehlt dir das nicht?« wandte er sich an John.

»Ich vermisse es jeden Tag«, gab John kurz zurück. »Aber ich kann nicht zurück, und du weißt, warum.«

»Zeit heilt alle Wunden«, erwiderte Chayce ernst, »und deine Zeugnisse waren herausragend. Ich habe mit einem Colonel gesprochen, und der hat gesagt, daß er immer noch dein Ausscheiden bedauert.«

»Colonel Wayne?«

Chayce nickte. »Er war ein herausragender Kommandant. Er weiß mehr über die Front, als ich je lernen werde.« Er zuckte die Achseln. »Aber er mag seine Montana Ranch und will nicht in den Osten ziehen.«

»Wie willst du dich nach Arizona in Charleston einleben?« fragte John.

Chayce zog eine Grimasse. »So gut wie Geronimo und seine Apachen in ihrem Reservat, nehme ich an. In der Wüste kann man keine Feuchtigkeit erwarten.«

»Charleston hat auch seine guten Seiten. Ich habe ein paar Jahre dort gelebt, und es hat mir sehr gut gefallen«, versicherte ihm John.

»Weil du die See liebst«, wandte Chayce ein. »Ich erinnere mich noch, wie du immer von den Segeltörns mit deinem Vater und deinen Brüdern erzählt hast. Aber ich hasse die See.«

»Du hast viele Jahre vor dir, in denen du sie vielleicht lieben lernst.«

Chayce seufzte. »Nur nicht.«

Chayce blieb nur noch kurz und erklärte dann, daß er sich auf den Weg machen müsse, um den Zug nicht zu verpassen.

»Es war schön, dich wiederzusehen«, wandte er sich an John, als sie sich auf dem Gehweg die Hände schüttelten, wo Chayces Kutsche wartete. »Kümmere dich gut um deine Frau, sie ist ein Schatz.«

»Danke, Colonel«, erwiderte Claire lächelnd. »Es war nett, Sie kennenzulernen. Kommen Sie doch bitte beim nächstenmal wieder vorbei.«

»Vielleicht haben Sie dann ein schönes Haus und einen Stall voller Kinder«, bemerkte Chayce, aber er sah John dabei an und nicht Claire. »Sagen Sie Mrs. Dobbs Dank für den Kuchen, Claire, und machen Sie es gut. Bis bald.«

John zog seine Taschenuhr hervor und warf einen Blick darauf. »Ich fahre noch mit dir bis zur Bank«, sagte er. Dann sah er Claire an. »Ich werde erst spät zu Hause sein. Warte nicht mit dem Essen auf mich.«

Er stieg neben Chayce in die Kutsche und schloß die Tür, und dann rumpelte der Wagen die Straße hinunter. Claire sah ihnen vom Gehweg aus nach. Sie hatte etwas Neues über ihren Mann erfahren, aber es würde ihr nichts nutzen. Wenn sie ihm etwas bedeutete, hätte er ihr diese Dinge erzählt, nicht sein Freund.

Überraschenderweise fuhr John am nächsten Tag mit

ihr aus. Er kam schon nachmittags aus der Bank und mietete eine Kutsche mit Fahrer.

Ich dachte, es tut dir vielleicht gut, mal ein bißchen rauszukommen«, erklärte er, als Claire ihn überrascht ansah.

»Wir – wir gehen nie zusammen aus«, stieß sie dann hervor.

»Was ist mit der Gesellschaft am Samstag abend?« fragte er.

Claire lächelte. »Nun, das ist die eine Sache.«

John half ihr in die Kutsche und setzte sich dann neben sie, und sein Blick ruhte anerkennend auf ihrem schwarzen Kostüm mit den weißen Rändern und dem passenden Hut. Sie hatte einen unfehlbar guten Geschmack für Kleider – wenn sie nicht gerade an diesem dummen Auto arbeitete oder ihr verdammtes Fahrrad fuhr. Sie fuhr damit nur im Garten, aber sie fiel oft herunter, und das Rad war hoch. John fühlte sich schuldig, weil er einen Reifen angestochen und ihr dann vorgemacht hatte, er hätte keine Zeit, ihn zu flicken. Sie würde ihm nicht glauben, daß er sich um sie sorgte. Der Gedanke, daß Claire sich verletzen könnte – körperlich oder seelisch – war ihm von Tag zu Tag unangenehmer.

Sie unterhielten sich über Atlanta und seine stürmische Vergangenheit.

»Was ist das doch für eine herrliche Stadt«, sagte Claire, während sie aus dem Fenster blickte.

»Und was für eine Zukunft sie hat«, ergänzte John. »Wir erteilen langfristige und kurzfristige Kredite an Firmen und machen hohen Profit.« Zumindest auf dem Papier, setzte er im stillen hinzu und verdrängte ein paar nagende Sorgen über die Finanzen der Bank, von denen er Claire nichts erzählen wollte.

»Oh, John, sieh doch!« Claire ergriff unbewußt seinen Arm, als direkt vor ihnen eine Kutsche einen Hund überfuhr, der an den Straßenrand flog. Die Kutsche fuhr weiter.

»Der Hund! Wie können sie ihn einfach liegenlassen! John, bitte halt an«, bat Claire.

»Natürlich halten wir an«, sagte John, der genauso entsetzt war. Er klopfte mit dem Stock an das Kutschendach, knüpfte sein Jackett auf und zog es aus, ehe er Claire nach draußen folgte. Auf dem Weg rollte er sich die Ärmel hoch.

Das Tier jaulte vor Schmerzen. John kniete sich neben den Hund und tastete ihn vorsichtig nach Knochenbrüchen ab, während das Tier schwach nach ihm schnappte.

»Es ist sein Bein«, stellte John dann fest. Ich brauche eine Schiene und Verbandszeug.«

»Er hat Schmerzen.«

»Ja, ich weiß. Aber dagegen kann ich nur wenig tun«, sagte John bedauernd.

»Beauregard!« rief da eine schluchzende, ältere Stimme. Eine kleine alte Frau mit weißen Haaren kam den Weg hinuntergeeilt, schwer auf einen Stock gestützt. »Oh, du liebe Güte, du liebe Güte!« klagte sie und wischte sich ein paar Tränen ab. Hilflos sah sie John an. »Wird er sterben?« fragte sie resigniert.

»Bestimmt nicht«, versicherte John ihr freundlich. »Er hat ein gebrochenes Bein und Schmerzen. Haben Sie Verbandszeug und etwas, das ich als Schiene nehmen kann?«

»Oh, Sie sind Arzt?« fragte die alte Frau.

»Nein, aber ich habe schon viele Verwundete zusammengeflickt. Ich weiß, was ich tue. Ich werde ihn tragen.«

»Sie werden sich schmutzig machen, junger Mann«, wandte die alte Frau ein.

John lachte. »Ja, wahrscheinlich.«

Dann bückte er sich und hob das arme Tier auf, vorsichtig, um ihm nicht noch mehr weh zu tun. Der Hund winselte noch, versuchte aber nicht mehr, ihn zu beißen.

Claire sah ihren Mann bewundernd an. Sie hatte ihn immer schon für einen freundlichen Mann gehalten, aber das mitzuerleben ließ ihr Herz schmelzen. Den ganzen Weg über tröstete er die verstörte Besitzerin. Als sie ein elegantes Haus erreichten, waren die Tränen der alten Dame versiegt.

»Ich kann Ihnen beiden nicht genug dafür danken, daß Sie angehalten haben«, sagte die alte Dame, als sie die Stufen hochstiegen. »Beauregard ist ein Geschenk meines verstorbenen Mannes. Er ist alles, was ich noch habe. Ich habe gesehen, wie die Kutsche ihn angefahren hat und dann einfach weitergefahren ist. Ich weiß, wem die Kutsche gehört, diesem Bankier, Wolford.«

»Unsere Konkurrenz«, rief John. »Ja, ich kenne ihn.«

»Der würde einem Verhungernden keinen Pfennig leihen«, sagte die alte Dame. Sie sah John neugierig an. »Und zu welcher Bank gehören Sie, junger Mann?« fragte sie ihn dann.

»Ich bin Vizepräsident der Peachtree City Bank«, stellte John sich vor.

»Ah.« Sie lächelte.

John verstand das Lächeln nicht, hatte aber jetzt keine Zeit, dem auf dem Grund zu gehen, weil er sich um den armen Hund kümmern mußte. Sie legten das Tier auf der Veranda ab, und als die Besitzerin alles geholt hatte, was er brauchte, versorgte John das gebrochene Bein.

»Er wohnt im Haus«, erklärte die Frau. »Ich werde ihn warm halten, füttern und ihm Wasser geben – und ich werde zusehen, daß er sich still verhält. Noch einmal vielen, vielen Dank.«

»Das hört sich jetzt vielleicht seltsam an«, sagte John, »aber Sie können ihm einen kleinen Whisky geben, das lindert seine Schmerzen.«

Die alte Dame grinste. »Ich habe noch ein paar Flaschen von meinem Mann. Ich werde ihren Rat befolgen.« Sie tätschelte den Hund, der jetzt still lag und zitterte, aber nicht mehr winselte.

»So«, sagte John und hob das Tier hoch, »zeigen Sie mir, wo ich ihn hinbringen soll.«

Sie ging voraus, und Claire und John folgten ihr. Auf dem Wege erblickte Claire ein großes Gemälde über dem Kamin, und sie errötete angesichts des Motivs. Sie sagte kein Wort, während John den Hund sanft in sein Körbchen legte, das vor dem Kamin stand.

»Alte Knochen brauchen Wärme. Hier wird er glücklich sein.« Die alte Dame streckte eine Hand aus, und John küßte sie galant und lächelte über das Erröten der alten Dame.

»Ich hoffe, daß er sich schnell erholt.«

»Danke für Ihre Hilfe, junger Mann. Ich werde es nicht vergessen.« Sie brachte sie zur Tür und sah ihnen lächelnd nach, als sie gingen.

»Weißt du, wer das war?« flüsterte Claire John aufgeregt zu, ehe sie die Kutsche erreicht hatten.

»Natürlich weiß ich das«, sagte er, »aber das wußte ich noch nicht, als wir angehalten haben. Sie ist eine echte Persönlichkeit. Noch heute erzählt man sich Geschichten über ihren Mann. Er war General im Bürgerkrieg.«

»Ja, ich weiß, ich habe über ihn gelesen.« Claire wußte auch, daß die alte Dame die reichste Frau in der Stadt war.

John lachte. »Ich hatte keine Ahnung, wessen Haus oder Hund es war. Armer alter Wolford. Wenn er nur wüßte, wessen Hund er da mit seinen Schmerzen allein gelassen hat ...«

»Sie hat gelächelt.«

John nickte. »Eine freundliche, aber rachsüchtige Dame. Seine Bank wird es zu spüren bekommen, fürchte ich.«

»Das ist gut«, sagte Claire hitzig. »Fährt das arme Tier an und läßt es dann einfach liegen!«

John trat zur Kutsche und dankte dem Fahrer, daß er so lange gewartet hatte.

»Kein Problem«, versicherte der Mann ungerührt. »Ich

habe gesehen, was passiert ist. Ein Mann muß sehr herzlos sein, um ein Tier in dem Zustand allein zu lassen.«

John nickte und half Claire in die Kutsche. Dann kletterte er selber hinein. Sein Hemd war naß und schmutzig geworden. Er knöpfte es auf.

Claires Blick wurde sofort von seiner bloßen Brust angezogen. Sie hatte noch nie einen Mann ohne sein Hemd gesehen.

John hob eine Braue und lachte leise. »Man lernt nie aus, was, Claire?« Dann ergriff er ihre Hand und zog sie in der kleinen Kabine näher an sich. Er führte ihre Finger zu seiner Brust, die mit schwarzen Haaren bewachsen war.

Claires Finger zuckten zurück, aber er drückte ihre Hand an sich und fuhr sich mit ihrer warmen Handfläche über die Brust. Sein Atem ging plötzlich schneller.

Claire sah ihm in die Augen, die feurig blitzten.

»Gefällt ... es dir?« fragte sie unsicher.

»Es gefällt mir.« Er zog auch ihre zweite Hand zu sich, aber der Handschuh störte ihn. Er zog ihn aus und warf ihn auf ihren Schoß, ehe er auch ihre zweite Hand an sich zog. Er holte tief Luft, als er ihre bloße Haut auf seiner spürte.

»Ja, so will ich deine Hände auf mir spüren«, sagte John und beugte den Kopf. Er küßte sie, die Lippen verlockend geöffnet. Dann riß er sie an sich und zog sie auf seinen Schoß. Sein Kuß wurde tief und hart, und er führte ihre Hände über seinen Körper.

Ein plötzlicher Ruck der Kutsche ließ sie auseinanderfahren. Sie sahen einander an, als die Kutsche langsamer wurde, und dann erkannten sie, daß sie fast zu Hause waren.

Verwirrt setzte Claire sich wieder neben John.

»Es ist gut«, versicherte er ihr gefaßter, als er wirklich war.

John rollte die Ärmel herunter und knöpfte sein Hemd zu, und Claire hob ihren Hut auf und zog Handschuhe an.

Ihr Äußeres war derangiert. Doch es gefiel John, wenn Claire verwuschelt war. Sein Körper schmerzte vor unerfülltem Verlangen, und zärtlich und amüsiert betrachtete er Claires schuldbewußtes Gesicht.

»Niemand wird uns wegen unseres Aussehens eine Strafpredigt halten. Wir sind verheiratet«, neckte er sie.

»Ja.« Claires Hände zitterten.

John berührte sanft ihre Wange. »Es ist pures Entzücken, Sie zu küssen, Mrs. Hawthorn«, sagte er weich. »Du siehst anbetungswürdig aus.«

Claire errötete und lächelte scheu, verwirrter denn je.

John lachte leise. »Und jetzt gehen wir wirklich besser hinein.«

Er bezahlte den Fahrer und half ihr aus der Kutsche, die Augen ungewöhnlich warm, wenn er sie ansah. Er hielt sogar ihren Arm, als sie ins Haus gingen und nur kurz stehenblieben, um Mrs. Dobbs zu begrüßen.

John fiel ein, daß er den ganzen Nachmittag über nicht an Diane gedacht hatte, und er fragte sich, wie das möglich war. Er schenkte Claire noch ein leeres Lächeln und ging dann mit der Entschuldigung in sein Zimmer, daß er sich waschen müsse.

Als er wieder zum Vorschein kam, war er wie immer – höflich, freundlich, aber distanziert. Claire fragte sich, ob sie das Zwischenspiel in der Kutsche nur geträumt hatte. Es war ein trauriges Ende eines wunderschönen Tages.

6

In den nächsten Tagen bemerkte Claire eine deutliche Veränderung in ihrer Beziehung zu ihrem schweigsamen Ehemann. Nach dem Besuch seines Freundes und ihrem gemeinsamen Erlebnis bei der Kutschfahrt war er viel freundlicher – aber auch irgendwie wachsam. Sie aßen jetzt fast immer gemeinsam. Doch die wachsende Kameradschaft verschwand, als Claire John fragte, ob sie zum Weihnachtsball des Gouverneurs gehen würden. Er verschloß sich so plötzlich, als hätte sie ihn gebeten, ein Staatsgeheimnis auszuplaudern.

Claire konnte nicht wissen, wie schmerzhaft eine Erinnerung an das jährliche Ereignis für ihn war, weil seine Eltern regelmäßig dort waren. Er hatte sie seit seiner plötzlichen Abreise vor zwei Jahren nicht mehr gesehen, und es widerstrebte ihm, alte Wunden an einem so öffentlichen Ort wieder aufreißen zu lassen. Doch als Beamter der größten Bank der Stadt wurde seine Anwesenheit erwartet – zumal es die Bank war, die auch der Gouverneur gewählt hatte.

Da Claire vom Hintergrund ihres Mannes nichts wußte, wußte sie auch nicht, wie sehr es ihn traf, ein Ausgestoßener aus seiner Familie zu sein – oder daß er überhaupt ein Ausgestoßener war. Sie fürchtete, daß er sich vielleicht ihrer schämte und deswegen nicht zum Ball wollte. Sie gehörte nicht wirklich zu seiner gesellschaftlichen Schicht, und er hatte sie noch nie für so einen Anlaß gekleidet gesehen. Vielleicht dachte er, weil er sie nur in ihrer Alltagskleidung oder schmierig vom Auto kannte, daß sie keinen Sinn dafür hatte, wie man sich richtig anzog.

Nun, Claire hatte fest vor, ihm zu zeigen, wie sie sich zurechtmachen konnte, wenn sie wollte, denn sie hatte bereits ihr eigenes Kleid entworfen. Sie wollte etwas tragen, worüber die Leute staunten und was noch spektakulärer sein würde als Evelyns Kleid. Sie würde ihrem Mann schon zeigen, daß sie neben seiner entzückenden Diane bestehen konnte!

Er hatte die andere Frau in letzter Zeit nicht mehr erwähnt. Claire wußte, daß er sie gelegentlich sah, weil sie ihren Mann oft zur Bank begleitete. Aber er sprach nie über Diane. Wie er es Claire bei der Hochzeit versprochen hatte, würde er sie nicht betrügen.

Das Traurige war nur, daß er sie nicht liebte, dachte Claire. Sie hatte ihn geheiratet, weil sie auf ein Wunder gehofft hatte, aber die Ehe hatte ihr nur noch mehr Liebeskummer verschafft. Jetzt, wo sie wußte, wie es war, von ihrem Ehemann geküßt zu werden, war alles noch viel schlimmer. Für sie hatte er nur Freundlichkeit und zärtliche Neckereien, während sie sich nach ihm verzehrte und ihn mehr liebte denn je. Das Leben, so fand Claire, war wirklich schwer.

Der Samstag kam, und Claire wappnete sich für einen Abend mit den Calversons und dem Eigentümer der Investment-Firma, den Mr. Calverson als Kunden gewinnen wollte.

Claire hatte keine Zeit gehabt, sich für diese Gelegenheit ein Kleid zu nähen, weil sie mit den Aufträgen von Evelyn, Jane und Emma zu viel zu tun hatte. Deshalb hatte sie John beim Wort genommen und sich ein Kleid bei Rich's in der Whitehall Street gekauft. Der elegant in Schwarz und Gold gehaltene Salon hatte Claires Sinn für Farben angesprochen, und in den Schaufenstern gab es viele aufregende Sachen.

Entzückt von ihrer Umgebung fand Claire genau das, was sie suchte: ein smaragdgrünes Kleid mit Perlen und einem Spitzenüberwurf am Mieder. Samt und Satinschleifen zierten den Saum. Das Kleid war recht teuer, aber es ließ ihre grauen Augen grün leuchten und schmeichelte ihrem Teint. Fasziniert betrachtete Claire sich in dem langen, ovalen Spiegel in ihrem Zimmer. Sie sah gar nicht so schlecht aus, wenn sie sich Mühe gab. Zu dem Kleid trug sie die Kette ihrer Mutter aus Onyx und Jade, die genau dazu paßte. John würde überrascht sein, dachte Claire.

Und das war er. Aus schmalen dunklen Augen starrte er sie an und bemerkte jede Linie ihres schlanken Körpers, der von dem Kleid vorteilhaft betont wurde.

»Woher hast du das?« fragte er kurz angebunden.

»Rich's. Gefällt es dir?«

Gefallen! Der Schnitt des Kleides brachte ihre perfekte Figur zur Geltung, und der tiefe Ausschnitt zeigte ihm den Ansatz ihrer Brüste, rund und weich. Zu dem Kleid trug Claire weiße Handschuhe. Ihre Lippen schimmerten rot, auch ohne Lippenstift, und ihre Wangen waren rosig vor Aufregung. Ihre Haare hatte sie mit einem Kamm hochgesteckt. Sie sah atemberaubend und sehr elegant aus für eine Frau, die auf dem Land aufgewachsen war, noch dazu bei einem alten Mann.

»Du siehst sehr hübsch aus«, sagte John förmlich.

Das galt auch für ihn. Dunkle Anzüge standen ihm gut. Mit der weißen Krawatte sah er großartig aus, aber Claire wagte es nicht, ihm das zu sagen.

»Danke«, erwiderte sie geziert und ergriff ihr Täschchen. »Wollen wir gehen?«

John öffnete ihr die Tür und brachte sie zu der wartenden Kutsche. Claire war sehr nervös und zupfte an ihrer

Tasche herum, um ihre Hände zu beschäftigen. Sie mochte Eli Calverson nicht besonders, und sie fürchtete das Schlimmste, wenn John Diane wiedersah. Claire wußte, daß sie in einem hübschen Kleid passabel aussah, aber mit der schönen und eleganten Diane konnte sie sich nicht vergleichen. Nur Liebe konnte sie schön machen, und die hatte sie nicht.

»Wie viele Leute werden da sein?« fragte Claire nach langem Schweigen, in dem man nur die Hufe des Pferdes auf der Straße hörte.

»Nur die Calversons, Mrs. Whitfield mit Frau und Sohn und wir.«

»Oh.«

»Es ist ein kleines, unformelles Zusammenkommen, keine Party«, erklärte John freundlich und schüttelte eine Manschette zurecht. Er warf Claire einen wohlwollenden Blick zu. »Oh, und noch etwas, Claire«, setzte er hinzu und beugte sich mit boshaftem Lächeln zu ihr. »Halte dich bitte mit Bemerkungen über dein Auto zurück.«

Sie funkelte ihn wütend an. »Warum?«

»Weil Calverson sie für eine Erfindung des Teufels hält. Bankiers müssen sich den Konventionen fügen, um Geschäfte zu machen. Apropos«, fuhr er fort, »erinnerst du dich an den Hund, dem wir geholfen haben?«

»Ja.«

»Nun, die Dame, der er gehört, hat jeden Pfennig aus Wolfords Bank genommen und bei uns eingezahlt.« Er lachte über Claires erfreutes Gesicht. »Das wird ihn lehren, beim Fahren künftig vorsichtiger zu sein.«

»In der Tat. Wie schön für eure Bank!«

»Das dachte Calverson auch. Aber«, setzte er rasch hinzu, »für eine arme Frau hätte ich genauso schnell angehalten.«

»Ich weiß, John«, sagte Claire. Der Blick ihrer sanften Augen ruhte auf seinem Gesicht.

John ertappte sich dabei, daß er in letzter Zeit immer weniger an Diane dachte, obwohl sein Herz immer noch trauerte. Claire war eine charmante Begleiterin. Und manchmal fragte er sich, wie es wohl wäre, wirklich mit ihr verheiratet zu sein ...

Es dauerte nicht lange, bis sie das große Haus der Calversons erreicht hatten. Es war mit Fachwerk verziert und hatte kleine Türmchen wie ein Schloß. Als Claire an Johns Arm die Vordertreppe hinaufschritt, dachte sie, daß es ihr nicht gefiel, weil es so protzig war. Aber Diane brauchte ein Schaufenster, und als solches erfüllte das Haus seinen Zweck. In jedem der tiefen Fenster brannten Kristalleuchter hinter exquisiten weißen Vorhängen.

Diane kam ihnen entgegen, um sie zu begrüßen, und würdigte Claire kaum eines Blickes, ehe sie sich voller Herzlichkeit John zuwandte.

»Ich bin so froh, daß Sie gekommen sind«, sagte sie heiser. »Sie beide«, setzte sie dann widerstrebend hinzu und warf Claire einen Blick zu. »Mr. Whitfields Geschäfte sind im Moment sehr wichtig für uns. Ich hoffe, Sie tun beide Ihr Bestes, damit er sich in Atlanta und bei unserer Bank wohl fühlt.«

»Das werden wir sicher, meine Liebe«, erwiderte John. Wenn er mit Diane sprach, klang seine Stimme verändert. Seine Augen waren plötzlich hungrig und heiß und voller Schmerz, wenn er sie ansah.

Diane merkte es, und ihre Augen funkelten. »Aber John«, flüsterte sie, »Sie dürfen mich nicht so ansehen«, und sie sah sich im Salon um, völlig gleichgültig angesichts des Umstandes, daß Claire Zeugin dieses kleinen Intermezzos wurde. »Wir müssen vorsichtig sein. Eli ist bereits mißtrauisch ...«

Ehe sie weitersprechen konnte, kam Eli Calverson in die

Halle, um seine Gäste zu begrüßen, und bedeutete einem wartenden Mädchen ungeduldig, daß sie ihnen die Mäntel abnehmen sollte. Diane hängte sich an den Arm ihres Mannes und lächelte liebevoll zu ihm auf.

Eli errötete – und seine gute Laune kehrte zurück. Er tätschelte Dianes kleine Hand und lächelte sie an, ehe er sich umwandte, um John zu begrüßen. »Da sind Sie ja, mein Junge. Schön, daß Sie kommen konnten. Und wie schön, Sie wiederzusehen, Claire. Sie sehen beide sehr gut aus«, bemerkte er jovial, schüttelte John die Hand und küßte Claires Finger. Seine Augen wurden schmal, als er sie ansah. »Ich hoffe, Sie planen keine weiteren Fahrten in diesem Auto, Claire. Das würde Mr. Whitfields Sensibilität doch auf eine harte Probe stellen. Und wir wollen doch nichts tun, was ihn aufregen könnte, nicht wahr? Das würde Johns Position nicht erleichtern.«

Das war eine verschleierte Drohung. Claire wünschte, sie könnte dieser fetten Kröte sagen, was sie wirklich von ihm hielt. Aber sie wagte es nicht. Also lächelte sie stattdessen. »Ich habe nicht mehr viel Zeit zum Autofahren, Mr. Calverson«, erwiderte sie mit ruhiger Würde.

»Ich bin froh, das zu hören«, entgegnete er und lächelte etwas. »Kommen Sie herein und lernen Sie unsere Gäste kennen.«

Eli führte sie an Diane vorüber in den Salon, wo ein großer, silberhaariger Mann wartete. Er sah gelangweilt und schlecht gelaunt aus. Seine Frau, eine unauffällige Blondine in Pink, saß schweigend auf der samtbezogenen Couch und wirkte gehetzt. Ein großer, sehr gut aussehender Mann in Claires Alter lehnte lässig am Kamin. Er blickte den Neuankömmlingen entgegen, und seine Langeweile verschwand auf der Stelle, als er Claire anlächelte.

Claire war erstaunt, als er bei der Vorstellung vortrat und sich Claires Hand bemächtigte. »Niemand hat mir gesagt, daß Mr. Hawthorn so eine entzückende Tochter hat«, sagte er, ohne das plötzliche schockierte Schweigen zu bemerken. »Ich bin Ted Whitfield, und ich hoffe doch sehr, daß ich Sie noch öfter sehe, solange wir in Atlanta sind«, setzte er hinzu und küßte ihr die Hand.

Ein stählerner Griff zerrte sie zu John zurück. Er sah den jungen Mann wütend an, gepackt von einer solchen Eifersucht, daß es ihn erschreckte. »Ich bin John Hawthorn. Und das ist Claire. Meine Frau«, setzte er betont hinzu.

Ted zeigte sich kein bißchen verwirrt. Er grinste nur. Er sah verwegen aus mit seinen blonden Haaren, blauen Augen und dem hübschen Gesicht. »Ach, wirklich?«

»Ted, wo bleiben deine Manieren«, sagte Mr. Whitfield abrupt.

»Schon gut, Daddy«, knurrte Ted.

»John ist unser Vizepräsident«, fuhr Eli fort, leicht erschüttert durch den unerwarteten Auftritt. »Eine wertvolle Bereicherung für unsere Bank. Er ist ein Harvard-Abgänger, wissen Sie.«

»Ich bin von Princeton«, warf Ted ein.

»In welcher Klasse?« fragte John spöttisch.

Ted schien sich unbehaglich zu fühlen. »Nun, ich habe noch nicht den Abschluß.«

»Oh?«

Erstaunlich, dachte Claire, wie John das eine Wort nur durch die Betonung zu einer Beleidigung werden lassen konnte. Ihr Mann hatte viele Seiten, die sie noch nicht kannte. Er schüchterte den jungen Mann ein, ohne sich dafür anstrengen zu müssen.

»Aber Ted gehört zu den Besten, nicht wahr, mein Liebling?« kam Mrs. Whitfield ihrem Sohn zu Hilfe und blitzte John wütend an. »Er ist sehr intelligent«, fügte sie noch hinzu und errötete vor Ärger.

»Offenbar«, knurrte John.

»Möchten Sie vor dem Essen etwas trinken?« fragte Eli und sah John grimmig an.

»Nein, danke«, lehnte John ab und musterte mit erhobenen Brauen den Cognac in Teds Hand. Sein Blick und die unausgesprochene Unterstellung darin ließen alle sich unbehaglich fühlen, besonders Diane.

Claire war überrascht, wie John sich gegenüber Ted verhielt. Der Junge war jung und harmlos, aber John schien sich über ihn zu ärgern. Diane dagegen war die Freundlichkeit selbst zu dem jungen Mann, legte ihm immer wieder die Hand auf den Arm und tat alles, damit er sich wohl fühlte.

Das Essen war für Claire eine Prüfung. Noah Whitfield hatte sehr strenge Ansichten, und seine Themen beschränkten sich auf finanzielle Angelegenheiten, zu denen Claire nichts sagen konnte. Diane hing an seinen Lippen, obwohl Claire sich sicher war, daß auch sie nichts von Geldgeschäften verstand, außer, wie man es ausgab.

Nach dem Essen zogen sich die Damen in den Salon zurück, um sich zu unterhalten, und die Herren blieben sitzen, um einen Brandy und eine Zigarre zu genießen.

»Das war ein sehr gutes Essen, Diane«, lobte Mrs. Whitfield. »Ich muß Ihre Köchin bitten, meiner das Rezept für die Broccolisuppe zu geben.«

»Ich werde sie darum bitten, Jennifer«, versprach Diane. »Was haben Sie für ein schönes Kleid. Ist es ein Pariser Modell?«

»Natürlich«, gab die ältere Frau lächelnd zurück. »Etienne Dupree. Sie müssen ihn kennen.«

»Tatsächlich.«

»Und Ihr Kleid trägt ebenfalls den Stempel von Paris«, fuhr Jennifer fort.

»Wie aufmerksam von Ihnen! Es ist von Charmonne.«

Sie ließen Claire links liegen und schafften das großartig. Sie sollte das Gefühl bekommen, als kleine Landpomeranze bei Höheren zu Gast zu sein.

Claire erhob sich.

»Oh, verzeihen Sie, Claire, ich wollte sie von unserer Unterhaltung nicht ausschließen«, gurrte Diane.

Claire schenkte ihr einen ausdruckslosen Blick, der die andere erröten ließ. »Ein Cousin meiner Mutter war Baptist«, sagte sie ruhig. »Ich erinnere mich, daß sie mir erzählte, daß er überall hinging, um zu predigen, und manchmal waren seine Schuhe danach sehr schmutzig. Eines Tages betrachtete ein Mann in der Kirche während der Predigt seine Schuhe voller Verachtung. Mein Cousin unterbrach seine Predigt und ermahnte den Mann, daß Gott sicher mehr am Zustand seiner Seele interessiert sei als an dem seiner Schuhe.« Claire lächelte, als die anderen beiden ihre Botschaft verstanden. »Manchmal fällt es uns schwer, daran zu denken, daß es im Himmel keine sozialen Schichten gibt. Dort gehen Bettler und Könige nebeneinander.«

Mrs. Whitfield wurde rot. »Natürlich. Niemand wollte Sie beleidigen.«

»Natürlich nicht«, ergänzte Diane unbehaglich.

Claire wandte den Blick nicht ab. »Ich neide Ihnen weder Ihre Position noch Ihren Reichtum«, sagte sie. »Und ich will nichts von Ihnen haben.«

Diane sprang mit heißen Wangen auf. »Es ist recht warm hier drinnen, nicht wahr? Ich werde das Feuer dämpfen lassen.«

Claire war zu höflich, um Triumph zu zeigen. Diese gemeine Schlange, die sich so aufführte, als gehörte John ihr! Anfangs hatte Claire geglaubt, daß Diane John wirklich liebte und er erschüttert war, sie zu verlieren, aber das wußte sie jetzt besser. Diane spielte mit ihrem Mann wie eine grausame Katze mit der Maus. Sie flirtete und neckte und lockte ihn, aber es war alles nur gespielt. John war attraktiv und hatte eine gute Position, aber Diane sah wahrscheinlich gesellschaftlich auf ihn herab, so daß er für eine Ehe mit ihr nie in Frage käme. Claire war sich jetzt sicher, daß Diane John auch mit ihrer früheren Verlobung nur an der Nase herumgeführt hatte.

John verdiente etwas Besseres als Diane. Claire war vielleicht nicht so schön und gesellschaftlich nicht so angesehen wie Diane, aber sie liebte John wirklich. Eines Tages wäre das vielleicht genug.

In der Zwischenzeit würde sie einen ganz geradlinigen Kurs einschlagen und darauf achten, nicht in Johns Privatsphäre einzudringen oder ihn zu beschämen. Aber das bedeutete nicht, daß sie es zulassen würde, daß Leute wie Diane und Mrs. Whitfield sie verspotteten, nur weil sie sich ihr gegenüber gesellschaftlich überlegen fühlten.

Die Unterhaltung war steif und gezwungen, bis es Zeit war, sich wieder zu den Männern zu gesellen. John spürte die Stimmung sofort und sah Claire wütend an. Natürlich, dachte sie resigniert, er würde ihr die Schuld geben.

Ted ergriff Claires Arm und führte sie zum Sofa, und damit schob sie das Gespräch mit John noch auf. Ted setzte sich neben sie und verwickelte sie in eine Unterhaltung über ihr Auto, das ihn anscheinend faszinierte.

»Ich habe gehört, daß sie damit sogar herumfahren«, sagte Ted mit leuchtenden Augen. »Ich habe in Princeton einen Freund, der sich auf Max Plancks neue Quantentheorie spezialisiert hat – ein schweres Zeug und völlig unverständlich, wenn man nicht Physik studiert hat –, aber auch er interessiert sich für Autos. Er hat ein elektrisches Modell gebaut, mit dem er durch die Stadt fährt. So ähnlich wie das Vierrad, das Henry Ford in Detroit vermarkten wollte.«

»Henry Ford ist ein Verrückter«, warf Mrs. Whitfield ärgerlich ein. »Diese dummen Maschinen sind nur eine Modeerscheinung.«

»Das glaube ich nicht«, erwiderte Claire höflich. »Sie werden in der Zukunft noch wichtig werden. Sie halten länger durch als ein Pferd, und sie sind von Wetter und Krankheit unberührt.«

»Siehst du?« sagte Ted. »Außerdem hat Ford ein Werk in Detroit. Und Mr. Olds…«

»Ich habe einen Oldsmobile«, unterbrach ihn Claire eifrig. »Er hat eine geschwungene Karosserie und fährt sich gut.«

»Oh, Sie müssen mich einmal mitnehmen, Claire«, bat Ted begeistert. »Ich würde zu gerne mit Ihrem Auto mitfahren.«

Teds Mutter war empört. John ebenfalls. Mr. Calverson sah aus, als wenn er Claire am liebsten an den Haaren hinausschleifen würde.

»Mich auch«, sagte Mr. Whitfield da überraschend. »Ich muß Claire zustimmen. Auch die Pflugochsen werden wohl von Maschinen abgelöst werden. Ja, die Mechanisierung wird kommen. Weise Männer werden ihr Geld da investieren und damit reich werden.«

Mr. Calverson unternahm eine Hundertachtzig-Grad-Drehung. »Genau das, was ich schon immer gesagt habe«, bekräftigte er grinsend. »Ich bin sicher, daß Claire Sie beide sehr gerne einmal mitnehmen wird, nicht wahr, Claire?«

»Das nächstemal, wenn wir in der Stadt sind, nehmen wir Sie beim Wort«, sagte Mr. Whitfield und lächelte Claire an. »Ich fürchte, wir müssen morgen nach Charleston zurück. Es ist eine lange Reise, selbst mit dem Zug. Es war eine neue Erfahrung, Sie kennenzulernen, Mrs. Hawthorn.« Dann sah er Calverson an. »Wenn das die Art Ihrer Angestellten ist, will ich gerne mein Kapital bei Ihnen investieren, wenn wir nach Atlanta ziehen, Calverson. Ihre Leute haben einen erstaunlichen Weitblick. Sogar die Frauen«, setzte er hinzu.

Claire lächelte nur und achtete nicht auf die eisigen Blicke, die Diane und Mrs. Whitfield ihr zuwarfen.

»Du steckst voller Überraschungen, was?« sagte John auf dem Heimweg.

»Ich mag Autos, und ich bin eine gute Gesprächspartnerin.«

»So wie der verrückte Ted?«

Claire warf ihm über ihren hohen Mantelkragen einen Blick zu. »Ted ist wie mein Onkel Will. Er ist vorausschauend.«

Johns Augen wurden schmal. Er lehnte sich mit verschränkten Armen an die Tür und sah sie an. »Was hast du im Salon gesagt, was Diane und Mrs. Whitfield so empört hat?«

»Ich habe sie daran erinnert, daß Geld keine Rolle spielt, wenn man in den Himmel kommt«, erwiderte Claire kurz.

»Das war wohl kaum höflich deiner Gastgeberin gegenüber.«

»War es höflich, daß sie sich wie Honig über dich ergossen hat?« gab Claire mit roten Wangen zurück. »Oder dir etwas zuzugurren, wo ihr Mann nebenan wartete?«

John hob die Brauen. »Du hast mit Ted Whitfield geflirtet.«

»Das habe ich nicht«, gab sie mit Würde zurück. »Er hat mit mir geflirtet. Ich habe bessere Manieren, als meinen Mann zum Narren zu machen«, setzte sie mit einem Seitenhieb auf Diane hinzu.

»Hör auf jetzt«, sagte er gefährlich sanft.

»Wenn sie dich haben wollte, hätte sie dich heiraten sollen, ehe Eli Calverson daherkam«, fuhr Claire unbeeindruckt fort. »Jetzt, wo sie ihn sich geangelt hat, kann sie es sich leisten, dich hinter seinem Rücken anzuschmachten. Du bist zu ehrenhaft, um sie beim Wort zu nehmen.«

John wandte das Gesicht ab. »Diane geht dich nichts an.«

»Ich weiß«, bestätigte Claire. »Ich werde mich nicht einmischen, solange du nicht vergißt, daß du ein verheirateter Mann bist.«

»Daran brauchst du mich kaum zu erinnern«, sagte John kurz. Er lehnte sich in seinem Sitz zurück. »In einer Woche ist das Erntedankfest der Bank«, fuhr er kühl fort. »Ich glaube, die Whitfields kommen extra dafür her.«

»Wie nett.« Sie steckte ihr Taschentuch in ihre Tasche. »Es wäre sicher nicht nett, dich daran zu erinnern, daß Mr. Calverson und du nichts erreicht habt, bis Ted mein Auto erwähnte.«

John runzelte wütend die Stirn. »Nein, das wäre nicht nett«, sagte er.

Claire lächelte. Er nahm ihr übel, daß sie seine Liebste schlecht gemacht hatte. Nun, sie würde nichts davon zurücknehmen – und je eher er das begriff, desto besser.

In der nächsten Woche ignorierte John sie. Claire dachte, daß er ihr sicher übelgenommen hatte, was sie über Diane gesagt hatte. Aber tatsächlich war es seine eigene Verwirrung, die ihn fernhielt. Seine Eifersucht auf Ted Whitfield hatte ihn verwirrt und erschreckt. Er weigerte sich, darüber nachzudenken, warum er auf einmal eifersüchtig war, wo er doch Diane liebte.

Am Abend der Bankfeier mußte Claire auf die Straße hinuntergehen, weil John nicht auf sie gewartet hatte. Sie war in ihren schwarzen Umhang gehüllt. Darunter verbarg sich ein Kleid, das sie selbst entworfen hatte – und in der Woche seit Dianes Dinnerparty fertiggestellt hatte. Claire war sicher, daß es ihren Mann schockieren würde, und das geschah ihm recht. Sie war vielleicht nicht so schön wie Diane, aber sie hatte die bessere Figur, und dieses Kleid würde sie ins rechte Licht rücken. Es war aus weißem und schwarzem Stoff, der sich übereinanderlegte und in einem tiefen Ausschnitt versank, der nur zwei schmale Streifen über ihren Schultern verlaufen ließ. Im

Haar trug sie eine schwarzweiße Spange und um den Hals eine Perlenkette. Sie sah elegant und sexy zugleich aus, und die Seide ihres Kleides umschloß eng ihre schlanke Gestalt. Aber John hatte das Kleid noch nicht gesehen. Und er würde es erst auf der Party sehen.

John half Claire mit ärgerlichem Gesicht in die Kutsche. »Wir gehen nicht auf einen Ball«, murmelte er dabei.

»Gut, ich habe nämlich kein Ballkleid an«, erwiderte Claire kühl. »Ich weiß, wie man sich kleidet, trotz meines unglücklichen gesellschaftlichen Hintergrundes.«

»Ich habe kein verdammtes Wort über deinen gesellschaftlichen Hintergrund gesagt!«

In letzter Zeit war er so reizbar, daß es gefährlich war, auch nur mit ihm zu sprechen. Claire schwieg.

Eli Calverson kam ihnen an der Tür entgegen und reichte sie an Diane weiter, die eine Braue hob, als sie Claires Samtumhang sah, ehe sie sie als unwichtig vergaß.

»Wie schön Sie sind«, sagte John zu Diane, denn ihr rotes Kleid gefiel ihm gut. Es war fast zu eng, so daß ihre üppige Figur eine Spur vulgär aussah. Auch die Farbe stand ihr nicht, obwohl sie für Herbst und Winter das Neueste war. Erstaunlich, dachte Claire, wie manche Frauen so unbedingt modisch den Ton angeben wollen, daß sie nur auf das Etikett achten. Claire fragte sich, ob Diane wohl wußte, wieviel sie von Mode verstand. Wahrscheinlich wäre sie schockiert, wenn sie ein paar der Kleider sähe, die Claire für viel höherstehende Damen aus Atlantas Gesellschaft genäht hatte. Wirklicher Stil war die Kunst zu wissen, worin eine Frau gut aussah, und das dann trotz der herrschenden Mode zu tragen.

Mädchen waren in die Bank geholt worden, um den Gästen die Mäntel abzunehmen. Claire erlaubte einer der Angestellten, ihr den Mantel abzunehmen.

»Oh, Ma'am, das ist das hübscheste Kleid, das ich je gesehen habe«, sagte das Mädchen begeistert.

»Danke«, erwiderte Claire und drehte sich um, um den Schock Dianes zu genießen, als ihr die Schlichtheit von Claires Kleid und die Auffälligkeit ihres eigenen Kleides dagegen bewußt wurden.

John runzelte die Stirn, als er seine Frau ansah. Das Kleid hatte sie bestimmt nicht in der Stadt gekauft. Tatsächlich sah es aus wie ein Kleid aus Paris, aber wo sollte Claire das gefunden haben?

Sie hob stolz das Kinn und kam auf ihn zu, aber unterwegs wurde sie von drei unverheirateten Kollegen Johns und von Ted Whitfield abgefangen.

»Was sind Sie für ein schöner Anblick!« rief Ted und verbeugte sich dann. »Mylady, Sie sind ohne Zweifel die schönste Frau hier.«

Diane, die die Bemerkung gehört hatte, schäumte sichtlich. John traute seinen Augen kaum. Claire war plötzlich die umschwärmteste Frau auf dem Fest, und er wußte nicht, wie er mit seinen Gefühlen umgehen sollte, die diese Erkenntnis auslöste. Nichts hatte ihn auf die Eifersucht vorbereitet, die er empfand – und auch nicht auf das wilde Verlangen, das ihn beim Anblick Claires entflammte.

7

Claire hatte sich noch nie so hübsch gefühlt und war noch nie so umschwärmt gewesen. Sie wurde vom einen Kreis in den nächsten gezogen, während die Frauen sie begeistert nach ihrem hübschen Kleid befragten. Jeder wollte wissen, wo sie es gekauft hatte. Aber sie konnte ihnen nicht sagen, daß sie es selbst genäht hatte. Sie wollte nicht, daß John etwas von ihrer geheimen Karriere erfuhr.

Also erwähnte sie den Namen einer Boutique, deren Besitzerin häufig ihre Kleider ausstellte.

»Ja, Liebes, aber welcher Designer hat es entworfen?« beharrte eine Frau begierig.

»Magnolia«, improvisierte Claire rasch.

»Magnolia. Was für ein guter Name für einen Designer aus Atlanta«, sagte die Frau.

»Ja«, stimmte Claire abwesend zu, »das stimmt.«

Die einzige Frau, die kein Interesse an Claires Kleid zeigte, war Diane.

Als Eli kurz mit Mr. Whitfield den Raum verließ, trat sie zu John.

»Ist ihr Kleid für so ein Fest nicht ein bißchen zu freizügig?« fragte Diane ihn ärgerlich. »Wirklich! Es ist wohl kaum die Farbe, die eine verheiratete Frau tragen sollte, dieses jungfräuliche Weiß!«

John mußte sich sehr zurückhalten, um nicht zu gestehen, daß die Farbe für seine unberührte Braut durchaus angemessen war. Er nippte an seinem Punsch und schaute sich in dem großen Raum um, der mit den Perserteppichen und den Holztäfelungen sehr beeindruckend wirkte. Er fand, daß das elegante Kleid seiner Frau sehr gut in die Umgebung paßte.

»Es ist nicht einmal modisch«, schimpfte Diane.

John musterte Diane, überrascht von dem Haß in ihrer Stimme. Er hatte Diane natürlich schon vorher boshaft über andere reden hören, aber nie über Claire. Erstaunt merkte er, daß ihm das nicht gefiel. Diane sah wütend zu Claire hinüber, die sich mit Ted Whitfield und zwei jungen Männern unterhielt.

»Ich glaube nicht, daß Claire sich viel um das Modediktat kümmert«, erklärte John.

»Ja, das sieht man«, erwiderte Diane kurzangebunden. Dann lächelte sie süß zu ihm auf. »Aber was soll's? Du siehst wunderbar aus, John, wirklich wunderbar. Ich wünschte, wir könnten allein sein.«

Sein Herz machte einen Sprung. Ihr Mund war so weich und rosig, und er wollte sie so sehr. Die Enthaltsamkeit trieb ihn zum Wahnsinn, und er hungerte nach einer Frau in seinen Armen. Seltsam, wie gut er sich an die seidenweichen Lippen Claires an seinen erinnerte.

»Das würde dir doch auch gefallen, nicht wahr?« neckte ihn Diane und drängte sich näher an ihn.

Mit einem Schlag war John wieder in der Gegenwart und zog sich zurück. »Diane …«

Sie drückte sich verführerisch an ihn. »Weißt du noch, wie es war, als wir uns verlobt haben?« flüsterte sie. »In der Nacht? Ich habe dir erlaubt, mir die Kleider auszuziehen – und wenn dein dummer Vater nicht unerwartet zu Besuch gekommen wäre, hätte ich mich von dir nehmen lassen.«

John zog finster die Brauen zusammen. Diese Erinnerung hatte ihn immer verfolgt. Doch jetzt war es nur noch ein Ärgernis, an das er erinnert wurde. »Hier ist nicht der

Ort dafür und nicht die Zeit. Wir sind verheiratet, Diane – aber nicht miteinander.«

»Ach, du und deine dumme Ehre«, schmollte sie. »Daran ist nur deine militärische Erziehung schuld. Du hättest sofort nach Harvard gehen sollen.«

»Ich hatte nach der Zitadelle bessere Aussichten in Harvard«, sagte er plötzlich.

»Nun, das Militär ist wohl notwendig, nehme ich an«, seufzte sie und sah sich um. »Sieh dir den Reichtum an. Geld und Macht sind die Dinge, die wirklich zählen. Soldat kann jeder sein.«

Das stimmte nicht, aber er erwiderte nichts. Diane hatte noch nie einen Hehl aus ihrer Verachtung für Uniformen gemacht. John runzelte die Stirn, als er dachte, wie wenig sie gemeinsam hatten – außer seiner Leidenschaft für ihren Körper –, und die ließ nach. Diane war verwöhnt und boshaft, und sie liebte es, Männer gegeneinander auszuspielen. Sie hatte geschworen, daß sie ihn liebte, aber jeder, der sie sah, hätte geschworen, daß sie ihren Mann liebte. Sie achtete darauf, immer auf der richtigen Seite zu stehen. Als John sich geweigert hatte, zu seinem Vater zu gehen und um seinen Teil des Erbes zu betteln, hatte sie kaum einen Monat gebraucht, um Eli Calverson zu finden und zu heiraten. John dachte daran, wie sie bei dem Hund gehalten hatten, den Wolfords Kutsche überfahren hatte, wie Claire ihn unterstützt hatte und wie sie die alte Dame getröstet hatte. Claire hatte ein freundliches Herz und doch auch ein stürmisches Temperament.

»Woran denkst du?« fragte Diane weich.

John sah sie an. »Daß Männer Narren sind«, erwiderte er nachlässig.

Diane versetzte ihm einen leichten Schlag auf den Arm. »Du bist kein Narr.«

»Ich weiß nicht.« Er schaute an ihr vorbei zu Claire hinüber, die glücklich lächelte über die Zuwendung, die ihr die jungen Männer schenkten. Das gefiel ihm nicht, denn er sollte es sein, der sie mit Aufmerksamkeit überschüttete. Ja, das war seine Aufgabe, nicht die dieses verdammten Ted Whitfield, der Claire anhimmelte, als wenn er sie am liebsten mitnehmen würde!

»Entschuldige mich«, sagte John abrupt und ging mit entschlossenen Schritten zu seiner Frau.

»Geht euch der Gesprächsstoff aus?« fragte Claire spitz. »Oder hat Mrs. Calverson ... dich aufgeregt?«

John ignorierte ihre sarkastischen Bemerkungen und funkelte Ted wütend an. »Heute sind eine ganze Reihe junger, unverheirateter Damen hier«, sagte er freundlich und ergriff demonstrativ Claires behandschuhte Hand. »Ich möchte jetzt gerne ein bißchen mit meiner Frau allein sein.«

»Wie seltsam«, sagte Ted sofort, »ich hätte geschworen, daß Sie Ihre Zeit mit Mrs. Calverson teilen wollten. Aber natürlich bin ich fremd hier, also weiß ich auch nichts darüber.« Er verbeugte sich rasch vor Claire, denn er hatte die mörderische Wut in Johns Augen richtig erkannt. »Wir sehen uns noch, Claire«, versprach Ted und ging.

Johns Hand um Claires wurde schmerzhaft, als er dem jungen Mann nachsah. »Beim Himmel, er wird mich noch einmal zu oft herausfordern«, murmelte er dabei.

Claire riß ihre Hand aus seiner. »Er hatte Mitleid mit mir, weil ich – so offensichtlich für alle – keine Begleitung hatte«, fauchte sie wütend. »Niemandem ist es entgangen, daß du seit unserer Ankunft nur Augen für Diane hast und mich einfach hast stehenlassen.«

John starrte sie überrascht an.

»Ich will deine Gesellschaft nicht, und du hast es unhöflich klargemacht, daß du meine auch nicht willst«, fuhr Claire fort. »Geh du zurück zu deiner Pfauenhenne, und viel Glück, falls Mr. Calverson mal aufhört, sich bei Mr. Whitfield beliebt zu machen, und sieht, was zwischen dir und seiner Frau vorgeht.«

Damit wandte Claire sich ab und ging zu den beiden jungen Männern zurück, mit denen sie sich gerade unterhalten hatte.

John starrte seiner Frau vollkommen fassungslos nach. Er hatte gar nicht daran gedacht, daß Diane und er Verdacht erregen könnten. Gerade heute fühlte er sich weniger denn je zu Diane hingezogen. Er sah sich um und fand mehrere Blicke anwesender Damen mißbilligend auf sich gerichtet. John begann sich zu schämen, daß er Claire öffentlich so bloßgestellt hatte. Sie verdiente eine solche Behandlung von ihrem Ehemann nicht. Aber es war doch Diane gewesen, die sich ihm genähert hatte, nicht er. Leider wußte Claire das nicht.

Diane, der die Blicke ebenfalls auffielen, ging auf die Suche nach ihrem Mann, um an seiner Seite zu bleiben.

Claire bediente sich großzügig mit der Bowle, besonders, nachdem Ted Whitfield eine Flasche Whisky hineingegossen hatte, »um der Sache etwas Geschmack zu geben«. Es verbesserte den Geschmack so sehr, daß er sich noch eine zweite Flasche holte und sich nun ganz Claire widmete.

Die kleine Kapelle begann zu spielen, und Ted zog Claire auf die Tanzfläche. Er hätte auch gut getanzt, wenn er nüchtern gewesen wäre. Doch jetzt war sein Walzer geradezu gefährlich, als er sich hierhin und dorthin drehte, und schließlich hielt Claire inne und brachte ihn zu einem Stuhl.

»Entschuldigen Sie, Claire«, bat er unglücklich. »Ich habe zuviel getrunken.«

»Das sollten Sie nicht tun«, ermahnte ihn Claire. »Es ist so ungesund.«

Ted schüttelte den Kopf. »Sie verstehen nicht. Nur so kann ich ertragen, was mein alter Herr macht. Er sieht so anständig aus, nicht wahr, Claire? Anständig und intelligent ... Aber er ist ein Schuft – und er hat mich so erzogen, daß ich einmal genau wie er werden soll. Aber seit ich Sie kennengelernt habe, will ich das nicht mehr.« Ted ergriff ihre Hand und hielt sie fest. »Claire, könnten Sie etwas für mich empfinden?«

»Ted, ich … ich bin verheiratet«, wandte Claire verlegen ein.

»Er liebt Sie nicht«, erwiderte er ärgerlich, »das sieht ein Blinder, weil er von Calversons Frau besessen ist. Die bedeutet Ärger, wissen Sie das? Großen Ärger. Sie ist ganz und gar nicht das, was sie zu sein scheint, und sie würde alles für Geld tun, Sie wissen schon, wie ich das meine …«

»Ted, Sie müssen damit aufhören«, bat Claire und löste sich sanft aus seinem Griff. »Lassen Sie mich jetzt gehen.«

»Ja«, erklang es gefährlich leise hinter ihr, »lassen Sie sie jetzt los.«

Ted sah in glitzernde schwarze Augen. Wütend hielt er dem Blick stand. »Haben Sie sich von der schönen Diane losreißen können?« fragte Ted eisig. »Sie wollen Claire nicht haben, aber Sie ertragen es auch nicht, wenn ein anderer Mann sie haben will, nicht wahr?«

»Ted, bitte nicht«, flehte Claire, denn er sprach sehr laut.

»Laß ihn reden«, sagte John kühl. »Wenn er fertig ist, helfe ich ihm aus der Tür – mit dem Kopf voran.«

Claire drehte sich um und legte ihm eine feste Hand auf die Brust. »Nein, das wirst du nicht«, widersprach sie leise, aber bestimmt. »Du wirst nicht dein Ansehen bei Mr. Calverson aufs Spiel setzen, nur weil Ted zuviel getrunken hat.«

»Das ist keine Entschuldigung.«

»Sie halten sich für einen tollen Hecht, nur weil Sie einen Harvard-Abschluß haben, was?« warf Ted ein.

»Der eine ist von Harvard«, entgegnete John ruhig, »der andere von der Zitadelle.«

Trotz des Alkoholnebels, der ihn umgab, wußte Ted, was der andere damit sagen wollte. Kein Mann ging auf die Zitadelle und kam als Schwächling heraus. Zum erstenmal bemerkte Ted Johns gerade Haltung, seinen stählernen Blick und das harte Gesicht. Ihm wurde sofort klar, daß er gegen Jahre der Disziplin und Übung keine Chance hatte, wenn es zu einem Kampf käme.

»Ich bin nicht in der Kondition zu kämpfen«, erklärte Ted und trat einen Schritt zurück. »Claire, Sie werden doch nicht zulassen, daß er mich schlägt, nicht wahr?« fragte er mitleiderregend.

»Er wird Sie nicht schlagen, nicht wahr, John?«

John holte tief Luft und sah von dem verschlagenen Grinsen des jungen Mannes zu Claires entschlossenem Gesicht.

»Da ist Ihr Vater, Ted«, sagte Claire und bedeutete Mr. Whitfield, zu ihnen zu kommen. »Ted hat ein bißchen zu viel Stimulans gehabt«, flüsterte sie ihm verschwörerisch zu. »Vielleicht sollten Sie ihn besser nach Hause bringen.«

Mr. Whitfield nickte und lächelte Claire an. »Sie sind eine nette junge Frau. Es tut mir richtig leid für Ted, daß Sie verheiratet sind. Komm, Junge«, sagte er müde zu seinem Sohn und half ihm auf. »Wir bringen dich jetzt nach Hause.«

»Ah, Dad, das hat mir Spaß gemacht.«

Claire sah ihnen nach, wie sie das Haus verließen. Dann wandte sie sich ab, aber John ergriff sie hart am Arm.

»Da es dich zu stören scheint, wenn du mich mit Diane siehst, bleibst du den Rest des Abends besser an meiner Seite.«

Claire blickte in sein hartes Gesicht. »Warum? Soll ich bestraft werden?«

Sofort ließ John ihren Arm los. »Wie Sie wollen, Madam«, zischte er voller Verachtung.

Claire blickte zur Tür. Mr. Whitfield war gerade ohne seinen Sohn wieder zurückgekommen. Er nickte Claire zu und gesellte sich dann wieder zu Mr. Calverson.

»Tut mir leid, daß ich dir den Spaß verdorben habe«, wandte Claire sich an John. »Es hätte dir sicher Spaß gemacht, Ted zu schlagen, aber das hätte wohl kaum das Image der Bank verbessert, nicht wahr?«

Claire drehte sich um und landete fast in den Armen eines anderen jungen Mannes. Dieser Mann war nicht von hier und wußte nicht, daß John ihr Mann war.

»Belästigt dieser Mann Sie, Claire?« fragte er mit einem drohenden Blick zu John. »Wenn ja, würde ich Ihnen nur zu gerne helfen.«

»Ach ja, bitte tun Sie das«, bat John kalt, der vor Wut schäumte, weil er Ted nicht hatte zu Boden schlagen können. Das hier war eine zu große Versuchung. Dieser Mann war so groß wie er und nicht betrunken. »Wollen wir hinausgehen?« schlug John vor, ohne dem Mann zu sagen, wer er war.

»John!« protestierte Claire.

Aber es war schon zu spät, die Männer schritten eilig zur Tür. Claire lief hinterher und kam gerade zurecht, um zu sehen, wie der jüngere Mann einen Faustschlag gegen John vollführte, den der mühelos parierte. Dann schlug John so hart zu, daß der andere sich überschlug und benommen auf der Erde sitzen blieb.

»Na, komm doch«, lockte John mit blitzenden Augen. »Sie wollten doch kämpfen. Ich erfülle Ihnen Ihren Wunsch gerne.«

Der andere Mann zögerte, und Claire konnte ihm keinen Vorwurf daraus machen. John erschien ihr wie ein Fremder, als er da mit gespreizten Beinen und geballten Fäusten stand und wartete, daß der andere wieder auf die Beine kam.

»Er ist mein Ehemann!« rief Claire schnell, als der jüngere Mann sich wieder erhob.

»Ihr Mann?« rief er ungläubig aus.

»Das stimmt«, bestätigte John, »und Sie können von

Glück sagen, wenn Sie noch laufen können, wenn ich mit Ihnen fertig bin.« John trat auf den anderen zu, der mit ausgestreckten Händen zurückwich. Aber Sir, ich bitte Sie, das ist nicht nötig. Es tut mir sehr leid, daß ich mich eingemischt habe. Ich entschuldige mich dafür.« Er berührte seinen schmerzenden Kiefer. »Bitte entschuldigen Sie!«

Damit wandte er sich ab und ging auf die Mietkutschen zu.

In Claires Kopf drehte sich alles, was zum einen an der ungewohnten Alkoholmenge lag, die sie zu sich genommen hatte, und zum anderen an der Entwicklung der Ereignisse. Sie konnte es kaum fassen, daß ihr widerstrebender Ehemann sich für sie geschlagen hatte. Sprachlos starrte sie John an.

»Möchtest du noch irgendwo Ärger machen, oder ist es für heute genug?« fragte John mit beißendem Sarkasmus. »Ich für mein Teil habe genug. Hol deinen Umhang, wir fahren nach Hause.«

Und das taten sie, trotz ihrer Einwände. Er dirigierte sie an den Calversons vorbei zur Tür und hielt nicht inne, bis er sie zu ihrer Wohnung gebracht hatte.

»Geh zu Bett«, ordnete er an, »für einen Abend hast du genug Ärger verursacht.«

»Ich?« fragte Claire fassungslos. »Du hättest ihm doch gleich sagen können, daß du mein Mann bist, dann hätte der Kampf gar nicht stattgefunden!«

»Was, und mir den Spaß verderben?« gab John zurück. Er öffnete die Tür.

Claire sah ihn fragend an. »Wo gehst du hin?«

»Zurück zu der Party natürlich! Mir hat es gut gefallen, bis du dich Ted an den Hals geworfen hast.«

»Das habe ich nicht!«

John runzelte ärgerlich die Stirn. »Nun, er glaubte offenbar, mich deinetwegen beschimpfen zu müssen, wie dein anderer Wachhund auch. Kein Mann macht sich vor meinen Augen an meine Frau ran!«

Claire stemmte die Hand in die Hüfte und funkelte ihn an. »Ach, aber es ist in Ordnung, wenn du dich vor meinen Augen an Mr. Calversons Frau ranmachst, ja?«

Sie sah ihn nicht einmal kommen, aber im nächsten Moment lag sie in seinem Arm, und mit der anderen Hand riß er ihr das Kleid auf, bis ihre kleinen Brüste bloßlagen. »Gefällt dir das besser, meine jungfräuliche Frau?« John zog sie noch enger an sich. »Hungerst du nach meiner Aufmerksamkeit? Nun, dann sollst du sie haben.«

Damit senkte er den Kopf und drückte seinen Mund auf ihre Brust.

Claire hatte noch nie so ein Gefühl erlebt, nicht einmal vor Wochen, als er sie gestreichelt hatte. Sie bog sich ihm entgegen, zitterte und wurde willenlos in seinem Griff, so stark war die Leidenschaft, die er in ihr weckte, als er sacht an ihrer Brustspitze zu saugen begann.

Claire spürte, wie seine andere Hand den Stoff noch weiter auseinanderschob, so daß er beide Brüste nackt vor sich hatte. Das Zimmer drehte sich um Claire, während seine Lippen über ihre weiche Haut wanderten und sie in einem Fieber versengten, das sie nicht kannte.

Als John es schließlich schaffte, seinen Mund von ihr zu lösen, hing sie willenlos in seinen Armen, die Augen geschlossen, die Lippen leicht geöffnet, und ein Beben durchlief ihren Körper.

»Himmel«, stieß er heiser hervor.

Claire hörte ihn kaum. Er zögerte, doch nur für einen Moment. Dann nahm er Claire auf die Arme und trug sie durch die Tür in sein Schlafzimmer. Im Dunkeln stand er da und lehnte sich gegen die geschlossene Tür, unsicher und von einem so wilden Verlangen gepackt, daß er sich nicht dagegen wehren konnte.

»John ...«, flüsterte Claire verwirrt und klammerte sich

an seinen Arm, »John, du ... darfst nicht mit mir schlafen«, bat sie. »Ich bin nicht Diane! Ich bin nicht sie! Du darfst nicht etwas ausnutzen, wogegen ich mich nicht wehren kann.«

Aber dabei schlug ihr das Herz wild in der Brust, und Verlangen und Neugier standen ihr in den Augen.

»Soll ich aufhören, Claire?« John atmete stark, als er sie absetzte und seinen Mund erneut zu ihren Brüsten wandern ließ. Dabei zog er sich die Handschuhe aus, und gleich darauf spürte sie seine warmen Hände auf ihrer Haut.

Die Empfindung beraubte sie ihres letzten Widerstandes. Sie wollte ihn so sehr, liebte ihn so verzweifelt, daß es der Himmel für sie war, ihm so nahe zu sein. Claire ergab sich seinen Liebkosungen und seufzte, als er sie mit Mund und Händen erregte. Als er sie dann zum Bett trug, kam kein Laut des Protestes über ihre Lippen.

John zog sie mit einer Geschicklichkeit aus, die viel Erfahrung verriet, und dann lag sie auf der weißen Damastdecke, und ihr nackter Körper schimmerte in der Dämmerung. Claire öffnete die Augen und beobachtete John dabei, wie er rasch seine eigene Kleidung abstreifte. Als er dann zu ihr kam, warm und hart und so ganz anders als sie, hatte Claire sich so weit wieder gefangen, daß ihre Bedenken zurückkehrten. Steif und angespannt lag sie in seinen Armen, als er sie das erstemal intim berührte.

»Schsch«, flüsterte John ihr beruhigend zu, streichelte sie und erreichte mit den Fingern eine Stelle, zu der sie ihm keinen Zugang gewähren wollte. John hörte ihr erschrockenes Aufkeuchen, ehe sie sich ihm zu entziehen versuchte. »Was ist denn?« flüstere er heiser und berührte sie wieder und wieder dort.

Claire schluchzte vor Lust auf, so unbeschreiblich waren die Gefühle, die seine Finger in ihr weckten. Ihre

Hände krallten sich in seine Schultern, und sie wand sich unter ihm, als er herrlich sündiges Entzücken in ihr weckte.

John hörte ihren keuchenden Atem und drehte sie so, daß sie unter ihm lag und er ihre Beine mit dem Knie auseinanderschieben konnte. Mit jeder Berührung lockte er sie, ihm mehr und mehr Freiheiten zu gestatten. Claire konnte sich nicht mehr gegen ihn wehren, denn ihr Körper wollte ihn, hob sich ihm automatisch entgegen.

»Oh ... bitte!« keuchte sie, und dann durchlief ein Ruck ihren Körper, ehe sie in purem Entzücken explodierte. Sie spürte kaum den kurzen Schmerz, als er dann in sie eindrang, so groß war die Lust.

»John!« schrie sie auf.

Doch er hielt nicht inne. Seine Bewegungen wurden dringlicher, tiefer, und dann legte er ihr die Hände um die Hüften und zog sie an sich, während er wieder und wieder tief in sie hineinstieß ...

Claire spürte, wie sie nachgab und das Gefühl sie überwältigte, von ihm ausgefüllt zu sein, ganz und gar ausgefüllt. Sie flüsterte etwas und schlug gegen seine Brust, und er ließ seine Hand zwischen ihre Körper gleiten und berührte sie so, wie er sie schon einmal berührt hatte. Sofort kam die Lust zurück, schärfer jetzt, intensiver noch als vorher, und plötzlich konnte sie nicht genug bekommen und hob sich ihm mehr und mehr entgegen, um soviel wie möglich von ihm in sich zu spüren.

Sein Rhythmus wurde schneller und dann rücksichtslos, und Claire klammerte sich an ihn und erreichte den Rand dieser sengenden, heißen Leidenschaft, die er ihr schon einmal gezeigt hatte, und dann ...

Wieder verlor sie sich in den Sternen, und diesmal kam er mit ihr, und sie explodierte in Hitze und tiefer Entspannung. Gleichzeitig spürte sie, wie sein Körper sich versteifte und er einen rauhen Laut ausstieß. Er vergrub sein schweißnasses Gesicht an ihrem Hals und packte fest ihre Hüften, als Welle auf Welle der Lust über ihn hinlief.

Die Fenster waren geschlossen, doch Claire konnte draußen einen Hund bellen hören. Die Uhr tickte auf dem Kaminsims, und sie hörte seinen rauhen Atem und harten Herzschlag.

Dann regte er sich, und Claire spürte, wie ihre nassen Körper aneinanderlagen, ohne daß er sich aus ihr zurückzog. Er stöhnte leise, und sein Mund wanderte zu ihrer Wange und dann zu ihrem Mund.

Seine Hände glitten über ihren Körper und genossen die Perfektion ihrer festen Brüste, langen Beine und schlanken Taille, ehe er begann, die Innenseite ihrer Schenkel zu streicheln.

Claire spürte, wie er in ihr anschwoll – ein wundervolles Gefühl! Kleine Schauer wiedererweckter Lust liefen über ihre Haut, bis sie erneut erregt war. Sinnlich begann sie, sich unter ihm zu bewegen, und ihre Hände glitten auffordernd über seinen Rücken bis zu den festen Pobacken.

»Ja«, flüsterte sie an seinen Lippen, »ja, noch einmal …«

John stöhnte auf und begann erneut, in dem Rhythmus zuzustoßen, den sie jetzt kannte und schätzte. Sie glitt näher, drängte sich an ihn und nahm seinen Rhythmus auf, bis die Hitze erneut in ihr aufstieg und sie leise lachte vor Lust.

Er hörte sie und verlor vollends die Beherrschung. Er vergaß alles bis auf die seidene Enge unter seinem fordernden Körper. Und nur kurze Zeit später schrie sie auf und grub ihm die Nägel in die Haut …

Claire hörte nicht, als er ging. Das Sonnenlicht weckte sie am nächsten Morgen. Sie schlug die Augen auf, betrachtete die Decke und merkte, daß sie nicht in ihrem Zimmer war.

Dann fiel ihr alles wieder ein.

Schockiert und verlegen setzte Claire sich auf und drückte das Laken an ihre bloße Brust. John war nicht da. Es war keine Spur von ihm zu sehen, nichts von ihm zu hören in der Wohnung. Ihre Kleider hatte er aufgehoben und auf einen Rosenholzstuhl neben dem Bett gelegt, die Unterwäsche diskret unter dem Kleid verborgen, das sie gestern getragen hatte. Auch ihre Schuhe standen ordentlich darunter.

Claire betrachtete das andere Kissen und sah den Abdruck von Johns Kopf. Er hatte ihr keinen Zettel dagelassen. Er hatte sich einfach angezogen und war gegangen, als wären solche Nächte normal.

Vorsichtig wie ein Dieb, der nicht ertappt werden will, stand Claire auf. Als sie die Decke zurückschlug, sah sie den Blutfleck auf dem weißen Laken. Sie errötete, als sie erkannte, daß die Wäscherin eine Bemerkung dazu machen würde. Wenn es ihr eigenes Bett wäre, könnte sie es mit ihrer Menstruation erklären. Aber dies war Johns Bett!

Claire schnappte sich ihre Sachen und eilte barfuß durch das Wohnzimmer in ihren Raum, wo sie rasch die Tür hinter sich schloß. Dann betrachtete sie sich im Spiegel – sie war erhitzt und sah schuldbewußt aus, und ihr Körper war voller Abdrücke seiner Finger.

Neugierig trat sie näher. Ja, da war eine Spur an ihrer Brust und an den Oberschenkeln, wo seine Hände so fest zugepackt hatten, als sie ihn das zweitemal befriedigt hatte. Sie drehte sich und entdeckte noch mehr Male auf ihren Pobacken. Ihre Augen waren nicht mehr unschuldig, sondern dunkel umrahmt von ihrer Einführung in die Leidenschaft. Ihre Lippen waren rot und geschwollen, die Brustspitzen dunkel und hoch aufgerichtet, und Claire dachte an Johns heißen Mund, als er an ihnen gesaugt hatte.

Sie goß Wasser in die Schüssel und wusch sich gründlich. Anschließend fühlte sie sich besser, puderte und parfümierte sich und zog sich an. John hatte ihr gegenüber zugegeben, daß er Diane liebte. Wie konnte sie ihm nur erlauben, mit ihr zu schlafen? War sie denn nicht besser als eine Straßenhure?

Claire schämte sich so, daß sie John nicht gegenübertreten konnte. Sie gab vor, Kopfschmerzen zu haben, um das Essen zu umgehen, und schloß sich in ihrem Zimmer ein.

Es war vergeblich, denn John kam nicht zum Essen. Erst nach Mitternacht hörte sie seinen Schlüssel im Schloß. Seine Schritte gingen an ihrer Zimmertür vorbei.

8

Tatsächlich war John genauso verwirrt wie Claire. Sein Verlangen nach seiner hübschen, unschuldigen Frau hatte schließlich die Oberhand gewonnen. Wie ein betrunkener Narr hatte er sich Claire genähert. Er hatte nicht einmal Rücksicht auf ihre Jungfräulichkeit genommen. Seine Lust war so groß gewesen, daß er an ihre Unschuld kaum gedacht hatte. Beim zweitenmal war ihre eigene sinnliche Antwort sein Untergang gewesen. Überrascht dachte er daran, wie hitzig Claire ihm entgegengekommen war – ihn geradezu eingeladen hatte, tief in ihren Körper zu stoßen ...

John stöhnte laut auf. Ihre Reaktion hatte ihn schwach werden lassen. Er hatte sie aus Wut und Frustration und Eifersucht genommen, aber kein Mann konnte sich mehr wünschen, als Claire ihm gegeben hatte. Er erinnerte sich an den schwachen Whiskygeschmack auf ihren Lippen, wahrscheinlich von der Bowle. Aber Liebe war es gewesen, die sie bewogen hatte, sich ihm so vollkommen hinzugeben, nicht Alkohol. Sie liebte ihn und hatte es ihm in der langen, sinnlichen Nacht wieder und wieder mit ihrem Körper bewiesen. Noch immer hörte er ihre Zärtlichkeiten, schmeckte er ihre Lippen, dachte er an ihre zarte, schimmernde Haut und ihr Entgegenkommen ...

John mußte sich zwingen, sich auf die Gegenwart zu konzentrieren und die störenden Gedanken zu verdrängen. Das war etwas, das er in seiner Militärzeit gelernt hatte. Er wußte nicht, was er jetzt tun sollte, aber eines wußte er genau: Seine Gefühle für Diane waren bei weitem nicht so stark, wie er gedacht hatte. Sonst hätte er Claire nicht so leidenschaftlich lieben können.

Claire dachte oft an die Lüge der Frau gegenüber, die sie nach dem Designer ihres Kleides gefragt hatte. Es wäre nicht gut, als Lügnerin entlarvt zu werden. Claire entschied, daß es am besten war, ein paar Abendkleider mit dem Etikett Magnolia zu nähen und sie in der Boutique auszustellen. Claire stattete der Besitzerin einen Besuch ab, die entzückt war, Kleider von solcher Qualität angeboten zu bekommen. Sie versicherte Claire, über ihren Namen zu schweigen, denn Claire wollte nicht, daß ihr Mann von ihrer Arbeit erfuhr. Außerdem würde die Anonymität dem Namen etwas Mystisches verleihen, was den Reiz noch steigerte.

Claire hatte jetzt sehr viel zu tun, denn sie mußte auch ihre Aufträge für den Weihnachtsball des Gouverneurs fertigstellen. Sie arbeitete Tag und Nacht, um die Sachen fertigzubekommen, und dabei sparte sie sich noch Zeit ab, um auch für sich ein schönes Kleid zu nähen.

Eine Woche lang gingen Claire und John sich verlegen aus dem Weg. Claire konnte ihn nicht einmal ansehen, und er schien ihre Scheu zu verstehen und erduldete sie ohne Zeichen von Wut. Doch dann kam das Erntedankfest, und sie mußten mit Mrs. Dobbs zusammen essen, die nicht denken sollte, daß mit ihrer Ehe etwas nicht stimmte.

»Sie sollten Claire wirklich mehr ausführen, John«, begann Mrs. Dobbs freundlich. »Wirklich, sie sitzt den ganzen Tag nur oben und näht und näht.«

John blickte seine Frau an. »Näht was?«

Claire ließ fast ihre Gabel fallen. Sie hatte nicht daran gedacht, daß das Geräusch der Nähmaschine Mrs. Dobbs ihre Tätigkeit verraten könnte.

»Ich habe versucht, ein paar von meinen Sachen zu ändern«, sagte sie nach einer Pause.

John spürte Entrüstung in sich aufsteigen. »Es ist nicht nötig, daß du alte Sachen änderst. Kauf dir neue. Ich habe dir schon einmal gesagt, daß du unser Konto bei Rich's nutzen sollst.«

Claire umklammerte die Gabel fester. »Gut, John.«

Mrs. Dobbs stand auf, um einen Kuchen zu holen. Als sie weg war, lehnte John sich in seinem Stuhl zurück und betrachtete Claire leidenschaftslos, bis sie errötete. »Ich wollte mit dir sprechen«, begann er leise, und ihr Herz schlug schneller, als sie an ihre lange, schöne, gemeinsame Nacht dachte. »Aber ich konnte nicht die richtigen Worte finden.«

Sie sah ihn nur fragend an.

John seufzte. Sie war nicht gerade entgegenkommend. Er warf einen Blick auf seinen Teller und überlegte es sich anders. Es war zu früh, um darüber zu sprechen, deshalb wählte er ein völlig anderes Thema. »Ich soll nächsten Samstag ein Essen zugunsten des Presbyter-Waisenhauses organisieren. Es ist abgebrannt, und die Kinder hausen alle in einem Saal. Es wird Geld für ein neues gebraucht.« Er schwieg, ehe er betont fortfuhr: »Ich wollte Diane bitten, das für mich zu tun ...«

Zu seinem Entzücken flammten ihre grauen Augen ärgerlich auf. »Ich kann sehr gut selber ein Essen organisieren!«

Selbst ihre Wut war besser als ihre Verlegenheit. John lächelte. Sie war so hübsch, wenn sie wütend war. »Natürlich kannst du das, aber ich brauche Leute mit Geld als Gäste, damit genug Spenden zusammenkommen.«

»Ich sagte dir, daß ich es organisieren kann.«

John lächelte. Er hielt sie für hilflos und nutzlos, dachte Claire verletzt.

»Ich werde dich nicht im Stich lassen, John«, versprach Claire stolz. »Laß es mich zumindest versuchen.«

»Glaubst du wirklich, daß es dir gelingt, die besten Familien Atlantas dafür zu versammeln?« fragte er sanft, um sie nicht zu verletzen.

Claire lächelte traurig. »Du hältst nicht viel von mir, John, nicht wahr?« sagte sie ruhig. »Deine Meinung hat mir einmal viel bedeutet«, ergänzte sie dann mit einem Anflug von Stolz. »Ein Glück, daß es mir jetzt egal ist, was du denkst.«

Sein Gesichtsausdruck war so seltsam, daß Claire ihn nicht verstand. Sie legte ihre Serviette hin und stand auf, wodurch auch er gezwungen war, sich zu erheben. »Wenn du mir die Einzelheiten nennst, organisiere ich dein Essen.«

»Ich schreibe dir alles auf«, sagte John und versuchte, seinen inneren Aufruhr zu verbergen, »und dazu die Namen der Gäste. Wenn es Schwierigkeiten gibt ...«

»Das wird es nicht, aber danke. Wenn du mich jetzt entschuldigst, ich möchte keinen Nachtisch. Entschuldige mich bitte bei Mrs. Dobbs.« Damit wandte sie sich ab und stieg die Treppe hoch

John schaute ihr traurig und wütend nach, als sie nach oben verschwand. Es war ihr also egal, ja? In seinem Bett hatte das nicht so ausgesehen, als sie sich so fest an ihn geklammert hatte, daß er am nächsten Tag noch die Male auf den Schultern gesehen hatte. Aber wenn sie es so spielen wollte, wollte er ihr ihren Stolz lassen. Er konnte vergessen, daß sich sein Körper Tag und Nacht nach ihrem sehnte. Müßig fragte er sich, was Diane wohl von seinem Ausrutscher halten würde.

Überrascht wurde ihm klar, daß ihm Dianes Meinung weniger bedeutete als Claires. Claire war hübsch, dachte er. Hübsch und klug und liebevoll und großzügig. Sie verdiente einen Ehemann, der sie verwöhnte und anbetete.

Jemand wie Ted hätte sich nur zu gerne um sie gekümmert und sie geliebt …

Ted! Wütend dachte er daran, wieviel Aufmerksamkeit er Claire geschenkt hatte und wie ihn das geärgert hatte. Vernunftehe oder nicht – sie war seine Frau, und Ted hatte kein Recht, zu vertraulich zu werden. Er hielt sich besser künftig zurück. Kein Mann durfte seine Claire anrühren. Als ihm bewußt wurde, was er dachte, lachte John leise auf. Wenn Mrs. Dobbs nicht zurückgekommen wäre, hätte er angefangen, mit sich selbst zu sprechen.

John wollte, daß sie sein Wohltätigkeitsessen in nur einer Woche arrangierte, und Claire hatte gerne eingewilligt, auch wenn sie einen Boten mieten mußte, der die Einladungen überbringen sollte. Es war üblich, Einladungen drei Wochen im voraus auszusprechen, und John wußte das bestimmt. Doch Claire erklärte in der Einladung die Kurzfristigkeit mit der Dringlichkeit des Anliegens – die Kinder brauchten ein Haus. Für den Abend bestellte Claire einen Saal in einem guten Restaurant, das auch das Essen stellen würde. Dazu lud sie alle Gesellschaftsdamen ein, die sie von ihrer Wohltätigkeitsarbeit her kannte. Sie kannte sogar einige, die nicht auf Johns Liste standen.

Dann kam der Abend des Essens, und Claire trug ein weiteres ihrer eigenen Kleider, das mit seinem gewagten Schnitt erstaunte Blicke von Mrs. Dobbs hervorrief. John dagegen war schockiert.

»Ich erinnere mich nicht, dieses Kleid schon einmal gesehen zu haben«, bemerkte er.

»Das hast du auch nicht«, gab sie zurück. »Es ist ein Original von einem hiesigen Designer.«

»Wie schön«, seufzte Mrs. Dobbs. »Oh, meine Liebe, wenn ich nur jung und hübsch genug wäre, so etwas zu tragen. Sie werden von allen Frauen beneidet werden.«

Claire lächelte warm. »Danke, Mrs. Dobbs.«

Sie zog ihren Samtumhang über und wandte sich an John. »Wir sollten gehen, damit wir die ersten sind.«

John ergriff ihren Arm und geleitete sie zur Kutsche. Drinnen wandte er sich zu ihr um und sah sie an. »Du siehst entzückend aus«, kommentierte er und betrachtete ihre hochgesteckten Haare. Dazu trug sie Perlen und den Ehering am Finger. »Wie heißt der Designer?« fragte er neugierig.

»Das Etikett lautet auf Magnolia«, erwiderte Claire.

»Wie passend. Sie ist sehr gut«, murmelte John mit schmalen Augen. »Es ist fast zu elegant für den Rahmen.«

Claire hob das Kinn. Ich meine, daß du über das Kleid zum Bankfest dasselbe gesagt hast«, sagte sie und wurde rot, als ihr einfiel, was danach passiert war.

Auch John erinnerte sich daran. »Ich denke weniger an das Kleid als an das, was darunter war«, sagte er leise.

Claire wandte das Gesicht ab und umklammerte ihre Abendtasche.

»Vergiß nicht, daß wir verheiratet sind«, fuhr John fort. »Es ist vollkommen richtig, wenn du die Nacht in meinen Armen verbringst.«

Claire räusperte sich. »Es war ein Fehler.«

»So?« John zog die Augenbrauen hoch. »Kannst du das schon beurteilen?«

Sie verstand ihn erst nicht und richtete sich dann entrüstet auf. »Natürlich weiß ich noch nicht, ob ich schwanger bin. Aber ich glaube kaum … ich erwarte nicht … das heißt …«

»Laß uns das Beste hoffen«, sagte John und dachte insgeheim, daß er gerne ein Kind hätte. Ein kleines Mädchen oder einen kleinen Jungen mit Claires grauen Augen. Er lächelte. Doch Claire sah das nicht und hatte seinen Kommentar mißverstanden.

»Wie du sagst, laß uns das Beste hoffen«, erwiderte sie

erstickt. Sie liebte ihn, aber er ließ kühl durchblicken, daß er keine Kinder von ihr haben wollte und das Risiko nicht ein zweites Mal eingehen würde. Wahrscheinlich hoffte er, daß Diane eines Tages frei sein und ihm Kinder schenken würde. Es war ein ernüchternder Gedanke.

»Wir sind da«, sagte John, als die Kutsche hielt. Er half ihr beim Aussteigen und führte sie hinein.

Diane und ihr Mann waren schon da. Diane drehte sich um, als John Claire den Mantel abnahm, und ihre Augen blitzten ärgerlich auf. Claire trug ein viel zu schönes Kleid.

»Oh, aber, wie ausgesprochen ... elegant, Claire«, rief Diane. »Wird das ein Ball oder nur ein einfaches Abendessen?«

Claire ließ sich nicht einschüchtern. Betont warf sie einen Blick auf die einfache schwarze Seide von Dianes Kleid. »Einfach ist das richtige Wort.« Claire lächelte boshaft.

Diane funkelte sie wütend an, aber ehe sie etwas sagen konnte, wurde Johns Griff fester. Er wollte seine Frau gegen Dianes Sticheleien verteidigen, aber Claire war ihm zuvorgekommen.

»Ich verstehe«, flüsterte Claire, als ein weiteres Paar eintraf und die Calversons ablenkte. »Sie darf mich beleidigen, aber ich darf nicht antworten, stimmt's?«

John runzelte die Stirn. »Claire ...«

Sie riß sich ärgerlich los und begrüßte Evelyn, die gerade mit ihrem Mann eintraf. John seufzte, sie hatte nichts verstanden.

Falls John erstaunt war, wie herzlich Claire von einigen hochgestellten Persönlichkeiten der Stadt begrüßt wurde, so verbarg er sein Erstaunen gut. Er gesellte sich zu Claire und wurde Evelyn und ihrem Mann vorgestellt. Andere folgten, und schließlich nahm die Gesellschaft Platz. Da erst erkannte John, daß seine junge Frau die Damen persönlich kannte.

Diane war ähnlich verblüfft – nicht nur, weil Claire die Damen kannte, sondern weil sie so freundlich zu ihr waren. Trotz all ihrer Bemühungen war Evelyn nie in Dianes Haus gewesen. Auch keine der anderen drei Damen, die sich offenbar bestens mit Claire verstanden.

»Sie scheinen unsere kleine Claire zu kennen«, sagte Diane beiläufig zu Mrs. Paine.

»Aber sicher«, erwiderte Evelyn schwach erstaunt, und Claire wartete mit angehaltenem Atem darauf, als Designerin demaskiert zu werden. Aber Evelyn lächelte ihr rasch zu, und sie entspannte sich. »Claire ist von unschätzbarem Wert für uns, hilft bei Basaren, backt Kuchen und bereitet die Tombola vor … Sie ist wunderbar. Ohne sie würden wir nur halb soviel Erfolg mit unserer Wohltätigkeitsarbeit haben. Nach allem, was sie schon für uns getan hat, konnten wir ihre Einladung zu diesem Essen nicht ablehnen, zumal es armen Waisenkindern zugute kommt.«

John war baß erstaunt. Er wollte gerade zugeben, daß er von Claires Tätigkeit nichts gewußt hatte, als ihm klar wurde, daß das ein Fehler wäre – Calverson sah ihn an und war bereits wegen des Klatsches um ihn und Diane wütend.

»Ja«, sagte John, »ich bin sehr stolz auf Claire. Sie ist sehr geschickt, nicht wahr?«

»Wirklich«, bestätigte Evelyn.

»Gehen Sie zum Ball des Gouverneurs, Mrs. Paine?« wandte sich Diane an Evelyn.

»Aber ja. Magnolia hat mir extra zu dem Anlaß ein Kleid entworfen. Wirklich, meine Liebe, Sie sollten sich einmal an sie wenden. Sie denkt sich die schönsten Kleider aus.«

Diane war verletzt, wagte aber nicht, das zu zeigen. »Ich muß sie kennenlernen. Lebt sie denn in Atlanta?«

Wieder wurde es Claire warm. »Sie lebt in der Gegend«, antwortete Evelyn vage. »Und Sie, Mr. Hawthorn – gehen Sie mit Claire zum Ball des Gouverneurs?«

»Leider nein«, erwiderte John kühl und schockierte damit Claire, die fieberhaft an ihrem Kleid arbeitete. »Wir erwarten an diesem Wochenende Gäste von außerhalb, und deshalb können wir nicht kommen.« Dabei wirkte er so überzeugend, daß Claire ihm fast geglaubt hätte. Aber er hatte keine Gäste angekündigt, und sie wollte so gerne zu dem Ball gehen. Enttäuscht schwieg sie und versuchte, sich nichts anmerken zu lassen.

»Es gibt noch weitere Jahre«, sagte sie nur.

»Wie schade«, sagte Diane und blickte John mit Enttäuschung in den Augen an.

Doch John war tief in Gedanken versunken. Er konnte nicht zugeben, daß er deshalb nicht hinging, weil er Angst hatte, seine Familie zu treffen. Mit seinem Vater wollte er nichts mehr zu tun haben. Der Gedanke, ihm bei dem Ball über den Weg zu laufen, machte ihn unsicher.

Claire wußte nichts von dem Familiendrama. Sie hätte gerne mehr über ihren schweigsamen Mann erfahren, aber er erzählte ihr nie etwas.

»Kommen Ihre Eltern zum Ball?« fragte Diane unschuldig und lächelte Claire zufrieden an.

Claire wußte nichts über Johns Eltern. Sie saß still da und versuchte, die neue Information zu verarbeiten, während Diane mit ihrem Weinglas spielte.

»Ich weiß es nicht«, erwiderte John kurz und sah sie so wütend an, daß sie die Brauen hob.

Dann trugen die Kellner den ersten Gang auf, und das rettete ihn vor weiteren Erklärungen. Doch Diane war es gelungen, Claire den Abend zu ruinieren, die sich wie eine Närrin vorkam.

John wußte das, und es tat ihm leid. Er sah sie während des Essens immer wieder an, aber sie unterhielt sich mit Evelyn und weigerte sich, seinem Blick zu begegnen. Am Ende des Abends hatte John genug Spenden bekommen, um das Haus wiederaufbauen lassen und noch Spielsachen zu Weihnachten für die Waisenkinder kaufen zu können.

»Das hat Ihre Frau sehr gut gemacht, John«, lobte Mr. Calverson, als die Gäste gegangen waren und nur sie noch vor dem Restaurant standen. »Meine Liebe, die Bank kann stolz auf Sie sein. Ich muß noch andere Projekte für Sie suchen. Ich wußte nicht, daß Sie mit so vielen Damen der Gesellschaft bekannt sind.«

»Ja, das hätte man ihr gar nicht zugetraut«, ergänzte Diane gemein. »Wollen wir gehen, Eli? Mir wird kalt.«

»Aber sicher, meine Liebe. Gute Nacht, John, Claire.«

Er lüpfte den Hut, half Diane in die Kutsche und fuhr davon.

Claire stieg ohne Johns Hilfe in ihre eigene Kutsche und hielt so viel Abstand wie möglich zu ihm. Auf seine Bemerkungen zum Abend und zur Party antwortete sie nicht. Als er ins Haus kam, war sie bereits auf dem Weg nach oben, aber an der Wohnung holte er sie ein.

»Claire!« rief er, als sie in ihr Zimmer wollte.

Sie blieb stehen und drehte sich um. »Ja?« fragte sie kühl.

»Ich habe noch ein paar Fragen ...«, begann er.

»Ich auch«, schoß sie zurück. »Aber wahrscheinlich werde ich keine Antworten bekommen, da du mich offenbar für zu unwichtig in deinem Leben hältst. Das hast du heute abend klargemacht. Diane kennt deinen Hintergrund, nehme ich an?«

»Wir waren verlobt«, warf John ein.

»Ja, und wir sind verheiratet«, gab Claire zurück. Sie warf ihren Mantel auf einen Stuhl und fuhr zu ihm herum. »Trotzdem weiß ich mehr über Mrs. Dobbs als über dich!«

John zog eine Zigarre aus der Tasche und schnitt ein Ende ab. »Was willst du über mich wissen, Claire?« fragte er plötzlich – und mit einer Sanftheit in den Augen, die sie verwirrte. Sie konnte nicht ahnen, wie froh er war, daß sie etwas über ihn wissen wollte. In den letzten Tagen hatte sie ihn fast überzeugt, daß sie ihn nicht mehr liebte.

»Willst du die Zigarre hier drinnen rauchen?« wollte Claire wissen. »Wenn ja, schlafe ich im Auto in der Garage.«

John hob eine Braue und lachte leise. »Ich wollte nicht hier drinnen rauchen. Ich wollte damit auf die Veranda, ehe ich mich zurückziehe. – Was willst du über mich wissen?«

»Was nützt das jetzt noch?« erwiderte sie und klang vollkommen überdrüssig. Sie wandte sich ab, als seine Stimme sie innehalten ließ.

»Meine Eltern leben in Savannah«, begann er. »Mein Vater und ich haben uns vor Jahren schon entfremdet. Ich fahre nie nach Hause, und sie kommen nie her. Er hat meiner Mutter, meiner Schwester und meinen Brüdern verboten, mit mir zu sprechen.«

Claire trat zum Stuhl und klammerte sich daran fest. »Warum?«

John seufzte und vergrub eine Hand in der Tasche. »Ich war in Kuba. Ich bin nach meinem Abschluß an der Zitadelle in die Armee eingetreten, weil ich genug vom Lernen hatte und den wahren Krieg kennenlernen wollte.« Er lachte kalt. »Siehst du nun, wie Romantik einen täuschen kann? Ich hielt die Armee für großartig und abenteuerlich.« Sein Blick folgte dem Muster des Teppichs zu ihren Füßen. »Mein Vater hat mich davon überzeugt, daß das Militär mir nichts zu bieten hat, deshalb bin ich ausgetreten und nach Harvard gegangen. 96 fing ich dann an, für Eli zu arbeiten. Doch 97 gab es Gerüchte über einen Krieg gegen die Spanier, und ich bin wieder eingetreten. Zu Hause bei meinen Eltern habe ich davon gesprochen, wie sehr die Spanier die Kubaner terrorisieren, was ich alles aus der Zeitung wußte. Meine jungen Brüder, die Zwillinge Andrew und Robert, haben die Geschichten aufgesogen und sich mit den Kubanern identifiziert. Meine Geschichten vom Militärleben hatten sie sehr beeindruckt. Sie sind der Marine beigetreten.« Er schwieg kurz. »Sie waren auf der *USS Maine*, als sie 98 in die Luft flog, zwei Monate ehe die Amerikaner den Spaniern den Krieg erklärten und Truppen nach Kuba schickten.«

Claire wagte kaum zu atmen. »Ich verstehe.«

John sah auf. »Mein Vater gab mir die Schuld für ihren Tod und brach den Kontakt zu mir ab. Danach ging ich nach Kuba.« Er spielte mit der Zigarre. »Ich wurde verletzt, und sie gaben meinem Vater Bescheid. Er schrieb zurück, daß er keinen Sohn in der Armee hätte.« John lachte kalt. »Du siehst, ich hatte wirklich nichts, wohin zurückzukommen sich gelohnt hätte.«

»Aber du warst mit Diane verlobt.«

»Ich war entlobt«, korrigierte er sie. »Ich ging mit ihr aus, als ich mich für die Armee eingeschrieben hatte. Im Urlaub machte ich ihr einen Antrag, als meine Brüder noch Rekruten waren und sich auf ihren Einsatz freuten. Sie wollte, daß ich meinen Vater um … um etwas bitte.« Er wollte weder den Reichtum seiner Familie noch sein Erbe erwähnen, da es für ihn ohnehin verloren war. »Als ich in den Krieg zog, heiratete Diane Calverson.«

»Während du in Kuba warst«, stellte Claire wütend fest.

John seufzte. »Sie war allein und brauchte Geld«, verteidigte er sie noch. »Calverson hat ihr sicher erzählt, daß ich nicht zurückkommen würde. Er war hier und ich nicht, außerdem war ihre Familie in Not.«

Claire dachte, daß sie selbst wie verrückt gearbeitet hätte, wenn ihre Familie Geld gebraucht hätte, und nicht ihren Verlobten, der im Krieg war, verlassen hätte. Doch sie schwieg. Sie war sich sicher, daß John keine Kritik an Diane hören wollte.

»Was für eine traurige Rückkehr für dich«, sagte Claire nur.

John erzählte kurz von der kalten, dunklen Rückkehr nach Long Island, wo sie nach Kuba gelandet waren. Erst nach einer Petition an Roosevelt waren die amerikanischen Truppen aus Kuba herausgeholt worden, wo sie buchstäblich verhungerten. Statt die Soldaten nach Florida zum Ausmustern zu schicken, waren sie nach New York geraten. John war allein und verletzt dort angekommen.

Das Erlebnis hatte ihn hart gemacht. Seine Erinnerungen an Kuba waren bitter, gefallene Kameraden, Gelbfieber, Hunger und der Widerstandskampf. Er erinnerte sich auch an Roosevelts tiefe Stimme, wie er seine Soldaten pries, und er wünschte sich, er hätte unter Roosevelt gedient.

Roosevelt hatte John beeindruckt. Roosevelt wurde Gouverneur von New York und unterstützte später den Präsidentschaftskandidaten William McKinley als Vizepräsident. McKinley wurde am 6. November 1900 gewählt.

»Zumindest war es ruhig«, fuhr John fort und sah sie an. »Habe ich dir je gesagt, was es für mich bedeutet hat, daß du mich im Krankenhaus besucht hast?«

Claire strahlte. »Wirklich?«

»Ich glaube, du hast mich am Leben erhalten, weil du immer gelächelt hast. Es war die beste Zeit meines Lebens.« Überrascht dachte John, daß ihm vorher nie bewußt gewesen war, wie wichtig Claire in seinem Leben war.

Claires Herz machte einen Freudenhüpfer. »Ich hoffte, daß es dir nichts ausmachte, daß ich immer mit Onkel Will mitkam. Ich habe es genossen, wenn ich ein bißchen für dich tun konnte. Hatte Mr. Calverson keine Bedenken, dir deinen Job zurückzugeben, als du wiederkamst? Die Leute fanden es seltsam, weil du doch mit seiner Frau verlobt warst und er sie dir weggenommen hatte.«

Diese Frage hatte John sich auch schon oft gestellt. »Ich

nehme an, es lockte ihn, daß ich einen Abschluß in Ökonomie habe, und ich war sehr gut mit Zahlen. Ich habe schon zu Schulzeiten in einer Bank gearbeitet.«

Claire beobachtete ihn, wie er mit seiner Zigarre spielte und in Erinnerungen versunken war.

»Du hast nie etwas von Kuba erzählt, nicht einmal an den langen Abenden, wenn du mit Onkel Will auf der Veranda Schach gespielt hast.«

John sah sie an. »Ich versuche zu vergessen. Die meisten Erinnerungen sind keine glücklichen.«

»Onkel Will sagte, daß du einen Orden bekommen hast für das, was du in Kuba gemacht hast.«

»Ich hatte einen Silver Star«, erwiderte John, ohne ihr zu erklären, wofür er den bekommen hatte, »und ein Purple Heart für die Verwundung an der Lunge.«

Claire dachte an die Narbe auf seiner Brust oberhalb des Magens. Rasch wandte sie das Gesicht ab.

»Ich weiß, daß deine Eltern an der Cholera gestorben sind, als du zehn warst«, sagte John.

Überrascht zog Claire die Brauen hoch. »Hat Onkel Will dir das erzählt?«

Er nickte. »Hast du die Schule abgeschlossen?«

»Ja. Ich wollte zum Agnes Scott College und Geschichte studieren, aber es war kein Geld dafür da.«

»Weil Will alles für sein Auto ausgegeben hat«, vermutete John.

Claire errötete. »So sehr habe ich es mir dann auch nicht gewünscht«, wich sie aus. »Die Arbeit am Auto machte mir Spaß.«

Sein Blick glitt über sie wie seine Hände. Er wollte sie. Einfach so. Sie war seine Frau. Er hatte so eine Ahnung, daß sie ihn nicht zurückweisen würde. Ein Kuß, und er könnte sie haben, das erkannte er in ihren Augen. Wie sie erinnerte auch er sich an die Lust, die sie geteilt hatten.

Claire biß sich auf die Lippe, um ihr Verlangen nach

John unter Kontrolle zu bringen. Dann sah sie ihn an. »Ich werde zu Bett gehen«, verkündete sie fest.

Seine dunklen Augen glitzerten. »In wessen?« wollte er ruhig wissen.

Sie errötete noch tiefer. »In meins, es sei denn, es macht dir nichts aus, das Risiko auf ein Kind zu erhöhen«, provozierte sie ihn.

John lächelte leicht. »Es wäre jedes Risiko wert«, sagte er leise, »ich will dich.«

Seine Offenheit brachte sie in Verlegenheit. Claire senkte den Kopf. »Ich bin nicht Diane«, sagte sie.

Ihr Name von den Lippen seiner Frau traf ihn wie ein Messer. Hörbar sog er den Atem ein. Als wenn er die beiden je miteinander verwechseln könnte! Wußte sie eigentlich, wie sehr sie ihn eben verletzt hatte? John ballte die Fäuste und zerdrückte fast seine teure Zigarre.

»Vielleicht wäre es besser, das Risiko nicht einzugehen«, fauchte er. »Gute Nacht, Claire.«

»Gute Nacht, John.«

Langsam ging Claire in ihr Zimmer und schloß die Tür. Ihr Herz klopfte heftig. Wenn er doch gesagt hätte: Vergiß das Risiko! Aber nun hatte sie den Beweis, daß er sie nur körperlich begehrte. Sobald sie Diane erwähnte, erlosch sein Feuer.

9

Am nächsten Tag kam Evelyn Paine mit einer speziellen Bitte zu Claire.

»Ich weiß, wie kurzfristig das ist und daß Sie mit meinem, Janes und Emmas Kleid schon alle Hände voll zu tun haben. Aber eine Freundin von mir kommt aus Savannah mit ihrer Tochter zu mir, und sie wünscht sich so sehr ein besonderes Kleid für den ersten Ball ihrer Tochter.«

»Nun, ich helfe gerne. Aber warum sind Sie persönlich gekommen, statt mir eine Nachricht zu schicken?« fragte Claire neugierig.

Evelyn sah sich um. »Ist Mrs. Dobbs zu Hause?« fragte sie leise.

»Nein, sie ist einkaufen gegangen.«

»Ein Glück. Claire, das ist ein sensibles Thema, das ich nicht verbreitet haben will. Ich mußte selber kommen.« Sie beugte sich vor, sehr elegant in einem burgunderfarbenen Kostüm mit weißer Rüschenbluse und einem passenden Hut dazu. »Die Dame, die mich besucht, ist die Mutter Ihres Mannes. Ihr eigener Mann hat ihr verboten, sich an John zu wenden, und sie hat es ihm versprochen. Aber sie hat nicht versprochen, daß sie nicht seine Frau sehen wird.«

Claire holte tief Luft. »Ich weiß nicht, was ich sagen soll!«

»Sagen Sie ja. Sie wohnt bei mir. Sie und Emily, ihre Tochter. Es sind wundervolle Leute. Sie wollen Sie so gerne kennenlernen. Kommen Sie doch jetzt mit zu mir!«

Claire zögerte. John würde wütend werden, wenn er das herausfand. Und womit sollte sie ihre Abwesenheit erklären?

Claire sah auf und seufzte. John und sie waren durch so viele Dinge getrennt, daß eine Sache mehr auch keinen Unterschied mehr machte. »Ich werde mitkommen.«

Claire war sich nicht sicher, was sie erwartet hatte. John war groß, dunkelhaarig und elegant, und dadurch hatte sie sich ein Bild von seiner Familie gemacht, das in nichts bestätigt wurde. Seine Mutter war klein, blond und zierlich, seine Schwester Emily groß, schlank und blond, aber mit dunklen Augen. Sie musterten Claire so lange, bis sie sich unbehaglich fühlte.

»Sie sind Johns Frau?« fragte Maude Hawthorn zögernd.

Claire senkte den Blick. »Ich nehme an, Sie haben eine Schönheit erwartet ...«

»Unsinn«, fiel ihr Maude ins Wort, lächelte und ergriff ihre Hand. Ihre blauen Augen betrachteten sie voller Wärme. »Ich staune über den guten Geschmack meines Sohnes. Evelyn hat mir ein Beispiel für Ihre Schneiderkunst gezeigt, meine Liebe. Schon das war ein Grund, Sie kennenzulernen. Wir würden uns sehr freuen, wenn Sie Evelyn ihr Debütkleid nähen würden.«

»Ja, wirklich«, bekräftigte Emily und lächelte begeistert. »Ich habe noch nie einen so raffinierten Besatz gesehen. Sie sind so talentiert!« Sie lächelte, und ihre dunklen Augen glitzerten. »Man stelle sich vor, daß mein großer Bruder so eine kluge Wahl getroffen hat!«

»Es war nicht Klugheit ... es war Mitleid«, erklärte Claire mit bitterer Stimme. »Mein Onkel ist gestorben, und ich stand ganz alleine da. John war mit meinem Onkel befreundet und hat sich meiner angenommen.«

Maude, die ihren Sohn kannte, wußte, daß er so etwas Wichtiges niemals nur aus Mitleid tun würde. Nach dem, was Evelyn ihr erzählt hatte, besaß diese junge Frau Mut und Charakterstärke – und sie war nicht geldgierig. Nicht wie diese andere Frau, deren skandalöses Betragen sogar in Savannah ein Gesprächsstoff war.

»Ich nehme an, John hat Ihnen von uns erzählt?« fragte Maude hoffnungsvoll.

Claire zögerte.

Evelyn mißverstand ihr Zögern und lächelte. »Wenn Sie uns entschuldigen, ich besorge uns Tee und ein paar Kekse.« Damit schloß sie die Tür hinter sich.

Claire wandte sich wieder an Maude Hawthorn. »Ich weiß so gut wie nichts über Sie«, sagte sie gepreßt. »John spricht mit mir nicht über seine Familie. Zumindest nicht viel.«

Maude sah erschüttert aus. »Ich ... verstehe.«

»Oh, bitte, sehen Sie mich nicht so an«, rief Claire. »John und ich verbringen nur wenig Zeit miteinander«, erklärte sie ehrlich. »Unsere Ehe ist nur dem Schein nach eine, verstehen Sie.« Sie ließ sich schwer auf die samtbezogene Couch sinken. »Die Wahrheit ist, daß er mich geheiratet hat, um sich, der Bank und Mrs. Calverson schlimmen Klatsch zu ersparen. Er war ein wenig indiskret gewesen, und das provozierte Gerede. Die Ehe mit ihm hat mir ein Dach über dem Kopf verschafft und ihm seinen Ruf gerettet.«

Maude ließ sich neben sie sinken. Soviel zu ihren Hoffnungen, daß das eine Liebesheirat war! »Dann kann er immer noch nicht von ihr lassen!« stieß sie hervor. »Ich hatte so sehr gehofft, daß er diese fatale Neigung endlich überwunden hätte.«

»Das haben wir alle.« Emily zog sich einen Stuhl herbei. Maude streckte bittend die Hände aus. »Sie haben vielleicht schon gemerkt, daß Mrs. Calverson bei uns kein angenehmes Thema ist. Sie ist verantwortlich für den ersten Riß zwischen John und seinem Vater, weil sie wollte, daß John schon sein Erbe erhält. Mein Mann wäre darauf eingegangen, und John wußte das. Wie Sie wissen, waren die achtziger Jahre eine schwere Zeit für die Banken. Wir erholen uns jetzt gerade erst wieder.«

Claire war erstaunt. »Sind Sie denn in einer Bank?« fragte sie.

Maude lächelte. »Ja. Mein Vater war Präsident der größten Bank in Savannah, und mein Mann ist jetzt vorsitzender Direktor. Er ist noch im Vorstand dreier weiterer Banken, eine davon hier in Atlanta. Mein Sohn Jason besitzt eine große Reederei in Savannah und eine Fischfangflotte. Er ist der einzige Sohn, der noch zu Hause wohnt. Wir stehen uns sehr nahe, auch wenn wir John sehr vermissen.«

Emily sagte mit deutlichem Entschluß, das traurige Thema zu wechseln: »Ich gebe im Frühling mein Debüt auf dem Wohltätigkeitsball in Savannah. Sie hätten jede Menge Zeit, mir ein Kleid zu nähen.«

»Tun Sie das?« bat Maude. »Wir haben Evelyns Kleider gesehen. Sie haben großes Talent.«

»Und wenn John das herausfindet?« fragte Claire. »Er würde denken, daß ich hinter seinem Rücken gehandelt habe, und das stimmt.«

Maude sah sie aus klaren blauen Augen an. »Sie lieben ihn, nicht wahr?«

»Von ganzem Herzen«, gab Claire unglücklich zu, »auch wenn mir das nichts nützt. Über seine Gefühle für mich gebe ich mich keinerlei Illusionen hin. Er hat keine.«

Maude holte hörbar Luft.

»Ich habe sie schockiert«, erkannte Claire, »das tut mir leid.«

Maude wirkte verstört. »Sie haben gesagt, daß John nur wenig über uns spricht. Hat er Ihnen von Robert und Andrew erzählt?«

Claire runzelte die Stirn. »Robert und Andrew? Oh, seine Brüder.«

»Ja, meine Liebe«, sagte Maude und sah plötzlich alt aus. Sie verschränkte die Hände im Schoß. »Robert und Andrew waren unsere Jüngsten. Sie waren an Bord der *USS Maine*, als sie unterging. Beide wurden dabei getötet.«

»John hat mir davon erzählt. Es muß eine schmerzvolle Erinnerung für ihn sein. Er konnte es kaum ertragen, darüber zu sprechen.«

»Für uns ist es nicht minder schmerzvoll. Aber mein Mann gab John die Schuld. Er hat ihn verflucht und enterbt und geschworen, nie wieder mit ihm zu sprechen. Leider hat er Emily, Jason und mir dasselbe Schweigen aufgezwungen. Ich habe ihm immer gehorcht. Aber jetzt ist er schwer herzkrank, und ich weiß, daß er vieles bereut. Aber er ist zu stolz, um an John heranzutreten.« Sie sah Claire an. »Ich hatte gehofft, daß Sie eine Möglichkeit sehen, John dazu zu bringen, nach Hause zu kommen.«

Claire hob die Schultern. »Sie müssen doch jetzt wissen, daß ich meinen Mann zu gar nichts überreden kann«, sagte sie traurig. »John und ich sind in fast jeder Hinsicht Fremde.«

»Ich hatte gehofft, daß die Situation anders wäre.«

»Es tut mir leid«, bedauerte Claire. »Geht es Ihrem Mann sehr schlecht?«

»Er hat ein schwaches Herz«, erklärte Maude. »Ich glaube, daß seine Entfremdung von John daran schuld ist. In der ersten Wut sagt man oft Dinge, die man dann später bedauert. Er war sehr verstört über den Tod seiner Söhne und wollte nicht glauben, daß ihr Hinscheiden Gottes Wille war. Er mußte jemandem die Schuld geben, und John war der, der am nächsten dran war. Es war nicht Johns Schuld, Claire«, setzte sie traurig hinzu. »Die Zwillinge wollten Soldaten werden, seit sie laufen konnten. Es war nur Pech, daß das Unglück so kurz nach Johns Besuch passiert ist und daß sie ausgerechnet auf diesem Schiff waren.«

Claires Augen wurden groß. »Jetzt weiß ich, warum John nicht zum Weihnachtsball des Gouverneurs will!« rief sie. »Er erwartet, seinen Vater dort zu treffen.«

»Das wird er nicht«, versicherte Maude, »weil er nicht mehr so weit reisen kann. Und Emily und ich gehen ohne ihn auch nicht dorthin.«

»Gut, aber das kann ich John nicht sagen, ohne daß er merkt, daß ich Sie getroffen habe.«

»Ach so.« Maude lächelte traurig. »Der Ball hätte Ihnen sicher gefallen.«

»Ich weiß«, sagt Claire. »Aber man kann nicht alles haben. So, wie stellt sich Emily also ihr Kleid vor?«

Sie unterhielten sich begeistert über Emilys Debütball, und Claire zeichnete ein paar Entwürfe. Schließlich einigten sie sich auf eines mit rundem Ausschnitt, hoch angesetzter Taille und kleinen Puffärmeln.

»Es ist sehr ausgefallen«, bemerkte Emily und lachte vor Freude. »Das gefällt mir.«

»Ausgefallen ist mein Markenzeichen«, erklärte ihr Claire. »Sie sollten die Kommentare hören, wenn ich das Auto meines Onkels fahre. Ich mußte es in der Garage lassen, weil zwei Kollegen von John sich darüber aufgeregt haben.«

»Sie haben ein Auto?« fragte Maude. »Claire! Das muß ich sehen. Können wir eine Ausfahrt machen?«

»Nur zu gerne«, sagte Claire sehnsüchtig. »Aber wenn Sie mit mir nach Hause kommen ...« Sie dachte nach. »Andererseits, woher soll Mrs. Dobbs wissen, wer Sie sind? Und John ist nicht da. Ja, sicher, kommen Sie nur mit!«

Maude und Emily waren beide aufgeregt bei der Aussicht, mit Claire im Auto zu fahren. Maude vertraute ihr an, daß sie zu gerne selber eines hätte – sie würde ihren Mann überreden, ihr eines zu kaufen.

»Dann haben Sie auch einen Grund, mich zu besuchen, Claire, weil Sie mir beibringen müssen, wie man damit umgeht.«

Claire gefiel die Familie ihres Mannes. Schade nur, daß sie ihm das nicht sagen konnte.

Claire schaffte es, das Auto aus der Garage zu holen, ohne die gesamte Nachbarschaft zu alarmieren. Mrs. Dobbs war zu Hause, aber Claire umging eine Vorstellung, indem sie ihre Gäste einen Block entfernt in der Kutsche warten ließ. Es war ein schwieriges Unterfangen, sie alle drei in den kleinen Zweisitzer zu quetschen, aber sie schafften es. Dann startete Claire den Motor, und lachend vor Entzücken fuhren sie die Straße rauf und runter. Zum Glück begegnete ihnen kein Pferd, und der alte Mr. Fleming war nicht unterwegs, so daß er nicht damit drohen konnte, die Polizei zu holen.

Erst als Claire den Wagen wieder parkte und die schmierige Kleidung ihrer Gäste bemerkte, fiel ihr ein, daß sie Schutzkleidung hätte besorgen sollen.

»Es ist leider eine schmutzige Angelegenheit«, sagte Claire bedauernd.

»Ja, nun, die Kleidung ist dunkel, und unsere Gesichter können wir waschen«, tröstete Maude sie. »Was für eine wunderbare Erfindung, Claire! Ich muß sagen, ich bin begeistert!«

»Ich auch!« warf Emily ein.

Maude warf einen Blick auf das Haus, in dem John und Claire wohnten. »Ich wünschte, ich könnte John sehen«, sagte sie auf dem Weg zu ihrer Kutsche.

»Das wünschte ich auch«, sagte Claire und umarmte

Maude und Emily zum Abschied. »Aber zumindest haben wir einander kennengelernt.«

»Und wir werden über Evelyn in Verbindung bleiben«, versprach Maude.

»Ich werde in der Zwischenzeit an Ihrem Kleid arbeiten, Emily«, sagte Claire lächelnd.

»Besuchen Sie uns, wann immer Sie Zeit haben«, lud Maude sie ein. »Sie sind immer willkommen, auch ohne John.«

»Ich werde daran denken. Kommen Sie gut nach Hause.«

»Passen Sie auf sich auf, Claire.«

Claire sah der Kutsche nach und ging dann langsam ins Haus zurück. Sie war voller Wagenschmiere und nur froh, daß John heute so lange arbeitete.

Sie fragte ihn nie, ob er sich an den langen Abenden, die er nicht zu Hause war, vielleicht mit Diane traf. Sie hätte die Antwort vielleicht nicht ertragen.

Es war unvermeidlich, daß Mrs. Dobbs beim Abendessen Claires Gäste erwähnte.

»Ich hatte gehofft, Sie würden sie mit reinbringen, Claire«, schalt Mrs. Dobbs. »Ich hatte Tee und Kuchen schon fertig.«

»Es war keine Zeit. Evelyn hatte ihnen von meinem Auto erzählt, und das wollten sie nur mal sehen.«

»Evelyn Paine?« fragte John mit gerunzelter Stirn.

»Ja. Sie kommt oft zu Besuch«, erklärte Mrs. Dobbs stolz. »Sie besucht Claire mit ihren Freundinnen.«

John sah seine Frau neugierig an. »Daher bist du mit der Creme von Atlantas Gesellschaft so gut befreundet. Du trinkst mit ihnen Tee.«

»Sie laden mich auch zum Tee ein«, betonte Claire, die sein Sarkasmus verletzte.

»Sehr oft«, setzte Mrs. Dobbs hinzu. »Sie sind ganz reizend.«

John legte seine Gabel ab. »Was für ein Jammer, daß du mir gegenüber ihre Besuche nie erwähnt hast«, sagte er kalt.

Claire hob die Brauen. »Wann warst du denn da, daß ich es dir hätte sagen können?« schoß sie zurück. Als sie Mrs. Dobbs neugierige Blicke sah, setzte sie versöhnlicher hinzu: »Ich meine, daß du immer so lange arbeiten mußt, John, daß du abends oft zu müde bist, um von deinem Tag zu erzählen.«

»Ich nehme an, daß die vielen geselligen Anlässe Sie erschöpfen«, fügte Mrs. Dobbs hinzu. »Meine Schwägerin war vorgestern auch bei dem Empfang der Calversons. Ich glaube, Sie waren alleine dort? Sie fand es recht verwunderlich, daß ein frisch verheirateter Mann ohne seine Frau zu so einer Gesellschaft geht.« Damit warf sie Claire einen entschuldigenden Blick zu und ging in die Küche.

Claire spürte, wie Wut in ihr aufstieg. Sie sah John mit kalten Augen an, der plötzlich angespannt wirkte.

»Offenbar hattest du nicht den Wunsch, mich mitzunehmen«, sagte sie offen.

»Es war ein Geschäftsessen.«

»War denn Mrs. Calverson da?«

John warf die Serviette hin. »Ja, sie war da.«

»Und Mrs. Dobbs' Schwägerin auch.«

John stand auf. Er fühlte sich schuldig – deshalb flüchtete er sich in Wut. »Die Whitfields waren auch da, und deshalb habe ich es für besser gehalten, dich und Ted nicht wieder zusammenzubringen«, erklärte er hitzig.

»Beschuldigst du mich erneut, mit Ted geflirtet zu haben?«

»Stimmt es nicht?« sagte er hart. »Ich erinnere mich, daß wir uns beim letzten Mal deinetwegen fast geschlagen haben. Das konnte nur geschehen, weil du ihn ermutigt hattest. Und andere Männer auch.«

Claire stand sehr langsam auf. »Und natürlich sind

deine Gefühle für die elegante Mrs. Calverson nur die eines Bankangestellten für die Frau seines Chefs?«

Johns Augen wurden dunkel. »Sei vorsichtig, Claire«, warnte er leise.

»Warum?« gab sie zurück. »Du glaubst offenbar, daß du jedes Recht hast, deine Zeit damit zu verbringen, Mrs. Calverson schöne Augen zu machen und sicherzustellen, daß ich nicht dabei bin, um dir den Spaß zu verderben. Aber in Teds Nähe darf ich nicht kommen, was?«

»Ich mache Mrs. Calverson keine schönen Augen!«

»Danach sieht es aber aus«, fauchte Claire. »Unsere Ehe wird wenig dazu angetan sein, den Klatsch zu unterbinden, wenn du ihm so weiter Nahrung gibst.«

Mrs. Dobbs kehrte zurück, ehe er ihr darauf antworten konnte, und sah nervös und beunruhigt aus.

»Wollen wir diese Diskussion oben fortsetzen?« fragte John kurz.

»Nein«, sagte Claire und stieß ihn damit vor den Kopf. »Ich habe gar nicht den Wunsch, weiter mit dir über dieses entsetzliche Thema zu sprechen. Meine Meinung interessiert dich sowieso nicht – und dich interessiert auch nicht, was ich von deinen Alleingängen halte.«

John wurde wütend. »Ich mache keine Alleingänge!«

»Ha!«

Er wandte sich ab, verließ den Raum und hielt nur so lange inne, um Mantel, Hut und Handschuhe zu holen, ehe er die Tür krachend hinter sich zuknallte.

Mrs. Dobbs zögerte. »Die ersten Tage einer Ehe können schwierig sein«, versuchte sie zu helfen.

»Diese Ehe besteht nur aus Schwierigkeiten«, erwiderte Claire kurz. »Ich hätte ihn nie heiraten sollen. Es ist meine Schuld, daß ich geglaubt habe, ich könnte seine Gefühle ändern. Er kann nichts dafür, daß er sich zu Mrs. Calverson hingezogen fühlt. Ich besitze weder den Charme noch die Schönheit, um mit ihr zu konkurrieren.«

Mrs. Dobbs ergriff ihre Hände. »Claire, Sie haben so viele gute Eigenschaften«, versicherte sie ihr ernst. »Bitte, lassen Sie es nicht zu, daß so eine Frau Ihre Ehe ruiniert.«

»Wie soll ich mich denn gegen sie zur Wehr setzen?« fragte Claire schwach. »Ich wußte nicht, daß er ohne mich Geselligkeiten besucht.«

Mrs. Dobbs machte ein schuldbewußtes Gesicht. »Ich hätte schweigen sollen. Aber ich dachte, Sie sollten es wissen.«

»Ja, das sollte ich«, versicherte Claire ihr. »Danke, daß Sie es mir gesagt haben. Es wäre schlimm, so etwas durch Klatsch zu erfahren.«

»Klatsch.« Mrs. Dobbs schüttelte den Kopf. »Das kann schon sehr verletzen.«

»Gute Nacht, Mrs. Dobbs. Danke, daß Sie für mich eingetreten sind.«

»Sie tun doch nichts Übereiltes?« fragte Mrs. Dobbs besorgt.

»Das habe ich schon mit meiner Ehe getan«, erwiderte Claire.

Am nächsten Tag bekam Claire eine Nachricht von Kenny Blake, er wolle sie gerne sehen. Claire nahm sich eine Kutsche in die Stadt, um zu erfahren, was er wollte.

Überrascht fand sie Kenny in Begleitung eines großen, weißhaarigen Herrn, der sich eines ihrer Kleider ansah. »Ich habe mir das aus der Boutique unten geborgt, um es Mr. Stillwell zu zeigen«, erklärte Kenny ihr mit einem Grinsen.

Stillwell nickte höflich. »Mrs. Hawthorn, ich freue mich, Ihre Bekanntschaft zu machen. Dieses«, er deutete auf das schwarz-weiße Seidenkleid, »ist das schönste Kleid, das ich seit Jahren gesehen habe. Ich würde es gerne in meinem Geschäft anbieten.«

»Sein Geschäft«, erklärte Kenny, »ist Macy's in New York.«

Claire beugte sich vor. »Das kann nicht Ihr Ernst sein.«

»Oh, doch«, versicherte er ernst. »Sie verlangen übrigens viel zu wenig Geld für so ein Original.« Dann nannte er eine Summe, die sie sprachlos machte.

»Setz dich«, bot Kenny ihr schnell an und holte einen Stuhl. »Ich habe Ihnen ja gesagt, daß sie es nicht glauben wird«, sagte er dabei zu Mr. Stillwell.

Der ältere Mann lachte leise. »Ich verstehe. Aber Sie haben großes Talent, Mrs. Hawthorn, und ich glaube, daß wir in großem Stil ins Geschäft kommen könnten. Ihre Entwürfe könnten bei uns vor Ort genäht werden, und wir vermarkten sie. Wir nehmen nur das beste Material, setzen Ihr Etikett rein und machen einen Vertrag. Alles, was Sie investieren, ist die Zeit für die Entwürfe und ein Musterkleid für uns.«

»Ich kann es nicht glauben! Ich kann es einfach nicht glauben!« Claire liefen Tränen des Glücks über die Wangen. »Das hätte ich mir nie träumen lassen!«

»Ich schon«, erklärte Kenny.

Claire war außer sich. »Das verschafft mir finanzielle Unabhängigkeit«, sagte sie leise.

»Reichtum«, korrigierte sie Mr. Stillwell. »Großen Reichtum, wenn sich diese Kleider so verkaufen lassen, wie ich es vermute.«

»Eines noch«, warf Claire ein. »Mein Mann darf nichts davon erfahren.«

»Ich habe keinen Grund, ihm davon zu erzählen«, versicherte ihr Stillwell.

»Ich sage gar nichts«, ergänzte Kenny. »Niemand wird es wissen, es wird nur Magnolia darinstehen.«

»Genau.«

»In dem Fall, Mr. Stillwell, schlage ich ein.«

Er lächelte erfreut.

Claire brannte darauf, allen von ihrem Glück zu erzählen, aber sie wagte es nicht. Wenn sie Mrs. Dobbs oder Evelyn davon erzählte, würden sie – so zuverlässig sie sonst waren – ein solches Geheimnis nicht für sich behalten können. Also mußte Claire schweigen, so schwer es ihr auch fiel.

»Oh, Kenny, ich werde dir nie genug danken können!« rief sie enthusiastisch, nachdem sie mit Mr. Stillwell die Adresse getauscht hatte und er gegangen war.

»Gerne geschehen«, erwiderte Kenny. Er lächelte reuevoll. »Ich habe dich seit deiner Hochzeit vermißt, Claire. Ich bin ein oder zweimal dagewesen, aber dein Mann erklärte, daß du mich nicht empfangen könntest.«

Das war eine Überraschung. »Wann war das?« fragte sie.

»Einmal am Morgen nach Eurer Hochzeit und dann vor zwei Wochen«, sagte Kenny.

Claire schüttelte den Kopf. »Das hat er mir gar nicht erzählt.«

Kenny zuckte die Achseln. »Ein Ehemann hat das Recht, eifersüchtig zu sein«, erklärte er. »Aber ich wollte dir wenigstens gratulieren.« Er sah sie an. »Hast du denn mein Hochzeitsgeschenk wenigstens gesehen?«

»Welches Hochzeitsgeschenk?«

»Ein Satz Fingerhüte aus Porzellan«, sagte er. »Ich weiß doch, wie gerne du nähst.«

»Nein, ich habe es nicht bekommen«, erwiderte sie und spürte allmählich Wut in sich aufsteigen.

»Nein, denn er hat sie zurückgeschickt«, erzählte Kenny kopfschüttelnd. »Er ist ein sehr herrischer Mann, dein Ehemann.«

»Anscheinend«, stimmte Claire zu. Er konnte Diane Calverson sehen, wann immer er Lust dazu hatte, aber sie durfte kein Hochzeitsgeschenk von einem alten Freund annehmen. Es war empörend.

»Möchtest du einen Kaffee trinken, ehe du fährst?« fragte Kenny.

»Ja, gerne.« Claire lächelte ihn an.

Kenny grinste. Dann gingen sie zu einem Café einen Block entfernt. Es war wie früher, an dem kleinen, runden Tisch mit Kenny zu sitzen. Sie waren nie mehr als Freunde gewesen, aber er hatte ihr nach ihrer Hochzeit gefehlt. Mit Kenny konnte sie so gut wie mit keinem anderen Mann reden.

»Ich freue mich über deinen Erfolg«, sagte Kenny. »Ich hoffe, daß dir das zu Hause keine Probleme bereitet?«

»Solange John nichts davon weiß ... Du hast doch versprochen, ihm nichts zu verraten?«

»Ja, das habe ich«, versicherte er ihr.

Claire seufzte. »Es ist wie ein Traum«, sagte sie und lächelte ihn an. »Das ist etwas, was ich schon immer tun wollte – und da fällt es mir einfach so in den Schoß. Ich kann es nicht erwarten anzufangen. Ich habe schon so viele Ideen!«

»Du kannst die Entwürfe mit einem Boten zu mir schicken. Oder du bringst sie selber vorbei, wenn du in der Stadt bist. Ich leite sie dann an Mr. Stillwell weiter.«

»Du bist ein guter Freund, Kenny. Ich bin froh, daß ich dich habe.«

»Das gilt für mich auch.« Kenny lächelte und berührte flüchtig ihre Hand.

Es war Pech, daß Diane Calverson gerade in dem Moment am Fenster vorüberkam und Zeuge dieser unschuldigen Berührung wurde.

10

Claire war entsetzt, als sie abends in letzter Minute erfuhr, daß John die Calversons zum Abendessen eingeladen hatte. Mrs. Dobbs hatte eine festliches Essen für sie vorbereitet, das ein Mädchen servierte, weil Mrs. Dobbs heute abend ins Theater ging. Eli Calverson wirkte beunruhigt und ein wenig abwesend, während Diane sich bei John besondere Mühe gab. Beim Kaffee nach dem Essen bemerkte Claire, daß John sie mit eisigem Blick musterte und daß seine dunklen Augen fast schwarz vor Zorn waren. Diane dagegen war ganz Sanftmut.

»Was für ein nettes Haus«, sagte sie zu Claire und sah sich um. »Natürlich ist es nicht dasselbe wie ein eigenes Haus …«

Claire sah die andere Frau an und zögerte so lange mit einer Antwort, bis das Lächeln auf Dianes Gesicht langsam schwand. »Unter anderen Umständen fände ich ein eigenes Heim sehr schön«, erwiderte sie kühl.

»Andere Umstände?« echote Diane.

»Ja, sicher.« Claire wartete, bis die Männer zu abgelenkt waren, um ihnen zuzuhören. »Wenn ich einen Mann hätte, der mich liebte.«

Die bittere Betonung ließ Diane die Augen aufreißen, aber ehe sie etwas erwidern konnte, wandte sich Claire wieder der allgemeinen Unterhaltung zu.

»Das war ein vorzügliches Essen«, bedankte sich Mr. Calverson.

»Danke, aber Mrs. Dobbs hat es zubereitet.«

»Oh, ich dachte ...« begann er unsicher.

Claire verschränkte die Hände. »Ich würde es nie wagen, die Küche von jemand anderem in Anspruch zu nehmen, selbst wenn ich gewußt hätte, daß wir heute Gäste haben«, sagte sie kalkuliert.

»John!« rief Eli Calverson aus. »Sie haben uns zum Essen eingeladen, ohne Ihrer Frau etwas davon zu sagen?«

»Meine Frau macht gerne einen Scherz«, erklärte John und funkelte Claire wütend an.

»Oh, oh!« Eli lachte verhalten. »Ich verstehe. Nun, wir müssen los, meine Liebe«, wandte er sich an Diane.

»Ich lasse unsere Mäntel kommen«, erklärte Diane. »Wo hat das Mädchen sie hingebracht, John?«

»Hier entlang.« Er führte sie in die Küche.

Aber das Mädchen war nicht dort. Claire hatte gesehen, wie sie die Asche hinaustrug.

»Verzeihung, ich trage nur eben die Teller fort«, sagte Claire. Sie stapelte das Geschirr und trug es durch die Halle in die Küche – wo sie gerade rechtzeitig eintraf, um Diane in Johns Armen zu sehen, den Mund dicht an seinem.

Claire blieb stocksteif stehen. Diane errötete und lachte nervös. Johns Gesicht zeigte einen unbeschreiblichen Ausdruck.

»Ich muß Sie nicht erst bitten zu gehen, nicht wahr, Mrs. Calverson?« sagte Claire. »Sie wissen, daß ich nur zu Ihrem Mann zu gehen brauchte und ihm erzählen könnte, was Sie in meinem Haus mit meinem Ehemann machen.«

Diane biß sich auf die Lippe. »Nun, Claire ...«

»Raus!« schrie Claire erbost. »Verschwinden Sie auf der Stelle!«

»Claire ...«, begann John und trat auf sie zu.

Sie fuhr zurück, und die Teller in ihrer Hand zitterten. Sie war bleich und verletzt, überwand aber ihre Schwäche.

»Du Schuft!« sagte sie. »Du gemeiner Schuft!«

John sah schockiert aus. Diane murmelte eine Entschuldigung und lief in die Halle, wo sie dem Mädchen sagte, sie solle ihre Mäntel bringen.

Claire hörte Stimmengemurmel, als sie in den Salon zurückkam, aber sie achtete nicht darauf, sondern sah ihren Mann an, als würde sie ihm am liebsten die Teller an den Kopf werfen.

»Versuche dich doch bitte zu beherrschen, bis unsere Gäste gegangen sind«, bat John sie eisig.

»Deine Gäste, nicht meine«, gab Claire zurück. Ihre Stimme zitterte. »Wenn du diese Frau je wieder in mein Haus bringst, erzähle ich deinem feinen Bankpräsidenten die Wahrheit über euch beide, und zum Teufel mit dem Klatsch!«

»Claire!« rief er scharf.

Sie holte Luft, setzte die Teller ab und rannte in den Salon.

»Danke für den schönen Abend, Claire«, sagte Diane mit gezwungenem Lächeln. Sie sah John unter gesenkten Wimpern an. »Gute Nacht, John.«

»Gute Nacht. Danke, daß Ihr hier wart«, erwiderte er lächelnd, als er sie mit Claire zur Tür brachte.

»Es war schön, Claire, Sie wiederzusehen«, sagte Eli lächelnd, ohne sich der Unterströmungen bewußt zu sein. »Machen Sie sich keine Sorgen wegen Whitfield. Nur weil ein paar Leute unzufrieden sind, ist das nicht gleich ein Grund zur Sorge.«

John versuchte verzweifelt, Ordnung in seine Gedanken zu bringen. Er war erschüttert von Dianes Benehmen und Claires Reaktion darauf. »Ich habe heute morgen Gerüchte gehört, und einer unserer Kunden fragte, ob wir solvent seien«, sagte John und wunderte sich, daß sein Chef kurz unsicher wirkte.

Calverson klopfte ihm auf die Schulter. »Wie lächerlich.

Warum sollte Whitfield bei uns investieren, wenn er den Schatten eines Zweifels an unserer Solvenz hätte? Ich muß Sie nicht erst an unsere neuen Kunden erinnern, mein Junge – dank Ihrer wohlüberlegten Freundlichkeit gegenüber der Witwe des Generals!«

John sah grimmig aus. »Das war nicht wohlüberlegt«, sagte er.

»Ah, schlechte Wortwahl. Komm, Diane, wir müssen gehen. Gute Nacht.«

John war beunruhigt. Er hatte mehr als einen Kommentar zur Lage der Bank gehört. Er nahm sich vor, mit dem Hauptbuchhalter zu reden, ohne daß Calverson davon erfuhr.

Claire dachte nicht an Calverson und seine Bemerkungen über die Bank, sondern stand stumm daneben, während John seine Gäste verabschiedete. Diane und Eli stiegen in die Kutsche und fuhren davon.

Als Claire zurück ins Haus ging, zitterte sie, weil sie sich so betrogen fühlte. Diane in seinen Armen zu sehen hatte ihre letzten Hoffnungen zerstört, mit ihm leben zu können.

»Ich packe meine Sachen und werde morgen früh gehen«, sagte sie.

»Einen Teufel wirst du!«

Claire fuhr zu ihm herum, als das Mädchen hereinkam. »Ich bin fertig, Mr. Hawthorn«, sagte sie und sah zwischen Mann und Frau hin und her. »Kann ich jetzt gehen?«

»Ja, sicher – und vielen Dank für die Hilfe.«

»Danke für die Arbeit, Sir. Jetzt, wo Todd arbeitslos ist, kann ich das Geld gut gebrauchen«, erwiderte sie. »Gute Nacht, Sir, Madam.«

»Danke«, brachte Claire mühsam hervor.

Das Mädchen ging. Sie wohnte nur zwei Häuser weiter, und die Gegend war sicher. Dennoch sah John ihr nach, bis sie an ihrer Wohnung angekommen war. Dann schloß er die Tür ab. Claire ging die Treppe hoch. »Du verstehst sicher, daß ich dir nichts zu sagen habe«, warf sie über die Schulter. »Ich verlasse dich.«

»Wir sind frisch verheiratet«, wandte John ein. »Ich lasse dich nicht gehen.«

Claire drehte sich um, eine Hand am Geländer. »Und wie willst du mich aufhalten? Wenn du mich ankettest, will Mrs. Dobbs sicher wissen, warum. Du kannst mich nicht hierhalten. Ich lasse mich nicht als Fassade für deine Affäre mit dieser Frau benutzen! Welche Idee! Sie in meinem Heim so zu küssen! Ich muß verrückt gewesen sein, daß ich dich überhaupt geheiratet habe.«

John holte tief Luft. »Ich habe keine Affäre mit ihr! Ich schwöre es dir!«

Sie musterte ihn forschend. Ihr fiel ein, was seine Mutter ihr erzählt hatte – und sie verstand, daß Scham und Stolz ihn zu so einem schweigsamen Mann gemacht hatten. Er hatte Diane geliebt und liebte sie immer noch. Konnte sie ihm wirklich einen Vorwurf daraus machen? Sie mochte Diane nicht, aber man liebte Leute nicht wegen ihrer Fehler. Sie mußte ein paar Eigenschaften haben, die er bewunderte, auch wenn sie sie nicht sah.

Claire atmete schwer. »Was du tust, interessiert mich nicht mehr«, sagte sie, und ihre Stimme verriet ihre Niederlage. »Tu, was du willst, John.«

»Wo willst du hin?« fragte er. »Zu deinem Freund Kenny?«

Sie hob die Brauen. »Bitte?«

»Du wirfst mir vor, eine Affäre zu haben, aber mich hat man nicht gesehen, wie ich in der Öffentlichkeit Händchen halte. Auch noch in einem Café. Am hellen Tag!«

Claire fragte sich, woher er das wußte. »Das war doch gar nichts!« fauchte sie. »Wo ist übrigens sein Hochzeitsgeschenk für mich? Und warum hast du mir nicht gesagt, daß er mich besuchen wollte?«

John hob das Kinn. »Ich teile nicht, du bist meine Frau.

Solange du meine Frau bist, nimmst du keine Geschenke von anderen Männern an.«

»Woher weißt du überhaupt, daß wir zusammen im Café waren?«

»Weil Diane euch gesehen und es mir erzählt hat«, erwiderte er.

»Wie passend! Ich darf keinen Kaffee mit einem alten Freund trinken, aber du darfst Diane in meiner Küche küssen, ja?«

»Sie hat mich geküßt, wenn du es wissen willst.«

»Und du konntest dich nicht wehren«, erwiderte sie sarkastisch.

Er kam so schnell die Treppe hoch, daß sie ihm nicht ausweichen konnte. Einen Arm legte er ihr um die Taille, die andere Hand vergrub er in ihren aufgesteckten Haaren. »Wenn du mich mehr küssen würdest, müßte ich dafür nicht zu anderen Frauen gehen.«

Claire kämpfte wie eine Tigerin, weil sie wütend war und eifersüchtig und er diese schreckliche Frau geküßt hatte. Oh, wie sie ihn haßte! Aber sein Mund war so warm und leidenschaftlich, seine Arme so stark und tröstlich, daß sich ihre Lippen unwillkürlich teilten, um seine tiefen Küsse zu erwidern.

Er murmelte etwas an ihren Lippen und nahm sie auf die Arme, um sie die Treppe hoch in ihre Wohnung zu tragen. Dort hielt er nicht an, sondern trug sie wie schon einmal direkt in sein Bett. Diesmal hielt er sich nicht erst damit auf, die Lampen zu löschen oder die Tür zu schließen, sondern er warf sie auf das Bett und fuhr ihr mit den Händen über den Körper.

»John!« protestierte Claire erstickt.

»Schsch«, murmelte er und beeilte sich, die hinderlichen Kleider abzustreifen. Dann war er plötzlich in ihr. Sie waren nicht einmal ganz ausgezogen. Seine Zunge drang tief in ihren Mund ein und bewegte sich parallel zu dem anderen Teil seines Körpers, der ihr wachsende Lust bereitete. Ihr Atem mischte sich, ihre Erregung stieg, bis er sie fast schmerzhaft an sich preßte und immer wilder in sie hineinstieß. Welle auf Welle sinnlicher Hitze erfaßte Claire. Sie schmeckte ihn, atmete ihn und hörte ihn stöhnen, als ihn die Kontrolle verließ. Sie hob sich ihm entgegen, und als er seinen Höhepunkt erreichte, riß er sie mit sich in eine Flut der Ekstase, der sie nichts entgegenzusetzen hatte …

Claire merkte, daß sie ihn mit Armen und Beinen umschlungen hielt. Ihr Mund war trocken. »War das … weil du sie haben wolltest?« fragte sie mühsam.

John atmete scharf ein. »Nein, weil ich dich haben wollte.« Er rückte von ihr ab und sah ihr in die Augen. Langsam hob er die Hand und begann, ihr das Kleid aufzuknöpfen. Er war noch immer in ihr, und seine Berührung erregte sie aufs neue. »Ich werde dich jetzt ausziehen«, flüsterte er, »bis zu deiner seidigen Haut. Dann werde ich mich auch ausziehen und dich die ganze Nacht lang nehmen. Morgen früh wird es keine Stelle an deinem Körper geben, die ich nicht mit Mund, Händen oder Lippen berührt haben werde.« Als wenn er seinen Worten Nachdruck verleihen wollte, legte sich sein Mund auf ihre weichen Brüste, und sie spürte ihn sanft an ihren Brustspitzen knabbern. Claire stöhnte auf.

John bewegte sich und lachte leise, als sie vor Lust erbebte. Er sah ihr in die Augen. »Ja, Claire, du bist immer noch für mich bereit.« Er hielt den Atem an, als die Bewegung ihn erneut voll zum Leben erweckte. »Und ich bin mehr als bereit für dich!«

Claire lag hellwach in der Dunkelheit und schämte sich wegen ihrer eigenen Reaktion auf Johns Berührungen. Sie lag nackt unter einem weißen Laken und war froh, daß das Licht jetzt aus war und sie nicht mehr den Triumph im

Gesicht ihres Mannes sehen mußte. Er hatte sie benutzt, dachte sie wütend. Er hatte sie benutzt wie eine Hure, und sie hatte es nicht nur erduldet, sondern sich um ihn geschlungen wie eine Schlange und vor Lust gestöhnt, weil sie nicht genug von ihm bekommen konnte. Wenn sie daran dachte, was sie ihm zugeflüstert hatte, wurde ihr heiß vor Scham.

Zögernd warf Claire das Laken zurück und setzte sich auf. Doch eine stählerne Hand ergriff ihren Arm und zog sie zurück an einen männlichen, wieder erregten Körper.

»Oh, nein«, sagte er und atmete rauh. »Ich bin noch nicht fertig.«

»Bitte, John, ich kann nicht ...«

Doch seine Finger hatten sie gefunden, berührten sie und weckten erneut diese Glut in ihr, der sie nicht widerstehen konnte und die sie dazu brachte, ihren weichen Körper eng an seine Härte zu pressen. »Du bist das süßeste Stück Paradies, das ich je hatte«, flüsterte John, als seine Berührungen kühner wurden. »Ich kann nicht genug von dir bekommen. Ich brauche dich wie die Luft zum Atmen, Kleines.« Er zog sie an sich und küßte sie und bewegte sich dann, um in sie zu kommen. »Ja«, flüsterte er zärtlich, »ja, laß mich in dich und liebkose mich, halte mich, mach mich verrückt vor Lust. Vergiß deine Erziehung und sei einfach ganz Frau bei mir ...«

»Ich verstehe nicht«, keuchte sie, als er sie umdrehte.

»Doch, das tust du Claire ...«

Er schob das Laken von ihr und hob sie über sich. Seine Hand lenkte ihre Hüften, und dann hob er ihr seine entgegen und lehrte sie den Rhythmus. Ihre Brüste hoben und senkten sich unter der unbeschreiblichen Lust, die sie empfand.

Claire wurde von wilder Ekstase fortgerissen. Sie sah im Mondlicht auf ihn herab und genoß es, wie er hilflos der Macht ihres Körpers ausgeliefert war. Ganz bewußt bewegte sie sich erneut, reizte und quälte ihn, und ihre Augen glitzerten wie im Fieber. Er schrie auf, als sie sich schneller und immer schneller auf ihm bewegte.

Das Bett knarrte, aber es kümmerte sie nicht.

Sie spürte den Höhepunkt mit jeder Faser und keuchte vor Lust. John bäumte sich auf und stöhnte heiser auf, als auch er sich verlor.

Sie weinte, weil es so schön gewesen war. Sie lag an seiner feuchten Brust und weinte bitterlich, immer noch mit ihm vereint. »Warum kann es nicht anhalten?« fragte sie. »Warum denn nicht?«

Er streichelte ihren Rücken. »Ich weiß es nicht«, flüsterte er, ehe er sie lange küßte.

Dann strich er ihr über die heißen Wangen. »Schlaf jetzt, Kleines.«

Sie öffnete die Augen und sah ihn an. »So?«

»Ja, vereint als Mann und Frau.« Er legte die Arme um sie. »Ich kann mich noch nicht von dir trennen. Oder tut es dir weh?« fragte er schnell.

»Nein«, versicherte sie und entspannte sich. Wie vertraut sie waren. Ihre Brüste preßten sich an seine Brust, und die leichteste Berührung erregte auch sie erneut.

John merkte es und lachte leise. »Ja, unsere Nacktheit macht uns Lust, aber wir müssen jetzt schlafen.«

»Ja.« Und überraschend schlief sie ein.

Kalte Luft fuhr über ihren Körper, Licht fiel durch die Vorhänge. Claire schlug die Augen auf und begegnete seinem dunklen, intensiven Blick. Claire blinzelte und wurde wach. Sie lag nackt auf den Laken. John hatte ihr die Decke weggezogen und betrachtete sie, als hätte er noch nie eine Frau gesehen. Es sollte sie verlegen machen, aber das tat es nicht, ganz und gar nicht. Ihre Brustspitzen richteten sich unter seinen Blicken auf, und sie erbebte.

»Dein Körper ist so schön«, sagte er ruhig. »Selbst nach der langen Nacht kann ich dich ansehen und bin sofort wieder erregt.«

Claire errötete, als sie das Verlangen in seinem schmalen Gesicht sah. Sie schämte sich dessen, was sie in der Dunkelheit verraten hatte, und war verzweifelt darauf bedacht, ihn nicht sehen zu lassen, wie sehr sie körperlich und emotional auf ihn reagierte. »Nun, es ist schön, wenn es dir Spaß gemacht hat«, sagte sie kalt. »Hat es dir geholfen, dir vorzustellen, ich wäre Diane?«

Die Beleidigung traf ihn wie eine Peitschenhieb. »Ist es das, was du glaubst?« Er lachte kalt auf. »Oder ist es das, was du glauben willst?« Er konnte es nicht fassen, wie die Geliebte der Nacht so schnell wieder zu einer kühlen Fremden werden konnte.

»Natürlich – du hast sie in der Küche geküßt, und sobald sie gegangen ist, hast du mich hierhergeschleppt. Das ist bestimmt nicht aus überwältigender Liebe zu mir geschehen«, gab Claire verletzt zurück. »Du hast mir selber gesagt, daß du mich nur geheiratet hast, um Dianes Ruf zu schützen. Warum willst du dann jetzt so tun, als wäre das gestern nacht etwas anderes gewesen als einfach Lust?«

John wurde wütend und sah sie finster an. »Lust trifft die Sache. Wir haben uns benommen wie läufige Hunde. Aber ich muß zugeben«, knurrte er, »daß ich noch nie so eine Nacht erlebt habe. Du bist leidenschaftlich, Claire. Leidenschaftlich und reif und noch sinnlicher als Diane.«

Das Letzte sagte er mit berechnender Grausamkeit, denn ihre Worte hatten ihn getroffen.

Claire setzte sich auf und zog die Decke vor die Brüste. »Bist du dir dessen sicher?«

»Natürlich, ich habe Diane auch schon nackt gesehen. So naiv bist du doch nicht, oder?«

Claire wurde blaß. »Du ... hast mit ihr geschlafen?«

»Wir waren verlobt.« John sah sie mit glitzernden Augen an, ohne die Frage direkt zu beantworten.

Claires Herz klopfte heftig. Sie sah nicht das Bedauern in seinen Augen, weil sie zu verletzt war. Es kam ihr auch nicht in den Sinn, daß ihre harten Worte ihn verletzt haben könnten oder daß seine Erkenntnis, wieviel Claire ihm bedeutete, ihn verwundbar gemacht hatte. Jetzt versuchte er, seinen Stolz zu retten, indem er ihre Anschuldigungen bestätigte. Als wenn er sich auch nur einen Moment vormachen könnte, daß sie Diane wäre!

»Ich muß zur Arbeit. Ich nehme an, die letzte Nacht hat dich überzeugen können, bei mir zu bleiben?« neckte er sie. »Du kannst mich so oft haben, wie du willst, Claire. Wenn es dich glücklich macht, werde ich jede Nacht mit dir schlafen. Irgendwann kann ich dann auch aufhören damit, mir im Dunkeln vorzugaukeln, du wärest Diane.« Er haßte sich selbst bei diesen Worten.

Er hätte sie nicht schlimmer verletzen können, und Claire starrte ihn mit Eis im Herzen an. Sie war wie betäubt und ohne Hoffnung.

John beobachtete sie und hoffte, daß die Mauer bröckeln und sie ihm zeigen würde, daß er ihr noch immer etwas bedeutete, daß sie ihn in der Nacht geliebt hatte. Aber es geschah nicht.

»Das war verachtenswert, was du gerade gesagt hast«, flüsterte Claire.

»Auch nicht verachtenswerter als deine Anschuldigung gegen mich. Als wenn ich dich dazu benutzen könnte, um das auszuleben, was ich für Diane empfinde. Diese Gefühle sind so unterschiedlich wie Tag und Nacht.«

»Du hast mich benutzt.« Ihre Stimme klang heiser.

»Und du hast es genossen. Du hast die Beine um mich geschlungen und den Kopf zurückgeworfen und vor Lust geschrien, als ich dich genommen habe!«

Sie wurde hochrot.

John beugte sich vor, eine Hand am Bettgestell abgestützt. »Ich habe dich zu nichts gezwungen. Du hast mich gewollt. Du willst mich auch jetzt noch. Sieh hin, Claire.« Er riß die Decke zurück und strich über ihre harten Brustspitzen. Dabei stand er da und beobachtete genau, welche Gefühle ihr Gesicht spiegelte.

»Sobald ich dir den Rücken zugedreht habe, bist du zu deinem Schulfreund gerannt«, sagte er kalt. »Nun, dann geh jetzt zu ihm und schau, ob auch er dich dazu bringt, ihm die Nägel in den Rücken zu krallen.«

»Ich habe nicht ...«

Er öffnete sein Hemd und zeigte ihr die roten Kratzspuren. Claire schwieg, und er zog sich wieder an. »Davon gibt es noch mehr«, informierte er sie. »Einige sind weiter unten ... du warst recht fordernd am Schluß.«

Claire vergrub beschämt das Gesicht in den Händen.

»Oh, Himmel, hör auf, so zu tun, als wärest du eine Sünderin«, fuhr er sie ärgerlich an. »Frauen kratzen nun mal in der Leidenschaft. Manche beißen auch. Das ist doch nichts, dessen man sich schämen muß. Leidenschaft ist gewalttätig. Sex kann Lust und Schmerz verursachen, besonders wenn zwei sehr leidenschaftliche Naturen zusammenkommen.«

»Wie kannst du nur?« stöhnte Claire.

»Wie kann ich nur was? Dich befriedigen oder dir bewußt machen, wie ich dich befriedige?« Er hob ihr Gesicht an. »Sex macht Spaß. Ich habe dich genossen, und du hast mich genossen. Wir sind verheiratet. Es gibt keinen Grund, warum wir einander nicht Lust bereiten sollten, solange wir zusammen sind.«

»Du willst nicht mit mir verheiratet sein.«

John lachte leise. »Es gibt Zeiten, da liebe ich es, mit dir verheiratet zu sein. Zum Beispiel letzte Nacht.«

Claire sah ihn finster an.

Er hob eine Braue. »Wenn du badest, kannst du mal

deine Hüften betrachten«, schlug er vor. »Ich denke, du wirst dort ähnliche Spuren entdecken wie auf meinem Rücken. Du warst nicht die einzige, die die Kontrolle verloren hat.«

Claire schluckte und war etwas weniger beschämt. Es machte ihm anscheinend gar nichts aus, darüber zu sprechen. Aber er war natürlich auch erfahren.

»Alles wird gut werden«, sagte John überraschend auf dem Weg zur Tür. »Ich werde mich von Diane fernhalten und du von Kenny, und jede Nacht werde ich dich bis zur Ekstase bringen. Vielleicht bekommen wir ja ein Baby.«

Lust, dachte Claire, bedeutungsloses Verlangen. Zwei Körper in einem Bett, während er an Diane dachte, Diane wollte, für Diane lebte. Und ein Baby ... Was für ein Leben würde es bei solchen Eltern führen?

»Hast du nichts dazu zu sagen?« fragte er spöttisch.

»Gar nichts.«

Sein Blick ruhte auf ihren bloßen Schultern über der Decke. »Dann bis heute nacht, Mrs. Hawthorn«, verabschiedete er sich heiser. »Selbst wenn ich nicht mit dir schlafen kann, werde ich dich wenigstens ausziehen und so lange betrachten, bis ich verrückt bin vor Verlangen.«

»Einen Teufel wirst du«, fauchte sie ihn an.

John hob eine Braue und lachte leise. »Oh, du wirst mich schon lassen«, sagte er zuversichtlich. Dann lächelte er selbstzufrieden und ging.

»Warte nur ab, was ich dich tun lasse und was nicht«, murmelte Claire. Sie sprang wütend aus dem Bett und begann, ihre Sachen einzusammeln, als sie sich im Spiegel sah. Ihre Brüste waren rot von seinem Mund, und auf ihrem Bauch und den Schenkeln waren noch mehr Male. Auch die Hüften zeigten Kratzspuren.

Sie sah ... sinnlich aus. Claire legte die Hände unter die Brüste und hob sie an. Da ging die Tür auf, ihre Blicke trafen sich, und Johns Blick verschleierte sich. »Wenn du es ertragen kannst, werde ich dich dort vor dem Spiegel nehmen, so daß wir beide zusehen können.«

Claire sah ihn an, und Röte stieg ihr in die Wangen, aber sie sah nicht weg. John stöhnte auf, trat zu ihr und küßte sie hart.

»Ich kann nicht«, flüsterte Claire, »ich möchte ...«

»Hier.« Er ergriff ihre Hände und zog sie zu sich, führte sie über seinen Körper und lehrte sie, ihm Lust zu bereiten. Nach ein paar Sekunden war das Verlangen unerträglich. John schob sie von sich und schluckte hart.

»Nein«, sagte er unsicher, »es geht nicht.« Er konnte kaum sprechen und mußte sich unsäglich beherrschen, sie nicht trotz ihrer Schmerzen zu nehmen. Mühsam schob er sie von sich und ging aus dem Zimmer. Noch nie hatte er ein solches Verlangen gespürt. Er wußte nicht, wie er damit umgehen sollte, wenn er seine Frau nicht jede Nacht nehmen wollte. Und was war mit Diane, die ihn liebte? Die er liebte? Er fühlte sich untreu, schmutzig und beschämt - wegen seines Verhaltens Diane gegenüber. Er fühlte sich niederträchtig und war wütend auf Claire, weil sie ihn immer nur ablehnte, außer im Bett. Sie hätte ihn doch zurückweisen können, wenn er ihr nichts mehr bedeutete. Warum hatte sie es dann nicht getan?

Die Antwort darauf verursachte ihm Schmerzen. Weil sie ihn wollte, natürlich. Sie konnte ihm nichts entgegensetzen, weil sie genauso ein Sklave ihres Verlangens war wie er. Aber das bedeutete nicht, daß sie ihn auch liebte. Nicht einmal in dieser langen Nacht hatte sie ihm Liebesworte zugeflüstert. Er hatte gar nicht gewußt, wie sehr er darauf gewartet hatte, sie von ihr zu hören. Seine reine, unschuldige Frau hatte so lange gelitten und ihn selbstlos geliebt, und alles, was er ihr dafür gegeben hatte, war seine Gleichgültigkeit. Er dachte daran, wie sie ihm ihre Liebe angeboten hatte, die er Dianes wegen zurückgewiesen hatte. Er erinnerte sich nicht mehr genau, was er für Diane empfunden hatte, denn jetzt wurden seine Gefühle von Verlangen und Zuneigung für Claire überschattet.

Ein Jammer, daß er nicht trank. Jetzt hätte er gut einen Schluck vertragen können, um sich zu betäuben. Müde saß er an seinem Arbeitsplatz in der Bank und dachte, daß er den Gefühlsaufruhr satt hatte, der sein Leben bestimmte. Dann fiel ihm wieder ein, was Calverson gestern abend über die Bank gesagt hatte, und er erhob sich, um in die Buchhaltung zu gehen.

Eine laute Stimme ließ ihn innehalten.

»Ich habe gehört, daß Geld hier selten geworden ist«, sagte ein alter Mann gerade zu Eli Calverson. »Mein Freund hat hunderttausend Dollar hier liegen. Er wollte das Geld abheben und bekam gesagt, daß so viel nicht ausgezahlt werden könne.«

Eli wirkte verstört und nervös. Er rang die Hände. »Sir, wir gewähren Darlehen und nehmen Gelder an«, erklärte er. »Das führt manchmal dazu, daß wir wenig im Hause haben. Wir werden einfach hohe Zinsen geben ...«

»Sie lügen!« beschuldigte ihn der Kunde und hob wütend seinen Stock. »Sie haben nicht genug Rücklagen. Diese Bank ist nicht mehr solvent. Ich will mein Geld! Alles! Sofort!«

Jetzt drehten sich auch andere Kunden nach dem Mann um, in dem John einen ihrer besten Kunden erkannte. Er ging auf den Mann zu, als das Gemurmel lauter wurde und die Leute näher kamen. »Ich will auch mein Geld abheben«, erklärte eine Frau fest.

»Ich auch«, rief ein junger Mann. »Ich will doch nicht alle meine Ersparnisse aufs Spiel setzen!«

»Moment!« rief John und hob die Hand. »Sie können nicht alle auf einmal abheben. Wenn Sie das machen, besteht eine einseitige Nachfrage und Ihr Geld ist nicht mehr sicher.«

»Habt ihr gehört? Er sagt es selber – es ist nicht genug

Geld da, um unsere Guthaben auszuzahlen! Gib uns unser Geld!« wütete der junge Mann.

»Räumt die Halle!« ordnete Calverson streng an. »Wache, bringen Sie alle auf der Stelle hinaus!«

Der Wachmann, der dafür sorgen sollte, daß die Kunden unbelästigt ihren Geschäften nachgehen konnten, zeigte sein Abzeichen und die Pistole im Gurt. »Gehen Sie jetzt nach Hause, meine Damen und Herren. Die Bank ist geschlossen«, verkündete er und deutete auf die Tür. »Gehen Sie bitte, na los.«

Zuerst gehorchte die Menge, aber dann wandte sich der alte Mann mit dem Stock an den Wachmann und schlug ihn nieder. Der Mann ging zu Boden.

»Schließen Sie die Tür ab, schnell!« rief Eli hastig. »Gute Güte, was machen wir jetzt nur? Sie werden die Tür eintreten. John, gehen Sie hinaus und versichern Sie ihnen, daß die Bank solvent ist.«

John blieb vor Calverson stehen. »Dann will ich Ihr Ehrenwort haben, daß ich ihnen die Wahrheit sage.«

Calverson senkte den Blick. Johns Blick machte ihm angst. Der Mann war Offizier gewesen und daran gewöhnt, Befehle zu erteilen. »Natürlich ... natürlich ist sie solvent. Ich lüge doch nicht«, sagte er mit einem breiten Lächeln. Zögernd legte er John die Hand auf die Schulter. »Gehen Sie jetzt raus, Junge, und beruhigen Sie sie.«

John war unsicher, hatte aber keine andere Wahl. Mit einem unguten Gefühl ging er zur Tür. Und das nicht deshalb, weil er die schimpfende Menge fürchtete.

11

John wäre noch unsicherer gewesen, wenn er geahnt hätte, daß Claire ihn nach wie vor verlassen wollte. Seine harten Worte heute morgen hatten ihren Stolz nur noch mehr verletzt und ihr den Eindruck vermittelt, daß sie nichts verband außer ihrer körperlichen Lust.

Johns Mutter und Schwester hatten sie eingeladen, und sie würde die Einladung annehmen. Claire wußte, daß dort der letzte Ort war, wo John nach ihr suchen würde, denn er wußte ja nicht, daß sie einander kannten.

Trotz Johns Verbot fuhr Claire mit Onkel Wills Auto in die Stadt, um sich am Bahnhof eine Fahrkarte nach Savannah zu besorgen. Aber erst mußte sie mit Kenny sprechen und ihm ihre ersten Entwürfe für Macy's geben. Die Entwürfe bedeuteten, daß sie mehr Geld bekam, das sie jetzt brauchen konnte. Danach wollte sie zur Bank, um John noch ein letztes Mal zu sehen.

Sie wußte nicht, was sie zu ihm sagen sollte. Er hatte seine Gefühle so offengelegt, daß sie an seiner Verachtung für sie keinen Zweifel mehr hatte. Alles, was er ihr bieten konnte, war Lust, und das war nicht genug.

Claire fuhr vor Kennys Laden vor, und er kam grinsend heraus, um sie zu begrüßen.

»Ich mag dein Transportmittel. Du kannst es also immer noch fahren, ja?«

»Natürlich«, erwiderte Claire, setzte ihre Schutzbrille ab und lächelte.

»Komm doch rein«, bot Kenny an. »Hast du schon etwas für Mr. Stillwell dabei?«

»Ja, das habe ich.« Claire holte ihre Mappe aus dem Auto. »Vielleicht kannst du die an ihn weiterleiten? Der Rest ist in drei Wochen soweit, nach Weihnachten, um genau zu sein.«

»Ich werde es ihm sagen.«

Claire folgte Kenny in den Laden und nickte einem Kunden grüßend zu, als sie ihrem Freund in sein Büro folgte.

»Das ist Mrs. Kenner, meine Sekretärin«, stellte er sie einer Frau mittleren Alters mit freundlichem Lächeln vor. »Mrs. Kenner, das ist Mrs. Hawthorn. Sie ist die Designerin, von der ich Ihnen erzählt habe: Magnolia.«

»Oh, du liebe Güte!« rief Mrs. Kenner aus. »Ich bin so froh, Sie endlich kennenzulernen. Ich habe Ihre Kleider immer schon im Schaufenster bewundert. Wie begabt Sie sind!«

»Danke.« Claire lächelte bescheiden.

»Setz dich, Claire, und laß uns an die Arbeit gehen. Entschuldigen Sie, Mrs. Kenner, aber das ist vertraulich. Das sind die Entwürfe für Macy's. Könnten Sie wohl ...«

»Ich gehe und mache uns eine Kanne Kaffee. Was halten Sie davon?« fragte Mrs. Kenner und erhob sich.

»Das wäre schön«, bedankte sich Kenny. »Wir sind in fünf Minuten fertig.«

»Ja, Sir.«

Kenny betrachtete die Entwürfe und staunte über den ausgefallenen Stil und die Eleganz.

»Sie sind sehr gut, Claire.«

»Danke. Meinst du, das reicht ihm?«

»Sie sind sehr, sehr gut. Danke, daß ich sie sehen durfte. Ich werde dafür sorgen, daß sie sicher verpackt mit dem nächsten Zug nach New York gehen.«

»Danke. Kenny – ich verdanke dir mehr, als du ahnst.

Ich werde vielleicht schon bald meine Unabhängigkeit brauchen«, verriet sie unglücklich.

Kenny zuckte zusammen. »Kannst du mir nicht sagen, was los ist, Claire? Kann ich dir helfen?«

Sie schüttelte den Kopf. »Ich wünschte, du könntest es, aber das ist mein Problem, und ich muß es lösen.« Sie stand auf. »Ich kann leider nicht auf den Kaffee warten, weil ich es eilig habe. Ich verreise für einige Zeit. Sobald ich weiß, wo ich bleibe, melde ich mich bei dir. Ich sage dir nicht, wo ich hingehe, dann brauchst du auch nicht zu lügen, wenn man dich fragt.«

»Du machst mir angst«, wandte Kenny ein.

»Das tut mir leid. Du hast die Entwürfe bekommen, und ich weiß noch nicht genau, wann ich zurückkomme.«

Kenny stand auf und ergriff ihre Hand. »Kannst du mir nicht sagen, wo du hingehst? Ich werde es auch nicht verraten.«

Er war ein netter Mann. Claire schüttelte den Kopf. »Ich weiß das, aber ich fürchte, es geht nicht, Kenny.«

»Falls du mich mal brauchst, ich bin hier«, sagte Kenny daraufhin. Dann sah er auf und runzelte die Stirn. »Seltsam, was ist denn da für eine Menge vor der Bank versammelt?«

Claire drehte sich um und folgte seinem Blick. Das war doch die Bank ihres Mannes!

John stand direkt vor der Tür. Aus der Menge ertönten Schreie, und etwas wurde nach ihm geworfen. Plötzlich schlugen Flammen aus einem leeren Gebäude an der Ecke und griffen auf eine Kutsche über, die davor geparkt war – und dann auf die Ställe hinter der Bank. Die Pferde vor der Kutsche bäumten sich in Panik auf und warfen den Wagen auf ihrer Flucht um, so daß er mitten auf der Straße lag und den einzigen Weg zur Bank versperrte.

»Oh, nein«, sagte Kenny. »Wenn keiner die Feuerwehr ruft, gibt es eine Katastrophe.«

»Ja«, stimmte Claire ihm zu, »aber der Wagen blockiert die Straße. Die Pferde gehen nicht durch die Flammen«, rief Claire und beobachtete einen Mann, der die Pferde in den Griff zu bekommen versuchte. »Das Telefonkabel ist auch durchgebrannt. Jetzt kann keiner um Hilfe rufen. Die Feuerwehr ist auf der anderen Seite der Stadt!«

»Jemand muß Hilfe holen«, rief Kenny.

»Ich«, sagte Claire entschlossen. »Ich kann durch die Flammen fahren – so schnell, daß der Gummi nicht schmilzt – und zur Feuerwehr fahren.«

»Das ist zu gefährlich«, protestierte Kenny.

Claire warf einen Blick zur Bank zurück, wo ihr Mann von der Menge bedrängt wurde. »Ich muß! John ist in Gefahr. Wenn ihn der Mob nicht tötet, dann das Feuer!« Noch während sie sprach, sprang Claire ins Auto, startete den Motor und fuhr dann auf die Flammenwand zu. Irgendwo hörte sie einen schockierten Aufschrei, aber sie fuhr einfach weiter auf das Feuer zu. Dann war sie durch, schwitzend und voller Angst, daß die Reifen brennen könnten, aber außer einem leichten Geruch nach Rauch war nichts zu merken. »Guter Chester!« lobte sie.

Sie fuhr, so schnell sie konnte, aber es erschien ihr eine Ewigkeit bis zur Feuerwehrstation. Endlich war sie da und hastete die Stufen hoch. »Es gibt ein Feuer und einen Aufstand in der Peachtree City Bank!« rief Claire, als sie den ersten Mann in Uniform sah. »Oh, kommen Sie schnell!«

»Ein Feuer, Ma'am? Wo sagten Sie?«

Claire wiederholte alles. Der Mann dankte ihr und raste davon. »Ich alarmiere die Polizei wegen des Mobs«, rief er dabei über die Schulter zurück.

Claire nickte und kehrte zu ihrem Wagen zurück. Sie wendete und fuhr wieder Richtung Bank, wobei sie nur hoffen konnte, daß ihr Mann noch zu retten war. Trotz all ihrer Mißverständnisse liebte sie ihn zu sehr, um ihm in der Stunde der Not den Rücken zuzukehren.

Als sie die Seitenstraße erreichte, in der die Bank lag, loderten die Flammen immer noch hoch in den Himmel. Aber der Wagen war verbrannt und die Straße jetzt frei. Claire hielt vor dem Bankgebäude.

Polizisten in Uniform versuchten, die Menge zurückzudrängen. Claire drängte sich an den Menschen vorbei und hielt nach ihrem Mann Ausschau. Dann tat ihr Herz einen Satz, als sie ihn entdeckte. Er hatte Kratzer im Gesicht, und sein Sakko war zerrissen. Auch das Hemd darunter war von wütenden Händen zerfetzt worden. Dennoch strahlte er genügend Autorität aus, daß niemand mehr Hand an ihn zu legen wagte. Ein anderer Mann saß stöhnend auf der Erde, und Blut lief ihm über das Gesicht.

»Das haben Sie verdient!« schimpfte eine Frau. »Das kommt davon, wenn man einen Mann schlagen will, der sich nicht wehren kann, Sie Feigling.«

»Sie haben mein ganzes Geld verloren!« rechtfertigte sich der Mann.

»Niemand hat etwas verloren!« brüllte John. »Die Bank will sich nur mit einer Investment-Firma zusammentun. Das bringt auf der Stelle eine Riesensumme in die Kassen, und die Zinsen werden steigen! Niemand verliert auch nur einen Pfennig!« Das war nicht ganz die Wahrheit, denn er konnte nicht garantieren, daß der Zusammenschluß zustande kommen würde – schon gar nicht, wenn Whitfield den Verdacht schöpfte, daß zu wenig Rücklagen vorhanden waren. Aber er hoffte, damit den Aufstand zu zügeln.

Das Gemurmel klang nicht mehr ganz so wütend.

»Geht nach Hause«, sagte John. »Das ist keine Art für zivilisierte Bürger, sich zu benehmen. Ihr Geld ist sicher, ich gebe Ihnen mein Wort darauf!«

Die Menge begann, sich aufzulösen. »Mr. Hawthorn würde uns nicht anlügen«, hörte Claire einen Mann zu seiner Frau sagen. »Seinem Wort kann man vertrauen.«

»Das stimmt«, bestätigte ein anderer.

Stolz bewegte Claire sich auf ihren Mann zu. Aber noch ehe sie ihn erreicht hatte, kam Diane Calverson angelaufen und lief mit gezücktem Taschentuch auf John zu. »Oh, mein Lieber!« rief sie. »Bist du verletzt?« Sie berührte sein Gesicht besorgt, und John lächelte sie zärtlich an. Wenn Claire noch den leisesten Zweifel an ihren Gefühlen füreinander gehabt hätte, wären sie jetzt beseitigt. Ihr Herz sank. Diese beiden liebten sich, das hatte der Kuß in der Küche, den sie beobachtet hatte, nur besiegelt. Sie konnten nichts für ihre Gefühle. Egal, wie hungrig John in der Dunkelheit nach ihr griff, Diane war die Frau, die er liebte.

Claire ging zurück zu ihrem Wagen, stieg ein und startete. Als der Motor ansprang, wurde John auf sie aufmerksam. Schockiert sah er ihr nach. Er hatte Claire gar nicht gesehen. Warum fuhr sie hier mit dem Ding herum?

Inzwischen war die Feuerwehr eingetroffen und pumpte Wasser in die Flammen. Einer der Männer kam an John vorbei. »Tapfere Frau, Ihre Gattin, Mr. Hawthorn«, rief er. »Der Chef sagt, daß sie mit dem Ding da ankam, um Hilfe zu holen. Ist einfach durch die Flammen gefahren. Sie müssen sehr stolz auf sie sein! Was für eine Frau!«

Dann ging er weiter, und John blieb stumm und beunruhigt zurück – mit Diane an seinem Arm.

»Hast du Claire eben gesehen?« fragte er sie.

Diane zuckte die Achseln. »Liebling, ich sehe Claire nie, wenn es nicht sein muß. Wirklich, eine so unscheinbare und langweilige Frau ...«

John riß sich los, aber ehe er etwas sagen konnte, erschien Eli neben ihnen und tupfte sich den Schweiß von der Stirn. »Das war verdammt knapp. Danke, John. Ich kann mir nicht vorstellen, was in diese verrückten Leute gefahren ist!«

John wußte, daß etwas nicht stimmte. Eli sah schuldbewußt aus und mied den Blickkontakt zu John. Dazu kam

Dianes plötzliche Sorge, die Art, wie sie ihn ansah, als wenn sie alle ihre Gefühle von Eli auf John übertragen wollte ... John war ratlos.

»Jetzt ist alles wieder unter Kontrolle. Die Polizei hat die Menge zerstreut, und das Feuer ist fast gelöscht.« Eli lächelte. »Gehen Sie nach Hause und ziehen Sie sich um, John. Kommen Sie danach zurück, ich garantiere Ihnen auch, daß Sie nicht gelyncht werden.«

»Das darfst du nicht einmal im Spaß sagen«, rief Diane heiser. »John, soll ich mit dir gehen?«

»Zu ihm nach Hause?« rief Eli empört. »Diane!«

Sie funkelte ihren Mann wütend an. »Wenn er mich braucht, werde ich mit ihm gehen.«

Eli antwortete nicht. Mit bleichem Gesicht wandte er sich ab und ging in die Bank.

»Kümmere dich nicht um ihn«, sagte Diane. »Er ist ein Narr und wird bald in solchen Schwierigkeiten stecken, daß niemand ihm mehr helfen kann. Mein Liebling«, fuhr sie dann zärtlich fort, »du liebst mich, nicht Claire. So war es immer. Und ich liebe dich.« Sie sah sich um, um zu sehen, ob niemand sie hörte, und kam dann noch näher. »Ich will dich, John. Ich will dir alles geben, worum du bittest. Alles. Eli war ein Fehler, das weiß ich jetzt. Ich werde ihn schon bald verlassen.«

John trat ein Stück von ihr weg. »Ich kann jetzt nicht darüber reden«, sagte er steif.

Er hielt eine Kutsche an, stieg ein und ließ Diane sprachlos auf dem Gehweg stehen.

Claire saß mit Mrs. Dobbs im Salon, nachdem sie sich umgezogen und gewaschen hatte. Sie sah niedergeschlagen aus. Seine Claire und niedergeschlagen! Es war schwer für John, sie so zu sehen. Er blieb in der Tür stehen und betrachtete sie.

»Ach, Mr. Hawthorn. Sind Sie in Ordnung?« fragte Mrs. Dobbs besorgt. »Claire hat mir gerade erzählt, was passiert ist.«

»Mir geht es gut«, erwiderte John. »Ich bin nur hier, um mich umzuziehen.« Er zögerte kurz, weil er nicht wußte, wie es weitergehen sollte. »Claire, ich würde gerne kurz mit dir sprechen.«

Claire konnte sich schlecht weigern und mußte mit ihm gehen, was Mrs. Dobbs noch mißtrauischer machte. Sie ging noch mit ihnen die Treppe hoch, als wenn sie Claire schützen müßte, ließ sie dann aber in ihrer Wohnung allein.

John schloß die Tür. »Ein Feuerwehrmann hat mir erzählt, daß du durch die Flammen gefahren bist, um Hilfe zu holen.«

Claire hob das Kinn. »Chester ist ein nettes kleines Auto. Ich hatte keinen Zweifel daran, daß ich es schaffe. Das Feuer war da noch klein.«

»Es war sehr riskant – und sehr mutig.« Er trat auf sie zu. »Geht es dir gut?«

Die zärtliche Sorge in seiner Stimme machte Claire schwach. Das konnte sie nicht zulassen. Sie zwang sich zu einem Lächeln. »Aber ja«, sagte sie fröhlich. »Und du? Bist du verletzt?«

»Nur ein paar Schnitte, nichts Erwähnenswertes.« John schwieg und suchte nach den richtigen Worten. »Du bist nicht gekommen, um nach mir zu sehen ... nachdem du die Feuerwehr geholt hattest.«

»Mrs. Calverson kümmerte sich schon um dich«, gab Claire ruhig zurück. »Ich wollte nicht stören.«

»Du bist meine Frau«, sagte John kurz. »Es ist dein Recht, mich zu stören.«

Welche Unverschämtheit! dachte Claire wütend. »Das sagst du immer, wie es dir gerade gefällt. Wann immer Mrs. Calverson sich dir nähert, vergißt du doch, daß du eine Frau hast!«

»Claire …« Er holte tief Luft. »Ich weiß, daß mein Benehmen in letzter Zeit nicht richtig war. Ich war so verwirrt. Unsere Ehe hatte aber doch gerade in letzter Zeit ihre – sollen wir sagen: interessanten? – Momente.«

Claire sah ihn an. »Du meinst, weil wir miteinander geschlafen haben. Wenn ich mich richtig erinnere, hast du das als Notlösung angesehen, weil du Diane nicht haben kannst.«

»Das habe ich nie gesagt, verdammt!« fauchte er. »Ich würde niemals eine Frau dazu benutzen, um eine andere zu vergessen.«

Claire richtete sich auf. »Du hast keinen Zweifel daran gelassen, daß wir in unserer Ehe nur das Bett gemeinsam hätten.«

John zuckte zusammen. Wie sollte er sich verteidigen, wenn er ihr so viele schlimme Dinge gesagt hatte? Er hatte so viele Fehler gemacht und schien nicht einen verbessern zu können.

»Ich habe viel gesagt«, bekannte er schließlich. »Wir kennen einander nicht gut, Claire. Wir haben aus den falschen Gründen geheiratet, und wir haben – ich habe«, korrigierte er sich, »nichts versucht, um es besser zu machen. Vielleicht können wir, wenn diese letzte Katastrophe vorbei ist, einen neuen Anfang wagen.«

»Und wie?« fragte Claire herausfordernd.

»Wir könnten öfter ausgehen«, schlug John vor, »in die Oper oder ins Theater, falls du magst. Wir könnten immer zusammen essen.« Er betrachtete ihr müdes Gesicht. »Wir könnten in jeder Hinsicht Ehemann und Ehefrau sein, Claire.«

Claire atmete schwer. Wie sehr sie sich nach dem sehnte, was er da vorschlug. Sie liebte ihn so sehr. »Du hast sie geküßt«, sagte sie.

John stieß ungeduldig die Luft aus. »Ich habe dir doch schon einmal erklärt, daß sie es war, die mich geküßt hat.«

»Ja, das hast du, und ich habe es da nicht geglaubt und glaube es auch jetzt nicht. Du hast mir gesagt, daß du Diane liebst und sie dich, und das war an dem Tag, als wir geheiratet haben«, erwiderte Claire bitter. »Hat sich daran etwas geändert, John?«

Er zögerte und suchte nach Worten, um den Schaden wiedergutzumachen. Er wollte Claire, und Diane war zu einem Ärgernis geworden. Im Moment wünschte er sich nichts mehr, als Claire an sich zu drücken, zu trösten und sie zu halten. Aber als er auf sie zutrat, wich sie sofort zurück. Er mußte wohl langsam vorgehen, ihr den Hof machen und um sie werben. Sie kannte ihn noch so wenig, daß er jetzt nichts übereilen durfte.

John lächelte sie an. »Vieles hat sich geändert, Claire«, begann er ruhig. »Wir müssen darüber reden. Aber jetzt muß ich mich umziehen und in die Bank zurückgehen, um das Chaos dort zu ordnen. Das Feuer hat uns nicht erreicht, aber es war sehr nahe dran. Wir können heute abend reden.«

»Reden«, wiederholte sie leise und dachte, daß es viel mehr gab als Gespräche. Sie wandte sich zum Gehen.

»Claire, was hast du mit dem Auto in der Stadt gemacht?« fragte John da, dem plötzlich einfiel, daß sie ja bei der Bank gewesen war.

Sie drehte sich wieder um. »Ich war in der Stadt, um Kenny Blake zu besuchen«, sagte sie aus purer Bosheit, denn sie sah noch immer Dianes sanfte Hände auf seinem Gesicht.

Johns Augen glitzerten. »Ich habe dir doch gesagt, daß du dich von ihm fernhalten sollst!«

»Du hast aber auch Diane in mein Haus eingeladen und zugelassen, daß sie boshafte Bemerkungen über mich macht«, gab Claire hitzig zurück. »Unsere ganze Ehe über hast du sie als deine Liebste behandelt und mich als den Eindringling. Zumindest war ich so dezent, Kenny in der

Stadt zu besuchen. Ich war auch nicht mit ihm allein«, fügte sie noch hinzu, nicht ganz der Wahrheit entsprechend. »Ich war in seinem Laden.«

»Zu welchem Zweck?«

Claire konnte nicht zugeben, daß sie Kenny als Zwischenstation für Macy's benutzte, also hob sie das Kinn und sagte nur: »Denk, was du willst, John.«

Er hätte sie jetzt anbrüllen können. John fühlte sich auch danach, aber er wußte, daß er sich auf unsicherem Boden befand. Es stimmte, daß er nichts unternommen hatte, um Diane zu entmutigen, und er hatte Claire gegenüber behauptet, daß er die andere Frau liebte. Plötzlich fühlte er sich sehr klein, schuldig und beschämt. Diese Frau dort liebte ihn. Und er hatte sie nur immer beleidigt und ihr Schmerz zugefügt.

Claire wandte sich zu ihrem Zimmer um. »Was du auch von mir denkst, John, ich bin froh, daß es dir gutgeht«, sagte sie traurig, denn sie wußte, daß sie ihn eine lange Zeit nicht wiedersehen würde. Aber er sollte ihre Gefühle nicht erraten.

Sie klang verloren. John wußte, daß sie mit Kenny keine Affäre hatte, aber er war trotzdem auf den Mann eifersüchtig. Am liebsten hätte er Claire in die Arme genommen und getröstet, mit ihr geredet, über ihre Ehe gesprochen. John rief ihr etwas nach, aber sie war schon gegangen und hatte die Tür fester als sonst hinter sich geschlossen.

John fluchte leise. Aber was sollte er sagen? Sie hatte Diane und ihn gesehen. Er erinnerte sich, daß auch er Diane angelächelt hatte.

John fehlten die Worte, um auszudrücken, wie sehr sich seine Gefühle für seine widerstrebende Frau geändert hatten. Vielleicht heute abend, dachte er.

John zog sich um, rief Claire einen Gruß durch die Tür zu und ging zurück zur Bank.

Falls Mrs. Dobbs ihr Verhalten für ein Ehepaar, das

gerade durch Mob und Feuer bedroht gewesen war, ungewöhnlich fand, sagte sie jedenfalls nichts. Selbst ein Blinder konnte sehen, daß es in dieser Ehe Probleme gab.

12

Claire hatte nach kurzer Zeit ihre Sachen gepackt und war fertig zur Abreise. Nie würde sie vergessen, daß es Diane gewesen war, die vor der Bank an Johns Seite geeilt war. Diane, nach deren Trost er sich gesehnt hatte. Nun, er konnte seine kostbare Diane haben. Sie hatte genug davon, um einen Mann zu kämpfen, der eine andere haben wollte. Sie würde ihn verlassen, genauso, wie sie es ihm angedroht hatte. Ihm war nichts passiert, und wenn er Diane so sehr liebte, konnte sie nichts anderes tun, als ihn zu verlassen. Er hatte gesagt, daß sie reden würden. Reden, ha! Und worüber? Über die Scheidung? Claire bezweifelte nicht, daß er sie darum bitten würde.

Einen Moment lang überlegte Claire, ob sie mit dem Auto nach Savannah fahren sollte, aber das war dann doch zu töricht. Ein paar Straßen durch Atlanta zu fahren war die eine Sache, aber durch den ganzen Staat war etwas anderes. Das Auto schaffte es kaum ohne Panne von Colbyville bis Atlanta. Auf dem langen, gefährlichen Weg nach Savannah konnte ihr ein Reifen platzen, der Keilriemen reißen, der Motor zu brennen anfangen und anderes mehr, und das ohne Ersatzteile. Nein, das wäre töricht. Sie war sich nicht einmal sicher, ob sie überall am Weg tanken konnte. Die Straßen waren für Pferdekutschen ausgerichtet, nicht für Autos. Am besten fuhr sie mit dem Zug.

Claire ging in die Garage, um noch einen Blick auf Chester zu werfen, wobei sie gegen besseres Wissen hoffte, daß

John ihn nicht weggeben würde, wenn sie weg war. Es war alles so hoffnungslos.

Sie tätschelte das Auto liebevoll. »Du warst heute morgen sehr wichtig, Chester. Ich bin stolz auf dich. Und ich werde dich später holen, mein Alter. Irgendwann.«

Der Kutscher trug ihr die Tasche heraus. Ehe sie zum Bahnhof fuhr, nahm Claire sich noch die Zeit, um sich von Mrs. Dobbs zu verabschieden.

»Oh, meine Liebe, meine Liebe«, wiederholte Mrs. Dobbs immer wieder beunruhigt. Und das nach dem Vormittag heute ... Was soll ich denn nur Mr. Hawthorn sagen, wenn er heute abend kommt und Sie nicht da sind?«

»Ich habe ihm eine Nachricht dagelassen«, sagte Claire betont lässig. »Dann ist alles geklärt, Mrs. Dobbs. Wir hatten eine kleine Meinungverschiedenheit, und ich muß ein paar Tage Abstand haben. Ich besuche nur meine Cousine für ein paar Tage und werde bald zurück sein.«

»Nur ein paar Tage?« Mrs. Dobbs sah sofort fröhlicher aus. »Oh, ein Glück, daß es nichts Ernstes zwischen Ihnen und Ihrem Mann ist!«

»Ja«, log Claire schuldbewußt. »So, nun machen Sie sich keine Sorgen, ich bin bald wieder da.«

Claire ging hinaus. Vielleicht hätte sie John wirklich eine Nachricht hinterlassen sollen. Daran hatte sie gar nicht gedacht. Aber sie wußte auch nichts zu schreiben, was sie ihm nicht schon gesagt hatte. Er würde wissen, warum sie ihn verließ. Es war gar nicht nötig, das zu erklären.

John Hawthorn kam am Nachmittag in eine leere Wohnung zurück. Es gab keine Spur von Claire, und ihr bester Mantel fehlte. John lehnte sich an den Türrahmen und blickte mit leeren Augen in das Zimmer, das sie bewohnt hatte. Er hatte fast damit gerechnet, aber es war dennoch ein Schock. Er hatte zu lange damit gewartet, sich wie ein Ehemann zu verhalten. Heute morgen hatte er nicht gewußt, wie er ihr sagen sollte, daß es ihm lieber gewesen wäre, wenn Claires Hände ihn verarztet hätten, nicht Dianes. Er war verwirrt gewesen, besonders nach der leidenschaftlichen Nacht, die er mit seiner Frau verbracht hatte. Außerdem hatte ihr Geständnis, Kenny besucht zu haben, erneut Eifersucht in ihm geweckt.

Mrs. Dobbs steckte den Kopf um die Ecke.

»Da sind Sie!« stieß sie hervor. »Ich weiß, daß Sie einsam sein müssen, wenn Ihre Frau ihre Cousine besucht, deshalb habe ich meine Schwester eingeladen, daß sie mit uns zu Abend ißt. Ich dachte, Sie hätten heute vielleicht gerne ein bißchen Gesellschaft.«

Das hatte sie Mrs. Dobbs also gesagt, daß sie ihre Cousine besuchen wollte. Hatte sie eine Cousine? Sie hatte nie eine erwähnt.

»Hat meine Frau den Zug genommen?« fragte John.

»Ich weiß es nicht, sie hat es nicht gesagt. Aber wenn es weiter weg ist, bestimmt. Ihr Auto steht noch im Schuppen. So, das Essen gibt es zur üblichen Zeit. Möchten Sie vielleicht etwas Besonderes zum Nachtisch? Sie brauchen es nur zu sagen.«

»Danke, Mrs. Dobbs«, erwiderte er höflich. »Aber ich habe gar keinen großen Hunger. Ich muß zum Bahnhof.« Er sagte nicht, daß er dort eine Spur seiner Frau zu finden hoffte.

Fragen am Bahnhof ergaben nichts. Der Fahrkartenverkäufer war krank geworden, und der andere Beamte hatte keine Ahnung, nach welcher jungen Frau sich der Mann mit den dunklen Augen erkundigte. Am nächsten Morgen ging John mit schwerem Herzen zur Bank, einer Lösung nicht näher als in der ganzen, schlaflosen Nacht davor. Wo war Claire nur?

Aus einem Impuls heraus fuhr John an Kennys Laden vorbei, um zu sehen, ob der Mann noch in der Stadt war. Ja, das kleine Wiesel war durch die Scheibe klar zu sehen. Leicht beschämt von seinem Verdacht lehnte John sich zurück. Claire war keine Frau, die mit einem anderen Mann davonrannte, ohne es John zu sagen. Dafür war sie zu ehrlich. Er wünschte nur, sie hätte mit ihm gesprochen, ehe sie wer weiß wohin aufgebrochen war. Sie hatte weder Verwandte noch enge Freunde. John seufzte. Er wollte nicht gerne daran denken, daß Claire ohne Geld und ganz allein in die Welt hinausgefahren war, es sei denn, sie hatte das Haushaltsgeld mitgenommen. Davon könnte sie wenigstens angemessen übernachten.

Der Gedanke beunruhigte ihn so, daß er zu Hause rasch zu dem Topf im Regal ging, in dem sie das Geld aufhob. Er war erleichtert, als er den Topf leer fand – so leer wie die Wohnung. Vor seiner Ehe hatte es ihm nie etwas ausgemacht, allein zu sein. Jetzt entdeckte er, daß es ihn störte. Wohin, fragte er sich unglücklich, war Claire nur gegangen?

Claire kam müde und erschöpft in Savannah an, wo sie sich ein Hotelzimmer nahm. Vorsichtshalber trug sie sich unter ihrem Mädchennamen ein.

»Miss Lang«, las der Portier und warf ihr einen mißtrauischen Blick zu. Gewöhnlich reisten junge Damen ihres Auftretens nicht ohne Begleitung so weit in den Süden. Seine Augen wurden schmal. »Bleiben Sie lange?«

»Ich hoffe nicht. Ich habe Verwandte hier«, sagte Claire und lächelte ihn an. »Ich bin aus Atlanta gekommen, um sie zu besuchen.«

»Ich verstehe. Sie wollen zu …«

Claire sah ihn geradeheraus an. »Für einen Hotelportier wollen Sie recht viel wissen. Würden Sie einen männlichen Gast genauso ausfragen?«

Seine Wangen brannten, und er hustete. »Verzeihen Sie, das ist natürlich Ihre Sache.«

Claire hob das Kinn. »Ich sehe, daß die Suffragetten hier noch Unterstützung brauchen.«

Seine Augen wurden groß – jetzt wußte er, wer sie war, eine dieser Anhängerinnen von Susan B. Anthony und Margaret Sanger, eine dieser modernen Frauen, die sich wie Männer benahmen. Er fand sie alle geschmacklos, aber es hatte keinen Sinn, sich gegen sie zu stellen. Am Ende besetzten sie noch sein Hotel, um gegen die ungerechte Behandlung der Frau zu protestieren.

Er lächelte Claire verbindlich an. »Ich gebe Ihnen Raum 202. Es ist ein sehr hübsches Zimmer mit Blick über die Bucht. Es gibt einen …«, er zögerte, »einen Raum für Damen am Ende des Flurs.«

»Gibt es auch Telefon?« fragte Claire.

Der Portier nickte. »Aber sicher. Sie können jederzeit das Telefon im Büro benutzen.«

»Danke«, erwiderte Claire und folgte ihm die Treppe hinauf.

Sobald Claire allein war, zog sie die Vorhänge auf und blickte über die Bucht. Savannah war eine sehr schöne Stadt. Claire öffnete das Fenster und atmete die frische Seeluft ein. Weiter oben an der Küste Richtung Georgia gab es große Fabriken, die die Luft verpesteten. Aber hier roch die Luft salzig und rein.

Claire dachte an John und wie er sich gefühlt haben mochte, als er in eine leere Wohnung zurückkam. Sie wußte, daß er sich Sorgen machen würde, auch wenn er sie nicht liebte, und das tat ihr leid. Aber sie konnte nicht zurück, es gab zu viele Probleme. Sie brauchte Zeit zum

Nachdenken. Vielleicht brauchte auch er die Zeit, um zu der Entscheidung zu kommen, die er treffen wollte. Wenn er Diane immer noch liebte, würde er Claire aufgeben wollen. Dann trennten sie sich besser, egal, wieviel Klatsch das auslösen würde. Sie hatte jetzt ihre Arbeit und konnte sich gut selber versorgen.

Claire wandte sich ab und ging zu dem einzigen Stuhl. Was sollte sie tun? Das Hotel war nett, aber sie wollte nicht gerne allein hier wohnen.

Claire hoffte, daß Maude sie einladen würde, in ihrem Haus zu wohnen, aber es gab vielleicht Probleme mit Maudes Ehemann. Besser war es, erst einmal ein Zimmer zu nehmen. Aber sie mußte Maude anrufen und ihr sagen, daß sie in der Stadt war.

Der Portier führte sie zum Telefon, wo die Vermittlerin saß. Claire kannte die Nummer nicht, aber sie, und sie warf Claire einen neugierigen Blick zu, während sie auf die Verbindung wartete. »So, ich habe es«, sagte sie dann.

Claire hob den Hörer ab. »Hallo, spreche ich mit Mrs. Maude Hawthorn?« fragte Claire. »Hier ist Claire ...«

»Claire!« rief Maude aus. »Wo sind Sie, meine Liebe? Ist John bei Ihnen? Ist alles in Ordnung?«

»Ihm geht es gut«, sagte Claire schnell. »Ich bin gekommen, um Sie zu besuchen. Ich wohne im Marine Hotel und ...«

»Ein Hotel? Oh, Claire, warum denn das? Ich bin gleich da, um Sie zu holen, keine Widerrede. Ich kann doch nicht zulassen, daß Sie in einem Hotel wohnen! Es dauert nur dreißig Minuten. Ich freue mich so, daß Sie gekommen sind.«

Damit war die Verbindung unterbrochen. Claire lächelte verlegen. Nun, es sah so aus, als würde der Portier nun doch noch erfahren, wer ihre Verwandten waren. Sie dankte der Vermittlerin, nickte dem verwirrten Portier zu und ging wieder auf ihr Zimmer.

Der Mann trug ihre Taschen wieder hinunter, und sie zahlte ihm, was sie schuldig war. Weniger als dreißig Minuten später kam Maude Hawthorn in einem eleganten Kleid und mit einem Federhut ins Hotel. »Meine Liebe!« rief sie voller Wärme und umarmte Claire. »Harrison«, rief sie dann ihren Diener, »tragen Sie doch bitte Claires Taschen in die Kutsche.«

»Ja«, Ma'am«, erwiderte der Diener.

»Harrison gehört praktisch zur Familie«, erklärte Maude. »Er ist schon seit Ewigkeiten bei uns.« Sie warf dem Portier, der sie anstarrte, einen scharfen Blick zu. Rasch wandte er sich seinen Büchern zu. »Kommen Sie, meine Liebe, lassen Sie uns gehen.«

»Ich habe den Portier verärgert«, gestand Claire Maude, als sie draußen waren. »Er war sehr neugierig, deswegen habe ich die Frauenbewegung erwähnt, und da wurde er plötzlich sehr freundlich.«

Maude kicherte. »Die Suffragetten sind hier höchst aktiv. Eines Tages werden wir das Wahlrecht bekommen, Claire, und dann werden wir den Männern zeigen, wie man eine ordentliche Regierung auf die Beine stellt.«

»Ja, das werden wir«, stimmte Claire zu. »Ich hatte schon überlegt, der Abteilung von Atlanta beizutreten, aber ich wollte nichts tun, was Johns Position erschwert hätte.«

»Das ist sehr rücksichtsvoll von Ihnen. Und dumm.« Sie grinste, als Harrison ihnen in die Kutsche half und dann die Tür schloß. »John ist nicht so konventionell, wie Sie glauben. Er wäre sicher entsetzt, wenn er wüßte, daß Sie etwas lassen, nur um ihn nicht in Verlegenheit zu bringen. Glauben Sie mir, Kind, John kann man nicht in Verlegenheit bringen. Er ist mein Sohn.«

»Ich nehme an, Sie haben recht.«

»Warum sind Sie hier, Claire?«

Claire zog eine Grimasse. »Ich wollte einen Tapetenwechsel haben«, murmelte sie ausweichend.

»Und Sie wollen nicht darüber reden. Nun gut. Aber Sie wissen, daß Sie mir immer willkommen sind, Claire – bleiben Sie, solange Sie wollen.«

»Wie nett von Ihnen«, sagte Claire tief empfunden. »Ich möchte Johns Familie so gerne kennenlernen. Danke, daß Sie mir die Gelegenheit geben.«

»Und wir möchten seine Frau kennenlernen. Es waren zwei lange Jahre für mich, Claire … ohne jeden Kontakt zu John. Ich glaube, Clayton empfindet genauso, er ist nur zu stolz und dickköpfig, um das zuzugeben. Ihr Besuch ist vielleicht nützlicher, als wir jetzt denken. Ich hoffe es sehr.«

»Mache ich Ihnen auch keine Probleme?« fragte Claire beunruhigt. »Ihr Mann …«

»Er wird Johns Frau nur zu gerne willkommen heißen«, unterbrach Maude sie zuversichtlich. »Glauben Sie mir, er würde wirklich alles tun, um den Riß zwischen John und ihm zu heilen. Ihren Besuch wird er als Schritt in die richtige Richtung sehen. Warten Sie nur ab!«

Beruhigt lehnte Claire sich zurück.

Minuten später stieg Claire die Stufen zu einem eleganten Haus im Kolonialstil empor. Es war ein Eckhaus in der Stadt am Atlantik und besaß wie die meisten Häuser hier einen Garten mit einer Mauer drumherum. Da es Weihnachtszeit war, zierte ein festlicher Kranz in rosa und blau die Haustür, und Mistelgirlanden schmückten die Halle.

Claire bemerkte den bronzenen Türklopfer in Löwenkopfform, als Harrison die Damen ins Haus führte und ihre Koffer hereinbrachte. Ein Mädchen wartete im Hintergrund, bis Maude sie wegwinkte.

»Fühlen Sie sich ganz zu Hause«, bat Maude und spähte in das Wohnzimmer. »Emily! Du wirst nie erraten, wer hier ist«, rief sie.

Emily kam in die Halle, und ihr Gesicht strahlte auf, als

sie Claire entdeckte. Sie umarmte sie, und dann gingen alle drei Frauen in den Salon, wo sie nach Tee und Keksen klingelten.

»Stell dir nur vor, sie ist in ein Hotel gegangen!«, rief Maude. »Ich habe sie entführt und hierhergebracht.«

»Das ist auch richtig so«, lobte Emily. »Claire, schön, Sie wiederzusehen.«

»Ganz meinerseits!«

»Weiß John, daß Sie hier sind?« fragte Maude, sobald der Tee eingeschenkt war.

»Nein«, mußte Claire zugeben.

Nun, das waren Neuigkeiten. Maude beugte sich vor. »Was ist passiert?«

Claire preßte die Lippen zusammen. »Ich kann nicht darüber reden!« Sie entschied, daß es besser war, den Aufruhr vor der Bank nicht zu erwähnen. Das würde nur alle in Unruhe versetzen. »Es genügt, wenn ich sage, daß er unsere Ehe auf eine harte Probe gestellt hat und daß ich gehen mußte, um in Ruhe über alles nachdenken zu können.«

»Sie denken doch nicht an Scheidung?« fragte Emily verstört.

»Aber nein«, beruhigte sie Claire. »Ich werde doch seinen Ruf nicht mit einem Skandal behaften. Es kann allerdings sein, daß wir getrennt leben, aber ich würde nie etwas tun, um seinen Namen oder den Ihrer Familie ins Gerede zu bringen.«

»Sie sind sehr freundlich, Claire«, sagte Maude herzlich.

»Vielleicht kommt John ja auch eines Tages zur Besinnung«, setzte Claire mit schwachem Lächeln hinzu. »Es könnte ja sein, daß er mich vermißt.«

»Abwesenheit wärmt das Herz«, sagte Emily und lächelte Claire zuversichtlich an.

»Dann habe ich ja noch Hoffnung, Emily. Ich habe den Stoff für Ihr Kleid mitgebracht, weil ich dachte, wenn ich schon herkomme, könnten wir auch gleich eine Anprobe machen.«

Emily war begeistert. »Was für eine wundervolle Überraschung!«

»Sind Sie auch sicher, daß ich nicht störe?« fragte Claire ängstlich.

Maude ergriff ihre Hände. »Meine Liebe, Sie sind uns sehr willkommen. Glauben Sie, wenn nicht, würde ich Ihnen das schon sagen. Dann hätten Sie gar nicht erst das Hotel verlassen.«

Claire war erleichtert. »Danke. Ich hoffe, ich kann Ihre Gastfreundschaft eines Tages erwidern.«

»Das hoffe ich auch«, sagte Maude und dachte an ihren ältesten Sohn.

Die Arbeit an Emilys Kleid würde Claire etwas zu tun geben. Sie war nur froh, daß sie die Kleider für den Gouverneursball schon fertig und abgeliefert hatte.

Claire lernte ihren Gastgeber erst nach dem Abendessen kennen. Colonel Clayton Hawthorn war ein großer, grauhaariger, sehr würdevoller Mann. Claire wurde zu ihm nach oben in sein Schlafzimmer gebracht, das auf die See hinausging. Auf den weißen Kissen wirkte der Mann sehr blaß und müde. Das Fenster war einen Spalt geöffnet und ließ die kalte Dezemberluft herein.

Er trug einen Schnurrbart und musterte Claire aus dunklen Augen.

»Maude, du hast mir gar nicht gesagt, daß wir einen Gast haben«, schalt er seine Frau sanft.

»Nein, Clayton, ich wollte dich nicht wecken«, erwiderte sie lächelnd. »Das ist Claire Hawthorn«, stellte sie dann vor.

Der alte Mann verzog finster das Gesicht. Er sagte nichts, sondern starrte Claire nur an. Sie trat ans Bett und sah auf ihn herunter. »Ich bin mit Ihrem Sohn John verheiratet«, erklärte Claire.

Seine dunklen Augen wurden schmal. »Warum sind Sie hier?«

Claires Kinn zitterte. »Weil er sein Glück, mich geheiratet zu haben, nicht zu schätzen weiß«, erwiderte Claire.

Die Augen des alten Herren begannen zu zwinkern. Er lachte schwach. »So ist das?«

»Ich hoffe, daß meine Abwesenheit ihn zum Nachdenken bringt«, fuhr Claire fort. »Aber ich habe noch einen Grund, hier zu sein. Ich nähe für Ihre Tochter ein Kleid für den Frühlingsball.«

»Sie nähen?« fragte er.

»Sie ist Designerin, mein Lieber«, sprang Maude ein. »Diese Magnolia, über die kürzlich etwas in der Zeitung stand.«

»Was?« rief Claire überrascht.

»Unsere Gesellschaftsseite hat das Kleid beschrieben, das Sie Mrs. Evelyn Paine für den Ball beim Gouverneur genäht haben«, erklärte Maude. »Man war voll des Lobes. Eine Zeichnung war dabei und die Mitteilung, daß die Designerin bald für Macy's in New York arbeiten wird. Stimmt das?«

»Ja, das stimmt«, gab Claire zu und lächelte. »Ein Einkäufer hat mich beauftragt, eine Kollektion für New York zu entwerfen. Ich war sehr froh, daß er so viel von meiner Arbeit hält.« Sie lächelte. »Es ist eine große Anerkennung.«

»Wirklich, das ist es«, stimmte Maude zu. »Weiß John es schon?«

Claires Gesicht wurde ernst. »Ich hatte keine Gelegenheit, ihm davon zu erzählen.« Dann dachte sie daran, was sie von seinem Vater wußte, und es tat ihr leid. Der Mann hatte zwei Jahre lang nicht mit seinem Sohn gesprochen. Er war zerbrechlich und krank, und hier stand sie und machte die Dinge nur noch schlimmer. Sie beschloß, nichts über den Bankaufstand oder Diane zu erzählen.

Claire setzte sich auf einen Stuhl an Clayton Hawthorns Bett. »John hat mir geholfen, als nach dem Tod meines Onkels niemand mehr da war aus meiner Familie. Unsere Hochzeit hat ihn nicht glücklich gemacht, aber er ist ein guter Mann. Er engagiert sich immer für Wohltätigkeitsaufgaben und gibt Darlehen, wo andere es vielleicht nicht täten. Er hat ein weiches Herz.«

Clayton betrachtete seine Schwiegertochter und las die Hoffnungslosigkeit in ihren grauen Augen. Sanft tätschelte er ihr die Hand. »Etwas Verstand muß er haben, wenn er Sie geheiratet hat.« Er lächelte traurig. »Ich bin ein alter Mann, Claire, und ich bedauere einiges von dem, was ich zu meinem Sohn gesagt habe, als meine Zwillingssöhne umkamen. Trauer verändert einen Menschen. Es war bestimmt nicht Johns Schuld. Ich war nur immer verärgert über seinen Entschluß, zum Militär zu gehen. Wenigstens hat er darüber seine Meinung geändert.«

»Er ist ein sehr guter Bankangestellter«, versicherte ihm Claire.

»Er war auch ein sehr guter Offizier«, warf Maude ein und seufzte. »Ich glaube, er war glücklich in der Armee. Wir bekommen heute noch Post von Männern, mit denen er in Kuba war.«

Clayton Hawthorn mußte das zugeben. Er zog eine Grimasse. »Ich wollte, daß er in meine Fußstapfen tritt und die Bank übernimmt. Ich hätte nicht so unnachgiebig sein dürfen. John führt sein eigenes Leben und muß tun, was er für richtig hält.«

»Er würde sich freuen, das von ihnen zu hören«, sagte Claire sanft.

Clayton sah traurig aus. »Es ist nicht einfach, einen Fehler zuzugeben«, gestand er. »Vielleicht kann ich ihm eines

Tages auf halbem Wege entgegenkommen. Aber er schreibt nicht einmal.«

»Weil du es ihm verboten hast«, warf Maude ein. »Und mir hast du auch verboten zu schreiben.«

»Das war ein Fehler«, gab der alte Herr zu. Er sah seine Frau schelmisch an. »Du tust doch sonst nie, was ich sage.«

Maude lächelte. »Du warst krank. Ich hatte nicht das Herz, mich dir zu widersetzen, auch wenn du unrecht hattest.«

»Es geht mir jetzt besser«, sagte Clayton und holte tief Luft. »Die Seeluft tut mir gut. Schreib an John, wenn du willst.« Er wandte den Blick ab. »Du kannst ihn ja zu Weihnachten einladen.«

»Oh, Daddy, du bist großartig«, jubelte Emily und küßte ihn auf die Wange.

»Das wird Jason auch denken«, bestätigte Maude. »John fehlt ihm. Sie sind einander so ähnlich.«

»Aber Jason ist Reeder«, erklärte Emily an Claire gewandt. »Er ist sehr abenteuerlustig.«

»Sie lernen ihn bestimmt bald kennen«, versicherte Maude. »Er wohnt nicht bei uns, kommt aber häufig vorbei. Wir stehen uns alle sehr nahe. Er will bestimmt seine neue Schwägerin kennenlernen.«

»Sieht er aus wie John?« fragte Claire.

Clayton lachte. »Nein, er sieht aus wie ich.«

»Er ist so groß wie John, aber dünner«, beschrieb Emily. »Und er ist blond und hat dunkle Augen.«

»Und dasselbe Temperament«, murmelte Maude.

Clayton funkelte sie an.

»Und denselben wütenden Blick«, setzte sie hinzu.

Ihr Mann grunzte ärgerlich. Doch als Maude die Hand nach ihm ausstreckte, umfaßte er warm ihre Finger. Sie sahen einander auf eine Weise an, wie Claire sich das einmal von John wünschte. Leider würde das wohl nie geschehen.

Jason war ganz anders als sein Bruder. John war schweigsam und verschlossen, Jason offen und unterhaltend. Er schien jede Fischgeschichte zwischen Maine und Florida zu kennen und unterhielt sie alle damit, als sie im Salon saßen. Falls sein Lächeln ein Indiz sein konnte, mochte er Claire auf Anhieb. Auch sie mochte ihn. Er sah John ähnlich, auch wenn er blond war.

»Warum ist John nicht mitgekommen?« fragte Jason. »Es ist an der Zeit, daß wir hier ein paar Wunden heilen.«

»John weiß nicht, wo sie ist«, erklärte Maude weich. »Es hat ... ein Mißverständnis gegeben.«

»Über seine Ex-Verlobte?« wollte Jason angespannt wissen.

Claires Augen wurden groß. »Woher wissen Sie ...?«

»Ich habe sie kennengelernt, als sie verlobt waren«, erwiderte Jason, ohne mehr hinzuzufügen. »Sie haben ihm nicht gesagt, wo Sie hingehen?«

Claire zuckte die Achseln. »Es schien mir sinnlos.«

»Was ist passiert?«

Claire erzählte ihm einiges, ließ aber auch viel weg.

Jason schüttelte den Kopf. »Mein Bruder hat in den zwei Jahren nicht einmal eine Karte geschickt.«

»Und wir ihm auch nicht«, ergänzte Maude scharf. »Clayton war erst so krank, daß ich es nicht gewagt habe, mich ihm zu widersetzen. Jetzt geht es ihm viel besser, aber er will das Bett nicht verlassen. Er liegt einfach nur da, als ob er auf den Tod warten würde. Nicht mal ein Buch liest er mehr.«

»Vielleicht verjüngt ihn ja Claires Anwesenheit«, bemerkte Jason.

»Er wurde recht lebendig, als ich sie ihm vorgestellt habe«, gab Maude zu.

»Es war das erste Mal seit Monaten, daß er wieder ein bißchen Interesse gezeigt hat«, sagte Emily. »Es war schön, Papa wieder lächeln zu sehen.«

»Ich habe eine Nähmaschine in meinem Salon«, wandte sich Maude an Claire. »Sie können sie jederzeit benutzen. Ich hoffe doch, daß Sie eine Weile bleiben? Weihnachten ist schon in gut zwei Wochen.«

»Ich weiß. Ich hatte mich darauf gefreut, mit John zu feiern. Es wäre unser erstes gemeinsames Weihnachten gewesen«, sagte sie traurig. Es brach ihr das Herz, wenn sie an all ihre Pläne dachte. Jetzt würde sie hier feiern, und John … ja, wo? Wahrscheinlich bei den Calversons, dachte Claire bitter. Wo sonst?

»Sie können mit uns feiern«, erklärte Maude. »Wir bekommen Gäste, und vielleicht gibt das ja Clayton wieder etwas Lebensmut. Nehmen Sie die Tage. wie sie kommen, Claire – der Herr wird es schon so richten, wie er es geplant hat.«

»Das werde ich tun«, versprach Claire.

Mit der Zeit paßte Claire sich gut in den Kreis der Hawthorns ein. Sie vermißte natürlich John und fühlte sich schuldig, wenn sie daran dachte, daß er sich sicher Sorgen machte. Aber das war nicht zu ändern.

Um sich zu beschäftigen, brachte Claire immer mal wieder kleine Mahlzeiten zu Clayton und drängte ihn, sie zu essen. Sein Appetit verbesserte sich und damit auch sein Aussehen. Außerdem entdeckte Claire, warum er nicht mehr las.

»Ich kann nichts sehen«, gestand er verlegen. »Ich habe eine Art Film auf den Augen. Leute kann ich erkennen, aber Buchstaben nicht mehr.«

»Und wenn ich Ihnen vorlese?« schlug Claire vor.

Er strahlte auf. »Das würden Sie tun?«

»Aber natürlich.« Claire lächelte. »Sagen Sie mir, was Sie hören wollen.«

Und das tat er. Claire setzte sich zu ihm und las ihm

jeden Nachmittag vor, während der Seewind hereinwehte. Sie bezweifelte, ob die frische Luft so gut war, aber sie schien ihm zu bekommen. Es ging ihm mit jedem Tag besser.

»Waren Sie immer schon bei einer Bank?« fragte Claire ihn eines Tages.

»Nicht immer«, antwortete Clayton. »Als ich jung war, war ich Seemann. Ich liebte die See. Das tue ich heute noch. Jason hat das von mir geerbt. Obwohl er eine Fischfangflotte besitzt, fährt er noch manchmal mit raus.« Er seufzte traurig. »Ich wünschte, ich könnte mit ihm gehen. Ich vermisse die Bootsplanken unter meinen Füßen. Ich habe eine Yacht und vermisse sie so, wie ich Maude vermissen würde, wenn ich sie nicht mehr hätte.«

»Können Sie nicht mit Jason segeln?«

Er überlegte. »Ich weiß nicht. Es geht mir besser, seit Sie hier sind«, und er sah sie amüsiert an. »Vielleicht in ein paar Monaten, wenn es Frühjahr wird. Dann könnte ich es versuchen.«

»Mag John die See?« fragte Claire mit gesenktem Blick.

Er seufzte. »Sie kennen ihn kaum, was, Mädchen?«

Claire sank in sich zusammen. »Nicht wirklich«, gab sie zu. »Wir sprechen nicht von persönlichen Dingen.«

»Ein Jammer. Maude und ich kennen uns seit Kindertagen. Ein Leben lang.« Er zog die Decke enger um sich. »John mag die See, ja«, fuhr er dann fort, »aber nicht genug, um zur Marine zu gehen. Als er jünger war, ist er viel mit mir gesegelt. Er kann mit einem Boot so gut umgehen wie Jason. Aber ich habe es ihm unmöglich gemacht, nach Hause zu kommen. Sie wissen von den Jungen?«

»Ja«, sagte Claire traurig, »und es tut mir sehr leid.«

»Mir auch – zumal ich John die Schuld dafür gegeben habe. Die Jungen wollten unbedingt in den Krieg, und all mein Reden hätte sie nicht davon abgebracht. Ich mußte sie gehen lassen. Ich habe meine Wut an John ausgelassen.«

»Gott hat Pläne mit uns, denen wir nicht immer zustimmen«, erklärte Claire fest. »Er brauchte Ihre Jungen und hat sie zu sich genommen. Wir haben keine Macht über Leben und Tod. Man kann einem Menschen nicht die Schuld am Schicksal geben.«

»Das weiß ich jetzt«, gab er zu. »Aber ich war außer mir vor Trauer. Erst jetzt habe ich meinen Frieden gefunden. und ich will ihn mit meinem Sohn schließen, ehe es zu spät ist.« Clayton sah sie scharf an. »Ist es zu spät, Claire? Spricht er von mir?«

Claire schluckte. »Nie, außer das eine Mal, als er mir erzählt hat, warum er nicht über Sie spricht. Es tut mir leid. Aber«, setzte sie dann hinzu, »wir sprechen ohnehin nie über persönliche Dinge.«

»Ja, ich weiß.« Er schloß für einen Moment die Augen. »Das Leben ist hart, Claire, besonders für uns Alte, wenn wir mit den Jungen nicht mehr Schritt halten können. Bei mir war es noch so, daß Frauen wie Elfen behandelt und verehrt wurden. Heute beklagen sie sich nur noch. Ein Mann weiß kaum noch, wie er sie behandeln soll.« Er zog eine Grimasse. »Und alle diese Neuerungen, Telefon, Maschinen, Autos. Wo soll das noch enden?«

»Den Fortschritt kann man nicht aufhalten«, kommentierte Claire. »Autos sind sehr aufregend. Ich habe eines und kann es auch reparieren. Es gehörte meinem Onkel.«

Clayton setzte sich auf. »Sie können es reparieren? Haben Sie denn keine Angst?«

»Nein«, versicherte Claire.

»Das habe ich ja noch nie gehört. Eine Frau!« Er zuckte zusammen. »Da fange ich wieder so an. Ich werde mich nie an die Veränderungen gewöhnen können. Ich habe im Bürgerkrieg gekämpft, Claire. Ich habe Männer in die Luft fliegen sehen und Kinder verhungern. Aber ich habe auch die

Liebe in einer Familie gesehen. Ich lebe noch in einer Pferd-und-Wagen-Welt, die einer Welt mit Autos und Maschinen Platz machen muß.« Er schüttelte den Kopf. »Ich möchte nicht mehr in einer Welt leben, die mich überholt hat. Selbst meine Ansichten sind altmodisch.«

Claire strich ihm über die Hand. »Mir gefallen Ihre Ansichten gut. Behalten Sie sie nur und lassen Sie die modernen Leute ihre behalten. Es wird immer einen Teil in der Gesellschaft geben, der dem Alten anhängt.«

»Sie geben mir Hoffnung«, sagte Clayton plötzlich.

Claire kicherte. »Das freut mich. Erzählen Sie mir zur Belohnung noch etwas über meinen Mann?«

Er lächelte. »Das werde ich tun. Was wollen Sie wissen?«

»Wie war er als kleiner Junge?«

»Das dauert Tage.«

Claire lehnte sich zurück. »Dann fangen Sie besser sofort an«, sagte sie fröhlich.

Sie erfuhr viel über John von seinem Vater. Über sein Temperament und seine Freundlichkeit. Sie erfuhr, daß er sein Taschengeld einmal einem kleinen Jungen geschenkt hatte, dem Rabauken sein Essen gestohlen hatten. John tat offenbar viel für die Armen, ohne es zu erzählen, und hörte nie weg, wenn jemand Hilfe brauchte. Sie erfuhr, daß er schwimmen konnte, es aber haßte, und daß er ein guter Tennisspieler war.

Claire vermißte John und fragte sich, wie es ihm wohl ging. Sie fragte sich auch, ob ihre Entwürfe nach New York gelangt waren. Sie schickte Kenny ein Telegramm, der sofort antwortete. Alles war angekommen, und er hatte bald das erste Gehalt für sie. Er wollte es überweisen. Claire war erleichtert. Sie würde Geld für sich haben und war nicht mehr von John abhängig.

Unterdessen musterte sie ein Kleid aus, daß sie sich für festliche Anlässe mitgebracht hatte, weil es ihr zu eng geworden war. Maude nahm es mit in die Stadt, wo es in einem Geschäft ausgestellt wurde. Später kam sie mit der Nachricht nach Hause, daß das Kleid so viel Aufmerksamkeit erregt hatte, daß Frauen sich förmlich darum geschlagen hatten. Die Besitzerin wollte noch mehr haben.

»Wenn Sie Arbeit suchen, Claire – hier ist sie«, rief Maude.

»Es kann sein, daß ich das brauche, wenn meine Entwürfe für Macy's sich nicht verkaufen«, bekannte Claire. Sie runzelte die Stirn. »Seltsam, daß das Kleid nicht mehr paßte. Ich muß mehr gegessen haben, als ich dachte. Wenn ich nervös bin, esse ich immer viel.«

»Sie sehen mir aber nicht zu dick aus«, sagte Maude freundlich und lächelte.

Claires Hand ruhte auf ihrem flachen Bauch. Sie hatte eine nagende Sorge wegen ihres Gewichts, die sie aber noch nicht aussprechen wollte. Sie hatte keinen Appetit mehr, und ihr war morgens übel, aber auch das erzählte sie niemandem. Sie wollte gar nicht darüber nachdenken, entschied sie, erst, wenn es unvermeidbar war.

13

John hatte das Gefühl, daß sein Leben stetig bergab ging. Er vermißte Claire. Er machte sich Sorgen um sie. Und er machte sich Sorgen um die Bank.

Nach Claires Abreise hielten sich hartnäckig Gerüchte, daß mit der Bank etwas nicht stimmte. Eli Calverson hatte sich an dem Tag nach dem Aufstand morgens nur kurz sehen lassen und war dann sofort wieder mit der Ausrede verschwunden, er fühlte sich nicht wohl. Er sah auch nicht gut aus – blaß und besorgt, was Johns schlimme Vorahnungen nur verstärkte.

John hatte bereits entschieden, daß er mit Dawes, dem Hauptbuchhalter, sprechen würde, und ging sofort zu ihm. Der kleine Mann war sehr nervös, und schon Johns Anwesenheit schien ihn in Angst zu versetzen.

»Ich versichere Ihnen, Mr. Hawthorn, daß Mr. Calverson die Bücher streng überprüft, und er hat nichts zu mir gesagt«, beteuerte Dawes. Er war rot und räusperte sich. »Ich schlage vor, daß Sie Probleme mit Mr. Calverson besprechen, nicht mit mir.«

»Das werde ich, Mr. Dawes«, versicherte John, »aber Sie wissen, daß bei einer Anhörung Ihr Name der erste wäre, auf den bei Mißverhältnissen ein Verdacht fiele. Nicht Mr. Calverson wird es sein, der sich vor einer Jury verantworten müßte.«

Dawes Augen wurden groß hinter seiner Brille. »Also, wie können Sie so etwas sagen!« empörte er sich und warf fast sein Tintenfaß um. »Wie können Sie es wagen, so mit mir zu sprechen!«

John hob die Brauen. »Ich habe die Absicht, das noch fortzusetzen, Mr. Dawes«, entgegnete er ruhig. »Wenn ich Sie wäre«, setzte er dann mit schmalen Augen hinzu, »würde ich sehr gründlich darüber nachdenken, wie ich mit den Behörden kooperieren könnte.«

»Welchen ... Behörden?«

»Die Pinkertons, zum Beispiel.«

Den kleine Mann folgte John bis in die Halle der Bank und redete in dringlichem Flüstern auf ihn ein. Bei seinem Büro drehte John sich zu ihm um. »Wenn Sie etwas zu sagen haben, ist das jetzt Ihre letzte Chance!«

Dawes nagte an seiner Unterlippe, bis er Blut schmeckte. Für einen Bankangestellten war Mr. Hawthorn erstaunlich autoritär. Er meinte, was er sagte. Jetzt, wo Calverson weg war, blieb nur der Buchhalter, um die Schuld zugewiesen zu bekommen.

»Calverson ... hat ein paar Abhebungen getätigt ... und dann die Eintrage gefälscht«, flüsterte Dawes. »Er hat gedroht ... hat mich bedroht, wenn ich nicht mitarbeite. Es hatte etwas damit zu tun, warum er die Bank so schnell mit Whitfields Investmentfirma vereinen will. Warum genau, weiß ich nicht. Er hat mir nicht genug vertraut, um es mir zu sagen.«

John hatte in der Armee schon erlebt, daß Männer erpreßt wurden. Dawes sah aus wie ein Mann mit schwarzen Geheimnissen. Die Drohung, jene ans Tageslicht zu zerren, hatte schon ganz andere Männer zu Komplizen bei einem Verbrechen gemacht.

»Wenn es soweit ist, werde ich für Sie tun, was ich kann. Wenn Sie zur Zusammenarbeit bereit sind«, ergänzte John bedeutungsvoll.

Dawes stieß den angehaltenen Atem aus. »Ich werde alles tun, was Sie wollen, Mr. Hawthorn.«

John nickte. »Gehen Sie jetzt erst mal zurück an die Arbeit.«

»Ja, Sir.«

Dawes verschwand, und John stand mit den Händen in den Taschen da und dachte nach. Er hatte den Präsidenten der Bank nicht wieder gesehen, seit er um Punkt neun die Türen der Bank geöffnet hatte.

John ging zu Elis Büro, wo sein Sekretär Henderson gerade die Post sortierte.

»Ist Eli heute gekommen?«

Henderson blinzelte. »Nein, Sir, er ist gleich wieder nach Hause gegangen, nachdem er aufgeschlossen hatte. Erinnern Sie sich? Ich glaube, er fühlte sich nicht wohl.«

»Ja, er sagte so was. Ich denke, ich gehe mal zu ihm und sehe nach«, sagte John, um kein Mißtrauen zu erregen. »Ich bin gleich wieder zurück.«

»Ja, Sir.«

John holte Mantel, Hut und Stock, trat in die kalte Luft hinaus und hielt eine Kutsche an. Auf dem Weg zu Calversons Haus dachte er über Whitfield und den Zusammenschluß nach. Eli war ihm gegenüber nicht ehrlich gewesen. Irgend etwas ging vor, und er wollte wissen, was.

Wenn er nur wüßte, wo Claire war. Niemand hatte von ihr gehört oder sie gesehen, seit sie in den Zug gestiegen war. Er hatte sogar Evelyn Paine besucht, aber sie war genauso beunruhigt wie er – und wußte genauso wenig über Claires Verbleib.

Als er zum Haus der Calversons kam, dachte John noch immer über Claire nach. Er klopfte und wartete, daß das Mädchen ihm öffnete.

»Ich möchte zu Eli Calverson«, erklärte er.

»Mr. Calverson ist … nicht zu sprechen, Sir. Soll ich Mrs. Calverson herunterbitten?«

Er war überrascht. »Ja, bitte.«

John wartete, bis Diane erschien. Ihre Augen waren rot,

aber als sie ihn sah, zwang sie sich zu einem breiten Lächeln. »John! Wie schön, dich zu sehen.« Sie ergriff seine Hände und zog ihn mit sich. »Komm in den Salon.« Sie ging voraus und schloß dann die Tür hinter ihnen. »Ich bin so froh, daß du gekommen bist«, sagte sie beunruhigt. »Ich bin so aufgeregt, ich weiß nicht, was ich machen soll.« Sie zog ein Taschentuch hervor und tupfte sich die Augen. »Oh, John, es ist alles so ein Durcheinander.«

John hatte sie noch nie so aufgewühlt erlebt. »Was ist los?«

»Eli ist ... sehr krank«, sagte sie. »Der Arzt war gerade da. Er ist in ... wie sagt man? Quarantäne, ja?« Sie tupfte wieder an ihren Augen und sah John über den Rand des Taschentuchs mit schwach verhohlener Berechnung an. »Er ist sehr krank und wird bestimmt die ganze Woche nicht zur Arbeit kommen können.«

»Diane, weißt du etwas über außergesetzliche Vorgänge in der Bank?« fragte John.

»Was? Natürlich nicht, John«, antwortete Diane mit großen Augen. »Ich weiß natürlich von dem Aufstand, weil ich ja dabei war. Eli war außer sich.« Sie machte eine fahrige Geste. »Deshalb ist er auch krank geworden, weil er sich so über die dummen Anschuldigungen dieser Investoren aufgeregt hat. Als würde jemand Geld aus der Bank stehlen! Allein die Idee! Du würdest doch nicht glauben, daß Eli Geld von der Bank stehlen würde, John?«

Du kleine Intrigantin, dachte John. Etwas war im Gange – und Diane steckte bis zu ihrem hübschen Hals mit drin. Sie konnte nichts von den Anschuldigungen des Buchhalters wissen, ein Glück. Und er würde sicherstellen, daß sie auch nichts davon erfuhr. Was Eli auch gemacht hatte, er würde nicht damit davonkommen und John die Scherben auflesen lassen.

Diane trat nahe an ihn heran und lächelte süß. »Ich habe

dich so vermißt, John«, sagte sie. »Ich hätte ihn nie heiraten dürfen.«

Wie süß sie klang, aber sie sah nervös aus. Und ängstlich.

»Willst du nicht ein bißchen bleiben?« fragte sie und knetete ihr Taschentuch in den Händen. »Ich bin so einsam und verstört – und wir hatten so lange keine Gelegenheit, uns in Ruhe zu unterhalten. Ich muß unbedingt mit dir reden, John.«

Früher einmal hätte ihre Nähe ihn vor Verlangen verrückt gemacht. Jetzt ärgerte sie ihn nur.

Diane hob ihr Gesicht zu ihm auf. »Claire hat dich verlassen, nicht wahr, John? Die ganze Stadt weiß es. Jetzt kannst du dich von ihr scheiden lassen und mich haben. Du kannst dich mit deiner Familie aussöhnen und dein Erbe haben. Davon können wir sehr gut ...«

»Und dein kranker Ehemann?«

Diane zögerte. »Ich kann jetzt nicht an ihn denken. Du willst mich immer noch, nicht wahr, John? Liebling, denk doch nur daran, wie schön es war, als wir verlobt waren.« Fast verzweifelt drängte sie ihren Körper an seinen. »Wir müssen uns wieder treffen, vielleicht bei meiner Schwester, und zwar bald. Wir müssen natürlich sehr diskret vorgehen, aber wir müssen rasch entscheiden. Ehe Eli ... äh ... das heißt, ehe Eli sich wieder ganz erholt hat.«

Wie würde John es hassen, mit einer Frau verheiratet zu sein, die keine Skrupel hatte, einem kranken Ehemann wegzulaufen – falls Eli wirklich krank war, was er sehr bezweifelte.

Ihre Pläne waren verrückt, und er wollte nicht daran teilhaben. Sie tat ihm leid, weil Eli Calverson zweifellos der Hinterziehung überführt werden würde und ins Gefängnis müßte. Sie würde alles verlieren. Aber im Moment war es am wichtigsten herauszufinden, wieviel Geld Eli unterschlagen hatte, um es der Bank zurückzuführen. Es machte John krank, daran zu denken, wie viele Leute der Bank all ihre Ersparnisse anvertraut hatten und jetzt mit leeren Händen dastanden.

Eli mußte schon lange Geld beiseite geschafft haben. Whitfield wußte wahrscheinlich nichts davon, aber kannte er Elis Pläne? Das war ein beunruhigender Gedanke, vor allem, wenn es ein Minus gab, das Calverson mit Whitfields Geld decken wollte.

»Ich muß wirklich mit Eli sprechen«, sagte John. »Geht das nicht durch die Tür?«

Diane errötete und tupfte sich den Schweiß ab. »Das wäre … unklug. Der Arzt hat gesagt, daß niemand zu ihm soll … der ihn sprechen will. Du mußt jetzt gehen.«

»Nun gut«, sagte John und streifte ihre Hände ab, als sie sich an ihn klammerte, »dann komme ich wieder, wenn er wieder kräftiger ist.«

Sie lächelte nervös. »Ja, gut, das ist das beste.« Sie biß sich auf die Lippe. »Ja, das ist es«, sagte sie leise, als wenn sie zu sich selber spräche. Sie sah ihn an. »Ich schicke dir eine Nachricht, wie wir uns treffen können. Du kommst doch, John?«

»Bestimmt.« Er spielte mit, um sie so lange unter Kontrolle zu haben, bis Eli wieder ansprechbar war. Aber er hatte kein Interesse mehr daran, ihre alte Beziehung fortzuführen. Jetzt dachte er nur noch an Claire. Wenn er Diane ansah, fragte er sich, warum er nur so besessen von ihr gewesen war. Sie war schön, aber Claire war ihr in vielerlei Hinsicht überlegen. Besonders, was Freundlichkeit und Liebe anging. Diane dachte nur ans Geld, egal, wer es hatte. Warum hatte er das nicht früher erkannt? Oder war sie für ihn nur begehrenswert gewesen, weil er sie nicht hatte bekommen können?

Er verwarf den Gedanken. Er dachte an Calverson und wie er ihn an einer Flucht hindern könnte. Wenn er doch nur die Treppe hoch käme, um selber nach Eli zu sehen.

Aber er wagte es nicht, um Eli nicht zu einer voreiligen Flucht zu bewegen.

John ging von dort aus direkt zur Polizei. Dort erzählte er einem Inspektor alles, was er wußte, bat ihn um äußerste Diskretion und ermutigte ihn, die Detektei Pinkerton einzuschalten.

»Wie das Schicksal so spielt, ist eine Gruppe von ihnen an diesem Wochenende in der Stadt zu einer Versammlung«, sagte der Beamte. »Das sind gute Leute, die Ihnen da helfen können. Sind Sie auch sicher, daß das stimmt, was Sie mir da erzählt haben, Mr. Hawthorn?«

John nickte mit grimmigem Gesicht. »Ganz sicher. Aber ich glaube nicht, daß der Buchhalter aussagen wird, ehe nicht das Geld gefunden und der Verantwortliche verhaftet worden ist. Er hat Angst.«

»Wir werden daran denken, Sir. Danke, daß Sie gekommen sind. Wir werden uns melden. Und Sie hoffentlich auch, falls Sie neue Informationen für uns haben.«

»Bestimmt«, versprach John. Er machte ein besorgtes Gesicht, als er die Wache verließ. Er war nicht ganz sicher, daß Geld hinterzogen worden war. Nur die Aussage des Buchhalters sprach dafür – und Elis seltsames Verhalten, natürlich. Die Bücher mußten von Sachverständigen geprüft werden, um einen Betrug wirklich nachweisen zu können. Eli Calverson würde in der Zwischenzeit sicher zu fliehen versuchen. Und wenn das geschah, wer wurde dann wohl beschuldigt!

Die nächste Woche war ein Alptraum, in dem John ständig erschrockene Anleger besänftigen, den Buchhalter im Auge behalten und Diane unter Kontrolle haben mußte. Er nutzte den Vorwand, sich nach Elis Gesundheit zu erkundigen, um jeden Tag ein paar Minuten lang vorbeizuschauen. Diane genoß seine Besuche, weil sie glaubte, ihn gefesselt zu haben. John suchte aufmerksam nach Zeichen von Eli – und fand keine.

Dabei dachte er immer wieder an Claire und sorgte sich um sie. Sie konnte überall sein. Was, wenn ihr etwas zustieß? Er würde es nicht einmal erfahren. Er war wütend, daß sie ihn in dem Moment verlassen hatte, als sein Leben wie ein Kartenhaus zusammenbrach. Sie glaubte, daß er Diane liebte, aber das tat er nicht. Er wollte nur Claire zurückhaben, von ganzem Herzen.

Gegen Ende der Woche schienen die Dinge besser zu laufen. Die Pinkerton-Leute kamen einen Tag eher in die Stadt, und einer stellte sich als alter Freund von John heraus, Matt Davis. Der Mann war eindeutig ein Sioux, und die Leute, die noch nie einen Indianer gesehen hatten, fanden ihn recht unheimlich und faszinierend. Das amüsierte John, der Matts Hintergrund kannte.

John lud Matt am ersten Abend zum Essen ein und erzählte ihm alles.

»Überlaß das nur mir«, beruhigte ihn Matt. »Das habe ich in fünf Minuten aus deinem Buchhalter rausbekommen?«

John hob die Brauen. »Du trägst doch wohl nicht mehr dein Bowie-Messer?«

Matt grinste. »Das brauche ich nicht. Ich habe in den vergangenen zehn Jahren eine Menge gelernt. Du wärest überrascht, wie leicht ich an Informationen komme.«

»Ohne Zweifel.«

Matt nahm einen Schluck Sherry. »Du trägst einen Ehering«, bemerkte er.

»Ja, ich bin seit gut zwei Monaten verheiratet, und meine Frau hat mich bereits verlassen«, erklärte er trocken.

»Ist das ein Witz?«

»Leider nicht.« John seufzte. »Claire ist weg. Ich habe sie mit meinen Aufmerksamkeiten gegenüber meiner Ex-Verlobten sehr verletzt. Ich habe Schuld, und sie ist weggelaufen. Ich kann ihr keinen Vorwurf daraus machen. Nun kann ich nicht herausfinden, wo sie ist.« John sah auf. »Wenn du mit Dawes fertig bist, kannst du meinen Fall übernehmen und meine Frau für mich finden.«

Matt nickte gedankenversunken. »Hat sie Freunde in der Stadt?«

»Hunderte«, erwiderte John. Seine dunklen Augen wurden noch dunkler. »Inklusive eines Ladenbesitzers namens Kenny Blake ... mit dem sie in letzter Zeit viel Zeit verbracht hat.«

Matt setzte sein Glas ab. »Interessant«, sagte er unbeteiligt.

»Weißt du, sie hatte allen Grund, mich zu verlassen. Ich habe sie nicht gut behandelt.«

»Aber du willst sie zurück?«

John war überrascht, nicht über die Frage, sondern über seine spontane Antwort. »Von ganzem Herzen.«

»Gut. Aber erst das andere. Ich bin geschäftlich hier und muß bei der Konferenz einen Vortrag halten. Aber ich werde mit deinem Buchhalter sprechen. Keine Sorge, ich bringe die Sache ins Laufen.«

»Wie bescheiden.«

»Schön, daß du es merkst.«

Matt machte das Wichtigste zuerst. Er ging zu Kenny Blakes Geschäft, um sich eine Weste zu kaufen. Claire hatte einen schlechten Geschmack, entschied er, wenn sie diesen kleinen Dandy John vorzog.

»Kann ich etwas für Sie tun?« fragte Blake und näherte sich vorsichtig dem großen, kräftigen Mann, der trotz seiner teuren Kleidung etwas Wildes an sich hatte.

Matt wollte Kenny einschüchtern und sah, ohne zu lächeln, auf ihn hinab, ehe er antwortete: »Ich gehöre zur

Pinkerton-Detektei. Ich glaube, Sie kennen eine Frau namens Claire Hawthorn?«

Kenny wurde blaß. Er schluckte. »Ja, Sir.«

»Sie wird vermißt. Ich suche nach ihr, ehe wir daraus einen Mordfall machen.« Er sah Kenny an, als wenn der sie umgebracht hätte.

»Es geht ihr gut«, verriet Kenny sofort. »Sie ist in Savannah.« Claire hatte sich inzwischen bei ihm gemeldet und ihm ihren Aufenthaltsort verraten.

»Savannah?«

»Ja, bei den Hawthorns. Aber ihr Mann soll es nicht wissen. Sie möchte es nicht.«

»Haben Sie eine Affäre mit ihr?« fragte Matt geradeheraus.

»Nein! Was fällt Ihnen ein!«

»Sie sind mit ihr gesehen worden.«

»Ja, geschäftlich!« Kenny war entrüstet. »Sie hat gerade mit Macy's in New York einen Vertrag über Entwürfe abgeschlossen. Ihr Mann weiß nicht, daß sie ein eigenes Einkommen hat. Sie entwirft unter dem Namen Magnolia. Hier ist sie schon sehr bekannt.«

Matt starrte ihn an.

»Ich schwöre, es ist rein geschäftlich. Warten Sie!« Er eilte in sein Büro und überließ es Matt, ihm zu folgen. Kennys Sekretärin sah überrascht auf und konnte dann den Blick nicht abwenden. Matt Davis war ein gutaussehender Mann, auch wenn seine Nase zu groß war. Er war Indianer. Sie hatte noch nie einen gesehen, außer auf einer Münze. Er faszinierte sie.

Matt sah ihren Blick und starrte sie kalt an. Sie schluckte, strich sich über die Haare und arbeitete weiter. Matt grinste verstohlen.

Kenny kam zurück. »Ja, hier ist es. Eine Zeichnung paßte nicht ins Paket, ich habe sie für sie aufgehoben.« Er präsentierte sie Matt, der sich mit guter Kleidung auskannte. Er nickte, als er das elegante Kleid betrachtete. »Sie ist sehr gut.«

»Nicht wahr?« Kenny strahlte. »Ich kenne sie schon seit Jahren, seit sie zu ihrem Onkel kam. Sie ist ein süßes, freundliches Mädchen. Viel zu gut für ihren Mann – der rennt mit einer verheirateten Frau herum.«

Matt hob die Brauen. »Verheiratete Frau?«

»Diese Mrs. Calverson. Ihr Mann ist Präsident der Bank. Sie und John waren früher verlobt. Einige denken, daß sie immer noch weitermachen. Es heißt, daß Mr. Calverson jetzt sehr krank sei, ans Bett gefesselt und in Quarantäne. Er bleibt sicher noch eine Weile zu Hause. Ein Jammer, daß Claire weggegangen ist.«

»Ja.« Matt reichte ihm den Entwurf. »Danke für Ihre Mitarbeit.«

»Sagen Sie Ihrem Mann nicht, wo sie ist«, bat Kenny besorgt. »Sie braucht nur ein bißchen Zeit, bis sie weiß, was sie tun will. Vielleicht schätzt er sie dann mehr. Sie liebt ihn so. Er hat sie fast zerbrochen, als er sie ignorierte und immer nur Augen für Mrs. Calverson hatte.«

Matt hatte mehr erfahren, als er wollte. Und er wußte mehr über Johns Ehe als zuvor. »Ich werde ihm nicht sagen, wo sie ist, es sei denn, ich muß.«

»Danke. Wenn ich verspreche, nichts zu verraten, halte ich gerne mein Wort.«

Matt sah den Mann jetzt mit anderen Augen. »Ich auch.«

»Kann ich Ihnen sonst noch helfen?«

Matt lächelte. »Das können Sie tatsächlich. Ich suche eine neue Weste.«

Kenny grinste. »Ich habe da etwas aus Seide aus New York. Ich zeige sie Ihnen.«

Am nächsten Morgen stattete Matt sehr früh Mr. Dawes in der Bank einen Besuch ab. Er brauchte weniger als zwei Minuten, um alle Informationen aus dem kleinen Mann herauszubekommen und ihn zur nächsten Wache zu schleppen, wo er alles zu Protokoll gab.

Dawes verriet Eli Calverson sofort, um sich selber zu retten. Zwei Polizisten wurden mit dem Befehl zum Haus der Calversons geschickt, den Mann zu verhaften, egal, wie krank er wäre. Aber zu ihrer Überraschung fanden sie sein Zimmer leer, nachdem sie sich mit einem Dokument Zugang verschafft hatten.

»Was? Der Arzt hat gesagt, er wäre zu krank, um bewegt zu werden«, rief Diane theatralisch, als sie im leeren Zimmer stand. »Wo kann er denn nur hingegangen sein?« setzte sie hinzu.

»Vielleicht ist er gestorben und abgeholt worden, ohne daß Sie es gemerkt haben«, bemerkte ein Polizist sarkastisch.

Diane funkelte ihn wütend an. »Ich decke meinen Mann nicht! Er hat gesagt, daß ich wegen der Ansteckung nicht hereinkommen soll! Das hier gab er mir, falls ihm etwas passiert. Für die Polizei.« Sie zog einen versiegelten Umschlag aus der Tasche und sah den Wachmann aus blauen Augen arglos an. »Ich weiß nicht, was darinsteht.«

Aber sicher, dachte der Polizist, sagte aber nichts. Er öffnete den Brief, überflog ihn und preßte die Lippen zu einer dünnen Linie zusammen. Dann drehte er sich um und rief den anderen Polizisten zu sich. Sie verabschiedeten sich von Diane und gingen. Der Brief beschuldigte John, große Summen hinterzogen zu haben. Seine Frau Diane habe nichts mit der Sache zu tun und wisse nichts von seinen Plänen, deswegen sollten sie sie nicht verhören. Sobald John verhaftet sei, werde er Kontakt zur Polizei aufnehmen. Der Buchhalter könne seine Geschichte bezeugen. John versuche auch, ihm seine Frau zu stehlen. »Hawthorn wußte, daß er viel Geld braucht, um sie zu halten – das hat er gestohlen.« Dawes, schrieb Eli, würde nicht gegen John aussagen, weil der sein Geheimnis kenne – üble Sexualpraktiken –, die er zu verraten gedroht hätte. Er, Eli, werde sich zurückziehen, bis John verhaftet sei. Denn er fürchte um sein Leben.

Der Brief mit Unterschrift seines Sekretärs war für die Polizei Beweis genug, John zu verhaften.

John war wütend, als er in Handschellen aus der Bank gebracht wurde. Er leugnete heftig jedes Wissen um den Verbleib des Geldes, aber Calversons Geschichte klang sehr glaubwürdig. Er hatte den Brief an die Zeitungen geschickt, die ihn im Falle von Johns Arrest veröffentlichen sollten. Am nächsten Morgen brachten alle Zeitungen in Atlanta die Geschichte von dem jungen Vizepräsidenten der Peachtree City Bank, der große Summen hinterzogen haben sollte.

John saß in hilfloser Wut in einer Zelle im Stadtgefängnis. Seine Frau war weg und er der Hauptverdächtige in einem Betrugsprozeß. Wenn ihm sein Leben vorher schon hoffnungslos vorgekommen war, was war es jetzt?

Eli Calverson war wie versprochen wieder zum Vorschein gekommen, vollkommen gesundet von seiner ›Krankheit‹, sobald er erfahren hatte, daß John sicher hinter Gittern saß. Er gab eine Pressekonferenz, bei der er von der gewalttätigen Einschüchterung durch seinen skrupellosen Vizepräsidenten erzählte, während seine schöne Frau den Männern um den Bart ging. Alle glaubten ihm, nur ein abgebrühter Reporter nicht, der laut nach dem Buchhalter Dawes fragte.

»Oh, er versteckt sich auch«, antwortete Calverson schnell. »Aber ich weiß, wo er ist, und er wird seine Aussage machen, wenn die Zeit gekommen ist. Das habe ich auch der Polizei gesagt.«

»Gab es nicht vor ein paar Jahren schon einmal den Verdacht der Hinterziehung gegen Sie?« fragte der Reporter beharrlich weiter.

»Ich bin zu angeschlagen, um jetzt noch weitere Fragen zu beantworten«, erwiderte Eli und gab vor, einen Schwächeanfall zu haben. »Ich war sehr krank. Ich danke Ihnen, daß Sie gekommen sind. Diese Geschichte ist sicher wichtig. Investoren müssen vor solchen Betrügern geschützt werden. Wenn ich denke, daß er mein Schützling und Freund war!«

Die Reporter glaubten ihm alles und sahen den Kollegen wütend an, der mit seinen harten Fragen Mrs. Calverson zum Weinen gebracht hatte. Als sie gegangen waren, starrte Calverson seine Frau hart an.

»Das hast du sehr gut gemacht, meine Liebe«, sagte er mit berechneter Grausamkeit in der Stimme. »Mach so weiter, dann hast du nichts zu befürchten.«

Diane war sehr blaß. »Ich will nicht ...«

Er packte sie am Arm. »Aber du wirst«, sagte er und verdrehte ihr den Arm, bis sie aufschrie. »Das ist genauso deine Schuld wie meine. Du mit deinen nie endenden Forderungen nach Schmuck und hübschen Kleidern. Jetzt zahlst du auch den Preis mit mir, verstanden?«

Sie hustete. »Ja, Eli, natürlich. Ich tue alles, was du willst.«

Er blitzte sie wütend an und gab sie frei. Sie tat, was er ihr sagte, oder sie würde die Folgen tragen müssen. Er dachte nur noch an Flucht. Er mußte fliehen, solange alle sich auf John konzentrierten. Er genoß die Rache an dem Mann, der versucht hatte, ihn zum Hahnrei zu machen – vor allem, wenn er an das Geld dachte, das er beiseite geschafft hatte. Jetzt mußte er nur noch nach Charleston kommen und ein Schiff nach Westindien nehmen. Dort konnte er leben wie ein König. Bis dahin würde er Diane als Ablenkung benutzen. Danach ... nun, ein reicher Mann konnte jede Frau haben, die er wollte. Dianes Kälte stieß ihn ab. Er würde sie fallenlassen und sich eine schöne Frau mit weichem Herzen suchen. Sollte Diane doch zu Hawthorn zurückgehen, seinen Segen hatte sie. Sollte der Narr sie haben!

John saß allein in seiner Zelle und fragte sich, ob Claire wohl je an ihn dachte. Sie glaubte sicher immer noch, daß er Diane liebte. Was für ein Witz. Diane zog sicher mit Eli an einem Strang. Ein Jammer, daß er so verblendet gewesen war, daß er nicht erkannt hatte, wozu Eli ihn eingestellt hatte. Der alte Mann hatte das sicher seit Jahren geplant, sich immer wieder Geld genommen und Dawes das Ganze decken lassen. Wenn er nicht gleich gelyncht wurde, würden Calversons Aussagen und Dawes Abwesenheit sicher zu seiner Verurteilung führen. Seine Zukunft sah düster aus – und er besaß auf der ganzen Welt keinen Freund, der ihn retten wurde. Nicht mal seine Frau würde zu ihm kommen, denn egal, wo sie war, sie würde von seinem Unglück erfahren.

Es war unvermeidlich, daß auch die Zeitungen in Savannah über den Vizepräsidenten und seine Verhaftung berichteten. Aber Claire erfuhr von Johns Festnahme nicht aus der Zeitung, sondern durch ein Telegramm von Kenny Blake.

»Dein Mann wegen Hinterziehung verhaftet und in großer Gefahr. Komm sofort, Kenny«, lautete der Text.

»Oh, Himmel«, rief Claire aus und sank in ihren Stuhl zurück.

Maude und Emily eilten an ihre Seite. Maude las das

Telegramm, ohne auch nur einen Gedanken an Höflichkeit zu verschwenden. »Es steht sicher in der Zeitung«, sagte sie und eilte zur Tür, um die Zeitung zu holen. »Ja, hier steht es«, rief sie mit zitternder Stimme. »Oh, Claire, hier steht, er hätte Tausende unterschlagen und solle gelyncht werden.«

»Aber das ist doch lächerlich. John ist der ehrlichste Mann, den ich kenne. Er würde nie stehlen.«

Maude sah die junge Frau liebevoll an. »Ich weiß, und ich freue mich, daß du auch so denkst. Aber was sollen wir tun, Claire? Wenn Clayton das erfährt, bringt der Schock ihn um.«

»Das glaube ich nicht«, erwiderte Claire. »Ich glaube, es wird ihn so herausfordern, daß er wieder aufsteht.«

»Das ist ein großes Wagnis«, wandte Maude ein.

»Ja, aber denken Sie an die Belohnung, wenn es gelingt.«

Und die Tragödie, wenn nicht, dachte Maude, sagte aber nichts. Sie sah Claire lange an.

»Na, gut. Aber wir müssen sanft vorgehen.«

Sie zeigten dem alten Mann die Zeitungen, von denen er kaum die Schlagzeilen lesen konnte.

»Zum Teufel noch mal ...« Dann bat er die Damen um Entschuldigung. »Wenn ich den Schuft in die Finger bekomme, der meinem Sohn das angehängt hat, dann schlage ich ihn blutig.«

»John sitzt im Gefängnis«, sagte Maude. »Was sollen wir tun?«

»Das regele ich«, murmelte er und stieg aus dem Bett. »Ich werde mich selber darum kümmern. Maude, laß den Wagen vorfahren. Ich will einen Anwalt besorgen und mit dem nächsten Zug nach Atlanta fahren.«

»Glaubst du, daß du das schaffst, Clayton?« fragte Maude vorsichtig.

»Siehst du das nicht?«

Sie lächelte. »Doch, mein Lieber, ich denke schon. Ich werde tun, was du sagst.«

Claire wollte auch mit, und Maude wollte nicht zurückbleiben, wenn ihr Mann eine so weite Reise unternahm, so daß Emily in Jasons Obhut als einzige in Savannah blieb.

Der Anwalt, Harland Dennison, ein dünner Mann aus der Stadt, war der Reise nicht abgeneigt, und so brachen sie mit nur wenig Gepäck auf.

Vor dem Gefängnis in Atlanta war eine kleine Menge versammelt, die mit Plakaten John beschimpfte. Clayton drängte sich wütend hindurch und führte Maude und Claire in das Gebäude.

»Schicken Sie uns den Dieb raus, und wir hängen ihn auf«, rief ein Mann ärgerlich. Maude und Clayton gingen weiter, aber Claire blieb stehen und musterte den Mann. »Mein Mann würde auch dann nicht stehlen, wenn er vor dem Verhungern stünde«, verkündete sie. »Jeder, der ihn kennt, wüßte das. Wenn er der Schuldige wäre, warum ist er dann nicht weggerannt?«

Stimmengemurmel antwortete ihr. Daran hatte noch keiner gedacht.

»Würde ein Mann, der so viel Geld gestohlen hat, hierbleiben?« rief Claire noch einmal. »Würde ein Schuldiger warten, daß man ihn lyncht? Wenn Mr. Calverson, der meinen Mann beschuldigt, so unschuldig ist, warum versteckt er sich dann noch immer in seinem Haus? In der Zeitung steht, daß er nicht einmal zu seiner eigenen Bank geht. Er macht seine faulen Anschuldigungen aus dem Hinterhalt! Ist das tapfer? Und wo war er beim Aufstand vor der Bank, als mein Mann gezwungen war, dem Mob entgegenzutreten? Hat Mr. Calverson das riskiert? Oh, nein. Nur mein Mann hatte den Mut, der wütenden Menge gegenüberzutreten. Ist Mut typisch für einen Dieb?«

Es gab noch mehr Gemurmel

Claire hob stolz den Kopf. »Mein Mann ist zu Unrecht angeklagt. Wenn Sie ein paar Tage Geduld haben, werde ich es Ihnen beweisen.«

Es gab ein paar Rufe, und schließlich meldete sich ein Mann ganz vorne zu Wort. »Ich denke, wir können nicht noch mehr Geld verlieren, wenn wir warten«, sagte er.

»Er wäre vielleicht wirklich geflohen, wenn er schuldig wäre«, setzte ein zweiter hinzu. »Er ist nie weggerannt.«

»In unserem Land gilt ein Mann so lange als unschuldig, bis das Gegenteil bewiesen ist«, fuhr Claire fort. »Mein Mann wird rehabilitiert werden, und Ihr Geld wird man wiederfinden, das verspreche ich!«

Ein Mann trat vor. »Nun gut, wir warten«, gestand der Anführer. Dann stellte er sein Plakat weg und bedeutete den anderen, mit ihm zu kommen.

Als Claire eintrat, wurde John gerade aus seiner Zelle in den Besucherraum geführt. Als er seine Eltern und Claire sah, blieb er sprachlos stehen.

»Da bist du Junge«, begrüßte Clayton ihn herzlich, als hätten sie sich als beste Freunde getrennt, und streckte ihm die Hand hin. »Ich habe Dennison mitgebracht. Er wird dich hier rausholen. Wir stellen eine Kaution. Und dann werden wir deine Unschuld beweisen, egal, was es kostet.«

Johns Augen wurden schmal, als er von Claire zu seinem Vater blickte, den er nach zwei Jahren zum erstenmal wiedersah. Clayton Hawthorn hatte abgenommen und sah zerbrechlich aus, aber seine Augen blickten so entschlossen wie eh und je. »Bist du dir denn sicher, daß ich unschuldig bin?« fragte John spöttisch.

»Sei nicht absurd«, wies ihn sein Vater zurecht. »Du bist mein Sohn – auch wenn dein Vater ein alter Narr war. Ich weiß, daß du unschuldig bist.«

John schüttelte seinem Vater voller Wärme und Respekt

die Hand. »Es ist schön, Sie wiederzusehen, Sir«, sagte er förmlich, aber tiefempfunden.

Clayton lächelte. »Ja, ich freue mich auch.«

»Diese Förmlichkeit! Männer«, murmelte Maude und stieß ihren Mann beiseite, um ihren Sohn fest zu umarmen. »Oh, mein Lieber, in was für Schwierigkeiten hast du dich nur diesmal gebracht«, stieß sie hervor. »Aber wir werden dich schon irgendwie rauskriegen, selbst wenn wir den Richter bestechen oder mit der Waffe bedrohen müssen.«

»Mutter!« John lachte und umarmte sie fest.

»Ich kenne einen Richter«, sagte Maude gedankenvoll. »Wir waren auf der Schule ineinander verliebt. Aber er sitzt in Florida und kann uns hier kaum helfen.«

»Die Wahrheit wird Hilfe genug sein«, warf Clayton ein. »Und hör auf, mir deine früheren Freunde unter die Nase zu reiben!«

Maude kicherte, und John betrachtete Claire. Ihr Anblick ließ sein Herz schneller schlagen, und er merkte, wie sehr sie ihm gefehlt hatte. Voller Freude sah er sie aus dunklen Augen an, aber selbst jetzt noch hob sie den Kopf und betrachtete ihn mit Abneigung. John runzelte die Stirn, als er ihren Gesichtsausdruck sah. Sie hatte offenbar nichts vergessen. Da begriff er, daß er viel Zeit brauchen würde, um die Entfremdung zwischen ihnen zu heilen. Nun gut, er hatte Zeit in Hülle und Fülle – falls er nicht vorher gelyncht wurde.

»Was machst du bei meinen Eltern?« wollte John von Claire wissen.

»Sie wohnt bei uns«, antwortete Clayton.

»Ich dachte mir, daß das der letzte Ort ist, wo du nach mir suchen würdest«, erklärte Claire.

»Das stimmt«, gab John ärgerlich zu. »Ich hatte keine Ahnung, wo du hingegangen bist!«

»Nun, du warst sehr mit Mrs. Calverson beschäftigt, ehe

ich ging«, erwiderte sie leise. »Ich habe nicht gedacht, daß du mein Fehlen bemerken würdest.«

Maude griff ein. »Das ist jetzt nicht der Ort dafür«, warnte sie.

»Du hast recht«, gab John widerstrebend zu, wütend über Claires Seitenhiebe. »Ich danke euch allen, daß ihr gekommen seid.«

»Familien müssen zusammenhalten«, verkündete Maude. Dann gesellte sich Dennison zu ihnen. »So, ich habe die Kaution hinterlegt«, sagte er. »Fürs erste sind Sie frei«, wandte er sich an John. »Kommen Sie.«

John trat mit ihnen aus dem Haus und ging zu der wartenden Kutsche. Es war eng, aber sie paßten alle hinein. Dann fuhren sie zum größten Hotel der Stadt.

»Wohnst du noch bei Mrs. Dobbs?« fragte Claire. »Und ist mit Chester alles in Ordnung?«

»Ja. Mrs. Dobbs hat sich geweigert, mich auf die Straße zu setzen – trotz der öffentlichen Meinung. Was für eine Frau!«

»Wir werden uns hier Zimmer mieten«, erklärte Clayton, als die Kutsche vor dem Aragon Hotel hielt. »Claire, bringen Sie John nach Hause und machen Sie ihn präsentabel. Danach treffen wir uns hier zum Abendessen.«

»Ich will nicht ...«, begann Claire verlegen.

»Ja, das wäre das Beste«, warf John schnell ein, ehe sie sich weigern konnte, mit ihm nach Hause zu gehen. »Wir haben einander viel zu sagen.«

»Ja?« fragte sie kalt.

Die älteren Hawthorns winkten ihnen nach, als die Kutsche mit ihnen in Richtung von Mrs. Dobbs' Haus davonrollte. John lehnte sich zurück und betrachtete Claire. Sie sah sehr elegant aus in ihrem Reisekleid und war perfekt frisiert.

»Ich bin dir zu Dank verpflichtet, daß du zurückgekommen bist«, sagte John, »und vor allem dafür, daß du meine Eltern mitgebracht hast. Wir waren entfremdet, weißt du.«

»Ich erinnere mich.«

»Hat mein Vater etwas darüber zu dir gesagt?« fragte John.

Claire drehte sich zu ihm um. »Ja, er hat mir alles darüber erzählt. Er wird dir noch selber sagen, wie sehr er es bedauert, daß er dir die Schuld für etwas gegeben hat, das niemand beeinflussen konnte. Er will sich mit dir versöhnen und war sehr krank. Er hat sich erst vor kurzem wieder erholt.«

»Ohne Zweifel deinetwegen.« John lächelte Claire ohne Sarkasmus an. »Du bist so freundlich, Claire. Nur eine Statue würde bei dir kalt bleiben.«

»Vielen Dank«, erwiderte Claire höflich und sah aus dem Fenster.

»Ich hatte einen Pinkerton-Detektiv damit beauftragt, dich zu finden«, bemerkte John.

»Warum?« fragte Claire ehrlich überrascht.

John runzelte die Stirn. »Weil ich mir Sorgen um dich gemacht habe. Ich wußte nicht, wo du bist oder ob es dir gutgeht.« Er zuckte die Achseln und sah weg. »Außerdem habe ich dich vermißt«, setzte er hölzern hinzu.

»Wenn du Kenny gefragt hättest, hätte er es dir sicher gesagt, auch wenn ich ihn um Geheimhaltung gebeten hatte.«

John sah sie mit mühsam unterdrücktem Ärger an. »Denkst du, ich würde zu dem kleinen Wiesel gehen, um ihn zu fragen, wo meine Frau ist?« fragte er kalt.

»Er mag ja klein sein, aber er ist mein Freund«, gab Claire zurück. »Er war mir ein besserer Freund, als du es je gewesen bist!«

»In der Tat?«

Jetzt klang er wieder arrogant und eifersüchtig. Es war zum Lachen. Claire seufzte und betrachtete ihn. »Du brauchst nicht so zu tun, als ob du etwas für mich empfändest«, informierte sie ihn dann. »Ich bin nur aus Loyalität zurückgekommen. Ich kann dich in einer Notsituation kaum allein lassen. Ich hatte ja keine Ahnung, daß man dich beschuldigen würde, Gelder aus deiner eigenen Bank unterschlagen zu haben. Was für eine absurde Idee! Ich mußte einfach nach Hause kommen und dir helfen. Das ist meine Pflicht als deine Frau.«

John trafen diese Worte mitten ins Herz. Jetzt wußte er, warum sie zurückgekommen war, und es tat weh. Er hatte gehofft, daß sie zurückgekommen war, weil sie ihn noch liebte. »Ich verstehe«, sagte er traurig.

Sie hatte ihn anscheinend überzeugt. Gut. Claire hätte es nicht ertragen, wenn er gesehen hatte, wie sehr sie ihn liebte, während er sich nach Diane sehnte. »Deine Eltern waren so nett, mich bei sich wohnen zu lassen und mich willkommen zu heißen, bis ich weiß, was ich tun will. Du brauchst dir um mich keine Sorgen zu machen. Ich werde meinen Weg in der Welt jetzt finden.«

»Mit der Hilfe von deinem Freund Kenny?« fragte er eisig.

Claire sah ihn forschend an. »In gewisser Weise ... ja«, gab sie zu und hob das Kinn. »Mein Freund Kenny hat mich einem Mann aus New York vorgestellt, der sich für die Abendkleider interessiert, die ich entwerfe. Ich verdiene jetzt selber Geld. Also brauchst du dich nicht mehr um mich zu kümmern«, schloß sie freundlich. »Du kannst dich statt dessen um Diane kümmern.«

John schüttelte verständnislos den Kopf. Als würde ein geheimnisvoller Fremder aus New York Kleider von einer Unbekannten in Atlanta kaufen! Und was für Abendkleider? Er hatte nie gesehen, daß sie an so etwas arbeitete, auch wenn er wußte, daß sie nähen konnte. Das konnten die meisten Frauen. Er glaubte ihre Lügen nicht. Das hatte sie sich doch ganz eindeutig nur ausgedacht, um ihren

Stolz zu retten und ihn davon zu überzeugen, sie gehen zu lassen. »Diane ist verheiratet«, erinnerte er sie.

»Wahrscheinlich nicht mehr lange, falls ihr Mann derjenige ist, der das Geld gestohlen hat. Kannst du dir wirklich vorstellen, daß Diane ihrem Mann bis ans Ende der Welt folgt, ob er nun schuldig ist oder nicht? Sie ist keine Frau, die auf der Flucht sein kann, egal, wieviel Geld er hinterzogen hat. Ihr Familienname bedeutet ihr zuviel.«

John war überrascht, daß sie das wußte. Er hatte lange gebraucht, um das zu erkennen.

»Eli hat mich beschuldigt, das Geld genommen zu haben – und Dawes soll mein Komplize sein.«

»Mr. Dawes wird sicher aussagen.«

»Mr. Dawes ist höchst passend verschwunden«, fiel John ihr ins Wort. »Er war auf Kaution frei und hat offenbar die Stadt verlassen. Niemand weiß, wo er ist.«

»Du sagtest, die Pinkertons arbeiten an dem Fall?«

»Ja, weil ich darauf bestanden habe«, sagte John. »Einer von ihnen, mit dem ich in Kuba war, war zufällig zu einem Kongreß in der Stadt. Er ist der beste Detektiv, den ich kenne. Er hat Dawes zur Polizei gebracht und versucht, Beweise gegen Calverson zu finden, als ich verhaftet wurde. Er hat mich gestern abend im Gefängnis besucht.«

»Ist er denn nicht aus Atlanta?«

»Nein, er stammt aus Chicago. Er wird mit den hiesigen Detektiven zusammenarbeiten. Er heißt Matt Davis.« John lächelte. »Er wird dir gefallen. Er ist höchst ungewöhnlich.«

»Inwiefern?«

»Warte es ab.«

Als die Kutsche vorfuhr, öffnete Mrs. Dobbs die Haustür und kam ihnen entgegen. »Ich freue mich so, daß Sie beide zurück sind«, begrüßte sie sie voller Wärme. »Ich weiß, daß Sie unschuldig sind, Mr. Hawthorn, und das habe ich auch jedem gesagt. Kennen Sie einen Mann namens Davis?« setzte sie dann unruhig hinzu. »Er wartet nämlich drinnen auf Sie.« Sie beugte sich vertraulich vor. »Er sieht aus wie das Indianerportrait auf der Münze! Ich glaube, er ist ein Indianer!«

»Ja, er ist Sioux!«

»Sioux?« rief Claire.

»Ja. Komm, ich stelle ihn dir vor.«

»Er wird doch nicht ... ich meine, er hat doch ...«

»Wir sind alle Brüder ... vergeben und vergessen ...«, zitierte John und sah Claire neckend an. »Wir sind jetzt alle Freunde.«

Sie errötete. »Natürlich.« Sie hob ihre Röcke an. »Ich hoffe, das weiß er auch.«

In der Halle wartete ein großer, dunkler Mann in sehr guter Kleidung auf sie.

»Schön, dich wiederzusehen, John«, sagte er.

John schüttelte ihm die Hand. »Schön, draußen zu sein, Matt.«

Matt blickte Claire scheinbar gleichgültig an, und sie bemerkte, daß er die langen, dunklen Haare zu einem Pferdeschwanz zurückgebunden hatte. »Die vermißte Mrs. Hawthorn, nehme ich an.«

»Ja. Wie geht es Ihnen, Mr. Davis?«

»Sehr gut, danke.« Er musterte sie und entschied, daß er John nicht sagen würde, wo sie gewesen war. Sie war zurück, und nur das zählte. Er wandte sich wieder an John. »Ich habe von der Polizei erfahren, daß dein Vater dich auf Kaution frei bekommen hat. Ich habe mir Calversons Akten angesehen, um etwas zu finden, was uns vielleicht helfen könnte ihn anzuklagen. Bislang habe ich nur eine Sache entdeckt, die für uns zum Vorteil sein kann, und zwar durch einen Reporter, der als einziger Calversons Geschichte anzweifelt. Es sieht so aus, als wäre Calverson bei einer Bank in Maryland schon einmal in Verdacht geraten, Gelder veruntreut zu haben. Der Fall wurde aus

Mangel an Beweisen fallengelassen, obwohl ein junger Angestellter für den Betrug verantwortlich gemacht wurde und ein paar Tage in Haft war, ehe er freigesprochen wurde. Das war, ehe Calverson nach Atlanta kam.«

John stieß einen leisen Pfiff aus. »Anscheinend hat er aus der Erfahrung gelernt, daß er jemanden aufbauen muß, der dann die Schuld bekommt.«

»Einige werden argumentieren, daß die Anklage gegen ihn falsch war«, wandte Matt ein. »Aber mir scheint das Ganze Methode zu haben. Und eine erfolgreiche dazu. Er kann auch hier damit davonkommen, wenn wir ihn nicht mit dem Geld in der Hand erwischen.«

»Wird sein Haus überwacht?« unterbrach ihn Claire.

Davis hob die Brauen. »Wie bitte?«

»Nun, er wird nicht in der Stadt bleiben, wenn er schuldig ist«, erklärte Claire. »Er weiß wahrscheinlich, daß der Fall auf wackeligen Füßen steht. Entweder hat er das Geld im Haus oder es irgendwo versteckt. Es würde mich nicht überraschen, wenn er versuchen sollte, sich mitten in der Nacht davonzumachen.«

»Er hat Verwandte in Charleston, die ihn verstecken und ihm helfen würden, ein Schiff zu bekommen«, setzte John hinzu. »Claire hat recht, er wird fliehen wollen. Sein Haus sollte beobachtet werden.«

Matt zog eine Grimasse. »Nur zu gerne, aber in so einem kleinen Ort weiß jeder, wer zu wem gehört. Ein Fremder würde sofort auffallen. Und wie lange soll ich den Mann da stehen lassen?«

»Überlassen Sie das mir«, sagte Claire lächelnd. »Ich glaube, ich weiß, wie wir Mr. Calversons Haus bewachen können, ohne daß er es merkt.«

»Was hast du vor?« fragte John.

»Warte nur ab.«

14

Claire besuchte jede Gesellschaftsdame, die sie kannte, und nannte ihr Anliegen. Zum Glück war es einer der Tage, an dem Evelyn ihre Damen bei sich empfing, und Claire ging als erstes zu ihr.

Als Evelyn erfuhr, daß sie als Spionin arbeiten sollte, war sie sofort gebannt. »Oh, wie aufregend, Claire!« rief sie aus. »Man stelle sich vor, daß ich den Pinkertons helfe.«

»Ja, aber Sie dürfen nichts verraten«, betonte Claire.

»Als wenn ich das täte«, sagte Evelyn verächtlich. »Wissen Sie, wo er ist und wo er das Geld hat?«

»Ich habe keine Ahnung«, mußte Claire zugeben, »aber wenn es viel Geld ist – John sagt, es sind Tausende –, dann muß es doch viel Platz wegnehmen.«

»Vielleicht hat er es in einer Tasche«, mutmaßte Evelyn. »Die wäre leicht zu finden.«

»Ja.« Evelyn dachte nach. »Aber was, wenn nur die Kleider seiner Frau darin sind?«

Claire war verblüfft. John hatte gesagt, daß Diane vorgab, nichts von Calversons Plänen zu wissen, aber stimmte das? Oder half Diane dem Mann dabei, seine Beute zu verstecken? Sie mochte nicht mit ihm fliehen wollen, aber für einen Teil der Summe würde sie ihm vielleicht bei der Flucht helfen. Ob John das bedacht hatte?

»Was, wenn ja?« überlegte Claire laut. »Was, wenn alle Mr. Calverson beobachten, um zu sehen, ob er flieht, während Diane diejenige ist, die das Geld hat?«

»Claire, was für ein teuflischer Gedanke.« Evelyn kicherte. »Und ein sehr guter. Also, wie kommen wir an Dianes Schränke?«

»Da brauchen wir ein bißchen Hilfe«, sagte Claire nachdenklich und zuckte zusammen, als ihr einfiel, wer am besten dafür geeignet war. Wem würde Diane mehr vertrauen als John? Claire wußte nur nicht, ob John sich gegenüber der großen Liebe seines Lebens so verhalten würde.

Claire bekam eine Gänsehaut. Sie würde John davon überzeugen, daß er helfen mußte.

Doch als sie wieder in der Wohnung waren, fiel es ihr schwerer denn je, mit John zu reden. Claire zog sich zum Essen um und fragte sich, was sie sagen sollte. Es gab Dinge, die sie ihm noch nicht sagen konnte. Sie berührte den Gürtel an ihrer Taille, den sie weiter hatte schnallen müssen. Es sah ganz so aus, als wenn sie Johns Kind trüge. Wie würde er darauf reagieren? Waren seine Gefühle für Diane so stark, daß es keine Rolle spielen würde, oder würde er aus Schuldgefühlen Diane aufgeben? Claire wußte es nicht. Sie wußte auch nicht, ob sie eine Antwort auf diese Frage haben wollte.

John kam aus seinem Zimmer, makellos wie immer. Er sah Claire an und dachte, wie gut sie aussah. Er hatte sie mehr vermißt, als er sich vorgestellt hatte.

»Danke«, sagte er angespannt.

»Wofür?«

»Dafür, daß ich wieder mit meinen Eltern reden kann. Ich hatte schon geglaubt, daß ich meinen Vater nie wiedersehen würde.«

»Gewohnheit läßt uns manchmal verzagen«, sagte Claire philosophisch. »Deine Eltern sind wundervolle Menschen. Sie haben mir gleich das Gefühl gegeben, zu Hause zu sein. Und Emily und Jason nicht minder.«

John trat zu ihr und ergriff ihre Hände mit warmen Fingern. »Ich habe mir furchtbare Sorgen um dich gemacht«, gestand er. »Ich habe nachts wach gelegen und mich gefragt, ob du noch lebst.« Er lachte leise. »Dabei warst du die ganze Zeit bei meiner Familie. Ich wußte nicht einmal, daß du wußtest, wo sie wohnen.«

»Du hast mir erzählt, daß sie in Savannah leben«, erinnerte ihn Claire. »Sie sind Bekannte von Evelyn Paine, und sie hat mich ihnen vorgestellt.«

»Ich verstehe.« Er schüttelte den Kopf. »Du bist eine Frau voller Überraschungen.«

Claire studierte sein Gesicht und entdeckte ein paar neue Falten darin. »Es tut mir leid, daß ich dich zu einem so schlechten Zeitpunkt verlassen habe. Ich hätte mir nie träumen lassen, daß du des Betrugs angeklagt werden könntest. Du bist der ehrlichste Mann, den ich kenne«, sagte sie freundlich.

John lächelte. »Und du bist die ehrlichste Frau, die ich kenne«, gab er das Kompliment zurück.

»Die Vorwürfe können wir sicher entkräften«, begann Claire vorsichtig.

»Wie du es auch dem Mob da draußen versprochen hast.« John schüttelte den Kopf und blickte sie entzückt an. »Ich war so stolz auf dich. Und nicht nur da. Auch als du mit Chester durch das Feuer gefahren bist, um mich zu retten. Oh, Claire! Das Risiko! Ich hätte es nie gestattet, wenn ich dich rechtzeitig gesehen hätte.«

Seine Sorge um sie ließ Claires Herz schneller schlagen. Seit ihrer Rückkehr benahm er sich ganz anders, als wenn er sie mehr mögen würde als früher. Aber sie wagte nicht zu hoffen. Sie hatte seine Kälte an ihrem Hochzeitstag nicht vergessen, und auch nicht seine Gleichgültigkeit in den ersten Wochen ihrer Ehe. Und schon gar nicht hatte sie den Kuß in der Küche und Dianes Trost nach dem Feuer vergessen.

Langsam entzog ihm Claire ihre Hände. »Hat Diane

dich im Gefängnis besucht? Wahrscheinlich nicht, wenn ihr Mann zu Hause war und dich in allen Zeitungen beschuldigt hat.«

Die Erwähnung Dianes schien ihn traurig zu machen. Er bewegte die Schultern. »Diane würde sich kaum in so einer Zeit mit mir sehen lassen«, sagte John und wußte, daß das die Wahrheit war. Auch wenn Diane unverheiratet gewesen wäre, hätte sie ihn nicht besucht. Und schon gar nicht so mutig verteidigt, wie Claire es getan hatte. »Wir müssen nach vorne schauen«, sagte John sanft. »Diane ist Vergangenheit, aber du bist die Zukunft.«

Claire wollte ihm so gerne glauben. Sie sah ihn an. »Jetzt ist nicht der richtige Zeitpunkt, um von der Zukunft zu sprechen, John«, mahnte sie. »Es hängt so viel davon ab, daß es uns gelingt, Mr. Calverson zu überführen.«

John gab ihre Hände frei. »Das stimmt.«

»Seine Frau wird seine Pläne kennen«, fuhr Claire fort, ohne ihn anzusehen. »Wie schade, daß sie uns nicht vertraut.«

John sah sie an und begriff dann, daß sie ihn um Hilfe bat, ohne es als Frage zu formulieren. Sie traute ihm nicht. Vielleicht war das seine Chance, ihre Meinung über ihn zu ändern und ihr zu zeigen, daß Diane ihm nichts mehr bedeutete. John dachte nach.

Zwei Tage vergingen, in denen John in der Bank war und Kunden beruhigte und Hilfe versprach. Die Abende verbrachten Claire und er bei seinen Eltern im Hotel. Die Bankkunden schienen durch Johns Anwesenheit beruhigt zu sein. Jeden Morgen schickte Eli Calverson seine Frau, damit sie statt seiner die Türen aufschloß und jeder merkte, daß er dem Vizepräsidenten nicht den Schlüssel anvertraute. Er war zu Hause zu sehen, kam aber nicht in die Nähe der Bank. Diane flirtete mit John und machte immer wieder Anspielungen, auf die er aber zu ihrer Verwunderung nicht einging.

Matt Davis hatte die Bücher mit Calversons und Johns Unterschriften verglichen. Er konnte zweifelsfrei nachweisen, daß die Eintragungen von Eli stammten. »Ein Glück«, sagte er zu John, »denn wissenschaftliche Beweise sind viel wert.«

»Ein Glück, daß du zufällig in der Stadt warst, als ich dich brauchte«, bemerkte John. »Chicago wäre viel zu weit weg für dich, um so einen Fall zu übernehmen.« John steckte die Hände in die Taschen und ging auf und ab.

»Gut, wir können also beweisen, daß Calverson die Eintragungen gefälscht hat, aber das Geld fehlt immer noch. Wenn wir das finden, Eli überführen und Dawes ausfindig machen könnten ... nun, es sieht nicht gut aus.«

»Die Freundinnen deiner Frau beobachten das Haus der Calversons, und ich habe einen Mann am Bahnhof. Der einzige andere Weg aus der Stadt ist mit Kutsche oder Pferd, und auch die Ställe werden überwacht – es könnte ja sein, daß er in einer anderen Stadt in den Zug nach Charleston steigt.«

»Ich muß alles versuchen«, sagte John. »Die Anklage gegen mich ist nur eine Verzögerung, damit er aus der Stadt fliehen kann. Aber was, wenn er Diane das Geld für ihn wegbringen läßt? Was, wenn sie mit Koffern die Stadt verläßt, von denen jeder denkt, daß sie voller Kleidung sind?«

»Es gibt Wege herauszufinden, was sich in den Koffern befindet«, murmelte Matt trocken.

»Wahrscheinlich. Aber es könnte einfacher sein, wenn ich selber zu ihr ginge.«

»Wird sie dich denn reinlassen, wenn sie in die Sache verwickelt ist?«

»Das wissen wir nur, wenn wir es versuchen«, gab John zu bedenken. »Sie weiß nicht, daß ich sie verdächtige.«

»Nun gut. Aber sei vorsichtig«, warnte Matt. »Verzweifelte Männer tun verzweifelte Sachen.«

»Du wirst das wissen.« John lachte.

Matt lächelte nicht. In seinen Augen stand der Schrecken der vergangenen Jahre. Sein Vater war bei Little Bighorn gefallen, seine Mutter und seine kleinen Schwestern waren beim Wounded-Knee-Massaker getötet worden. Matt hatte schwer verletzt überlebt. Die Hilfe eines weißen Arztes im Reservat und seiner freundlichen Tochter hatten es Matt erspart, zum Krüppel zu werden. Anschließend hatte der Arzt Matt geholfen, in New York bei der Detektei Pinkerton Arbeit zu finden. Die letzten Jahre waren die besten des großen Detektivs gewesen.

Er wohnte in Chicago, und sein Aussehen war auffällig, aber niemand wagte es, ihn deshalb zu diskriminieren. Er war so temperamentvoll wie klug, und John war stolz, Matt zum Freund zu haben. Matt war wie John ein Einzelgänger. Sein einziger anderer Freund war Anwalt in New York, ein mysteriöser Mann namens Dunn mit seltsam blauen Augen, der jedem Angst machte.

John hoffte, mit Claire bald ein besseres Leben führen zu können, wenn er nur erst ihr Vertrauen wiedergewonnen hätte.

John besuchte Diane noch an diesem Nachmittag. Sie wirkte erschrocken, ihn zu sehen. Erst hieß sie ihn willkommen, dann schien sie plötzlich Angst zu haben.

»Du hättest nicht kommen sollen«, sagte sie dringlich und sah sich um. »John, jetzt ist kein guter Zeitpunkt für einen Besuch!«

John entdeckte zwei Truhen am Fuße der Treppe, die mit Aufklebern versehen waren. Er tat so, als wäre ihm nichts aufgefallen. »Ich dachte, du wolltest mich sehen«, sagte er weich.

Diane biß sich auf die Lippen. »Das will ich ja.« Sie sah ihn besorgt an. »Oh, John, das ist alles so beunruhigend. Ich weiß nicht, was ich tun soll.« Sie legte ihm eine Hand auf die Brust. »Verzeih mir«, sagte sie dann mit einem Blick über die Schulter. »Ich muß gehen.«

»Soll ich heute abend noch einmal kommen?« fragte John mit gedämpfter Stimme.

Ihr Gesicht verschloß sich, und sie wurde blaß. »Nein! Ich meine, lieber nicht, John. Vielleicht morgen abend? Ja, das würde gut passen. Meine Schwester wird als Anstandsdame kommen.« Diane senkte die Stimme in einem Versuch, kokett zu sein. »Geht das, mein Lieber?«

»Aber gewiß«, erwiderte John mit erzwungener Zärtlichkeit. Er berührte ihre Wange. »Es tut mir leid, daß du so viel mitmachen mußtest«, log er. »Bis später, Diane.«

»John?«

Er drehte sich um.

»Ich habe gehört, daß deine Eltern und Claire aus Savannah gekommen sind«, sagte sie. »Es tut mir leid, was du alles durchmachen mußtest. Ich hoffe ...«, sie unterbrach sich, »ich hoffe, daß alles wieder gut wird für dich.« Sie sah ihn kurz an. »Ich weiß, daß du die Bank nicht bestohlen hast.«

Wie besorgt sie um ihn schien, wo sie doch in Wirklichkeit bis zum Hals mit in dem Komplett gegen ihn steckte. John erwiderte nichts. Er lächelte nur, hob grüßend den Hut und trat auf den Bürgersteig hinaus.

»Warum bist du ihn nicht eher losgeworden?« fauchte der dreckige kleine Mann, den Eli angeheuert hatte, nachdem Diane die Tür geschlossen hatte. Er kam aus dem Salon und wischte sich den Schweiß von der Stirn. »Was, wenn er die Truhen gesehen hat?«

»Das konnte er nicht, ich habe ihm die Sicht verstellt«, beschwichtigte ihn Diane. Ungeduldig sah sie den Mann an. »Jetzt laden Sie diese Dinger auf, und dann gehen Sie.«

»Sind Sie mit im Zug?« fragte er.

Der Mann machte ihr angst. »Ja, Mr. O'Connor. Ich werde am Zug sein – wie ich es Eli versprochen habe. Ich werde ihn nicht betrügen. Das kann ich mir nicht leisten«, setzte sie ängstlich hinzu.

»Gut so, sonst komme ich wieder.«

Eli war zu einem Verrückten geworden, nachdem die Unterschlagung entdeckt worden war. Diane hatte sogar Angst vor ihm. John hatte sie einst gewollt, aber trotz seiner zärtlichen Stimme war es heute schmerzvoll deutlich geworden, daß sich das geändert hatte. Sie hatte John verloren. Jetzt mußte sie tun, was Eli verlangte, auch wenn sie nicht mit dem Herzen dabei war. Sein Plan war teuflisch und raffiniert. Aber das waren die Pinkertons auch. Sie hoffte nur, daß der Betrug sie nicht ins Gefängnis bringen würde. Wenn sie entdeckt wurden, war ihnen dieses Schicksal sicher. Diane erschauerte. Der Name ihrer Familie würde entehrt werden. Diane erzitterte, als sie voller Angst erkannte, wie weit ihre Gier sie getrieben hatte.

John stieg wieder in die wartende Kutsche und wies den Fahrer an, einmal um den Block zu fahren. Er hatte das Gefühl, daß Eli heute fliehen würde. Und tatsächlich sah er, daß hinter dem Haus der Calversons ein Frachtwagen geparkt war. Ein Mann kam gerade aus dem Haus und trug eine Truhe auf den Schultern. Er stellte sie auf den Wagen, holte eine zweite Truhe und noch eine Tasche und kletterte dann auf den Kutschbock.

So wollte Eli das Geld also aus der Stadt schaffen! Nicht mit einem Passagier, sondern als Fracht. Wahrscheinlich war er selber unter einem der Säcke verborgen, die im Wagen lagen, und würde sich später in einer der Truhen verstecken. Wie einfallsreich! Diane selbst war es gewesen, die seine Pläne verraten hatte. Er floh jetzt im Moment!

War schon auf dem Weg zum Bahnhof! Was konnte er tun, um ihn zu fassen?

Dann hatte John die Idee. Claire besaß ein Auto. Hoffentlich hatte sie genug Benzin. Das wäre der schnellste Weg, um Eli zu fassen. Es war höchst unwahrscheinlich, daß Eli bewaffnet war oder Gewalt anwenden würde, also würde er Claire auch keinem Risiko aussetzen.

John ließ sich bei Mrs. Dobbs absetzen und fand Claire oben über einen Zeichenblock gebeugt.

»Ich brauche dich«, sagte er schnell und mit einem Lächeln, das ihr Herz schneller schlagen ließ. »Kannst du Chester anwerfen?«

Claire ließ den Entwurf fallen und sprang auf. »Was? Ja, ich – ja, sicher!« rief sie aufgeregt.

»Eli Calverson will in einem Frachtwagen fliehen. Ich vermute, er will in Chesterton ein Schiff nehmen. Oh, stell dir vor, wenn ich nur recht habe!«

Claire hielt sich nicht lange mit Fragen auf. Es reichte ihr, daß John sie brauchte. Sie griff sich Mantel und Schutzbrille und stürmte aus der Tür, die John für sie aufhielt. »Ich habe nur eine davon«, entschuldigte sie sich und schwenkte die Brille.

John kicherte. »Etwas Schmutz und Wagenschmiere machen mir nichts aus. Laß uns losfahren!«

Claire startete den Motor, lenkte auf die Straße und ließ John einsteigen. »Wohin?« rief sie über den Motorenlärm.

»Zum Morrison Hotel. Wir müssen Matt Davis mitnehmen, damit er ihn verhaften kann.«

»Wir sind gleich da.«

Claire raste wie eine Verrückte durch die Peachtree Street. Sie lachte vor Aufregung über das Abenteuer und sah in den Augen ihres Mannes den gleichen Übermut funkeln. Ja, dachte sie, er war wie sie leidenschaftlich. Wenn er sie nur so lieben könnte, wie er seine Diane liebte, was für ein Paar gäben sie ab!

Claire fuhr vor dem Morrison Hotel vor und erschreckte ein Kutschpferd. Rasch entschuldigte sie sich beim Kutscher, während John ins Hotel eilte. Minuten später kam er mit Matt wieder heraus.

Beim Anblick des Autos blieb Matt mit großen Augen stehen. »Ich werde nicht in dieses Ding steigen«, brüllte er.

»Oh, doch, das wirst du«, bestimmte John. Er zog Matt mit sich und stieß ihn fast in den Wagen. »Fahr los, Claire, fahr, so schnell du kannst.«

John war auch eingestiegen, und Claire gab Gas und raste zur Lagerhalle der Eisenbahn.

»Du glaubst doch nicht wirklich, daß Mr. Calverson in einer Truhe nach Charleston reist!« rief Claire.

»Doch, das glaube ich. Ich habe die Truhen und den Frachtwagen mit eigenen Augen gesehen«, rief John zurück. »Claire, halte hinter der Halle, wir warten dort, bis er kommt.«

»Und wenn er schon hier ist?«

John suchte die Frachtwagen ab. Ich kann ihn nicht sehen ...«

»Warte«, unterbrach Matt und zeigte nach vorne. »Da kommt einer.«

»Das ist er«, rief John aufgeregt. »Die habe ich in der Halle stehen sehen, ehe ein kleiner Kerl sie aufgeladen hat. Claire«, bestimmte er dann, »du bleibst hier, wo dir nichts passieren kann.« Er wehrte ihre Proteste mit einer Handbewegung ab. »Du hast deinen Teil getan. Jetzt sind wir dran.«

»Ich übernehme das«, sagte Matt. »Ich habe dein Temperament nicht vergessen.«

»Ich bin ein neuer Mensch. Ich brauche nur fünf Minuten mit ihm.«

»Keinesfalls, ich will ihn in einem Stück!«

»Ein Jammer«, sagte John und folgte dem Detektiv um das Gebäude herum

Claire wartete nicht, wie man es ihr gesagt hatte. Sie stieg aus und folgte den Männern in einigem Abstand. Unterwegs hob sie ein paar Steine auf und steckte sie in die Manteltasche. Sie glaubte nicht, daß Calverson es auf einen Kampf ankommen lassen würde, aber man konnte nie vorhersehen, was ein Mann tun würde, der sich in die Enge getrieben sah, zumal es um viel Geld ging.

Matt unterbrach den kleinen Mann, der sich gerade von zwei Männern den Wagen entladen ließ. »Wir haben Grund zu der Annahme, daß sich in diesen Truhen gestohlenes Geld befindet«, sagte er und zeigte seinen Ausweis. Der Mann zuckte die Achseln und trat zurück, als wenn er sagen wollte, daß das nicht sein Problem sei.

Matt wies die beiden starken Männer an, das Schloß aufzubrechen und die Truhen zu öffnen. Die erste wurde geöffnet. Matt zog seine Pistole und bedeutete John, die Kleider herauszuholen. Es waren eine Menge Abendkleider und Schuhe. John wühlte bis zum Boden, aber es war nichts in der Truhe versteckt, kein Geld und kein Eli.

Fluchend trat er zu der zweiten Truhe. Der Packer sprengte das Schloß, und sie öffneten die Truhe. »Hier muß etwas drin sein«, murmelte John. Ja, da war eine Tasche. Johns Herz klopfte, und er zog sie unter den Kleidungsstücken hervor, aber darin war nur eine alte Decke, die um eine kostbare Kristallvase gewickelt war. John fluchte, als er sie wieder verpackte. »Nichts«, schrie er und schlug auf den Deckel. »Verdammt, er ist entkommen.«

»Was ist mit dem Kutscher?« fragte Matt. »Ich versuche, ihn einzuholen, vielleicht kann er mir ein paar Fragen beantworten.«

»Und Eli?« fragte John. »Und warum sind so viele von Dianes Kleidern hier in der Truhe?«

Die Antwort war, daß Diane vorhaben mußte, mit ihrem Mann zu gehen – warum sollte sie ihre Kleider sonst nach Charleston verschiffen? Mit dem vielen Geld, das fehlte, könnten die Calversons bis zu ihrem Lebensende ein schönes Leben führen, wenn sie in die Karibik fuhren oder nach Südamerika.

»Jetzt haben Sie die Schlösser für nichts und wieder nichts zerstört«, schimpfte der Packer. »Das werden Sie bezahlen müssen.«

»Das werde ich«, beruhigte ihn John, »es war meine Idee.« Er griff nach seiner Brieftasche und zählte ärgerlich ein paar Banknoten ab, die er dem Mann gab. »Mrs. Calverson kennt mich, sie kann sich an mich wenden, wenn es nicht genug ist.«

»Wo ist sie?« fragte John Matt, als sie zum Auto zurückgingen.

»Ich weiß nicht, sie hat Glück gehabt. Wie viele Truhen waren es?«

»Ich habe nur zwei gesehen. Aber vielleicht gibt es eine dritte, die er schon vorausgeschickt hat. Wie er das nur geschafft hat! Ich bin mir ganz sicher, daß er auf dem Weg nach Charleston ist.« John stöhnte ungeduldig. »Und da werde ich jetzt hinfahren. Ich will verdammt sein, wenn ich jetzt hier untätig herumsitze und warte.«

»Ich kann dir nicht helfen«, sagte Matt bedauernd. »Ich muß morgen zurück nach Chicago. Aber ich kann nach Charleston telegrafieren, daß einer unserer Männer dich im Lager dort trifft.«

»Tu das«, bat John knapp.

»Unterdessen versuche ich, den Kutscher zu finden und etwas aus ihm herauszubekommen. Was ist mit deiner Frau?«

In dem Moment kam Claire mit Steinen in der Tasche um die Ecke.

»Wo ist er?« fragte sie und zog einen der Steine aus der Tasche.

Johns Augen zwinkerten. Sie war großartig! »Wahrscheinlich im Zug«, sagte er ruhig und trat auf sie zu.

»Hör zu, Claire, ich fahre ihm nach Charleston nach. Du fährst jetzt nach Hause …«

»Nein«, unterbrach Claire ihn fest. »Ich komme mit!«

Seine Augen wurden groß. »Und das Auto?«

Claire wandte sich an Matt. »Ich weiß, daß ich viel verlange, aber könnten Sie zu Kenny Blakes Laden gehen und ihn bitten, den Wagen zurückzubringen? Könnten Sie auch unserer Vermieterin sagen … und Johns Eltern im Aragon Hotel … wo wir sind?«

John lachte leise. »Sie scheint schon alles bedacht zu haben«, wandte er sich an seinen Freund. »Macht es dir etwas aus?«

Matt lächelte ein wenig. Er mochte keine weißen Frauen, aber diese hier schien Feuer zu haben. »Ich tue es«, stimmte er zu.

»Danke, Mr. Davis«, sagte Claire tiefempfunden. John schüttelte ihm die Hand. »Wenn du uns den Mann in Charleston schickst, kriegen wir Eli vielleicht noch, ehe er sich aus dem Staub machen kann.«

»Keiner entkommt den Pinkertons«, erklärte Matt.

»Keiner entkommt den Hawthorns«, ergänzte Claire. »Sieh mal, John, der Zug fährt gleich ab. Wir müssen uns beeilen!« Sie ergriff seine Hand und zog ihn zum Fahrkartenschalter. John ging mit ihr, voller Aufregung und Kampfesfieber. Die Jagd war eröffnet, und er fühlte sich wie ein Junge auf einer Schnitzeljagd. Nur daß er diesmal nicht nach einem Schatz suchte, sondern seine Zukunft davon abhing.

15

Sie schafften es gerade noch, Plätze in einem leeren Abteil zu bekommen. Claire zog ihren Mantel aus und versuchte, mit einem Taschentuch die schlimmsten Schmutzspuren von Gesicht und Kleid zu entfernen. John saß ihr gegenüber und beobachtete sie dabei.

Er lächelte. »Warum nähst du ständig, trägst aber trotzdem immer dieselben Sachen?« fragte er. »Und erzähl mir nicht, daß es für Macy's ist. Das glaube ich nicht, Claire.«

Sie hob die Brauen. »Ich lüge nie. Das solltest du wissen.«

John wurde ernst und beugte sich vor. »Du meinst, es stimmt? Du hast wirklich Kleider verkauft … an Macy's?«

»Ja, natürlich«, entgegnete sie entrüstet. »Meine Kleider sind recht bekannt. Ein Einkäufer von Macy's hat mich gerade beauftragt, eine Kollektion für New York zu entwerfen. Ich nähe auch für Damen der Gesellschaft in Atlanta, vor allem für Evelyn Payne und ihre Freundinnen. Von deiner Mutter habe ich den Auftrag, Emily ein Kleid für den Frühlingsball in Savannah zu nähen.«

John starrte sie fassungslos an. »Seit wann machst du das?«

»Seit unserer Hochzeit«, gestand Claire. Sie spielte mit ihrem Taschentuch. »Ich hatte zu viel Zeit und wollte ein unabhängiges Einkommen haben.« Sie hob die Schultern. »Immerhin sah es doch eine Zeitlang so aus, als wenn du dich von mir scheiden lassen wolltest, um Diane heiraten zu können. Ich hielt es für klug, finanziell von dir unabhängig zu werden.«

John verspürte Scham, daß er ihr das Gefühl vermittelt hatte. »Nun, das erklärt, warum du so viel nähst«, bemerkte er.

»Kenny hat mich mit dem Einkäufer von Macy's bekannt gemacht. Ich war mit ihm im Café, als wir die Einzelheiten besprochen haben.«

John stieß den Atem aus. »Ich verstehe. Deshalb hast du dich mit ihm getroffen, und deshalb warst du sicher auch am Tag des Feuers in der Stadt?«

»Genau. Ich habe ihm ein paar Entwürfe gebracht, damit er sie nach New York schickt.«

»Und du hattest nicht das Gefühl, mir das erklären zu müssen, auch nicht, als ich dich der Untreue bezichtigt habe?« fragte er sanft.

Claire zuckte die Achseln. »Es schien mir nicht der richtige Zeitpunkt, um dir zu sagen, daß ich unabhängig werde.« Sie hob die Hände. »Du mußt verstehen, daß ich jeden Grund hatte, dir nicht zu trauen.«

Er zog eine Grimasse. »Ich verstehe, aber das macht es nicht einfacher.«

»Es stört dich, daß ich unabhängig bin?« fragte Claire erstaunt.

John lehnte sich zurück und schlug die Beine übereinander. »Nicht wirklich. Es ist eine gute Idee, daß du eigenes Geld verdienst. Nicht, weil ich mich von dir scheiden lassen will«, setzte er hinzu, »sondern weil du dich selbst versorgen könntest, wenn mir etwas zustößt.«

»Nur nicht«, sagte Claire und erschauerte.

John lächelte. »Wirklich? Es kam mir manchmal so vor, als hättest du mich liebend gerne von einer Klippe stürzen sehen. Tatsächlich denke ich, daß du mich ein- oder zweimal ganz gerne gestoßen hättest.«

Claire senkte den Blick. »Doch, es würde mir etwas ausmachen.« Dann wechselte sie das Thema. »Du hast die Truhen durchsucht, nicht wahr? Und weder das Geld noch Mr. Calverson gefunden?«

»Du hast das gesehen?«

Sie lächelte reuig. »Ich habe um die Ecke geguckt und hatte Steine dabei, so daß ich hätte helfen können.«

John lachte. »Es tut gut zu wissen, daß dir meine Interessen am Herzen liegen.«

»Du bist immer noch mein Mann.« Sie sah ihn lange an. »Was war in den Truhen?«

»Nur Kleidung«, sagte John ausweichend. »Es sieht so aus, als wollte Eli lange Zeit entweder in Charleston oder weit weg verbringen, in der Hoffnung, daß ich der Sündenbock bleibe.«

Claire nickte. »Du hast ihm das nicht zugetraut. Das tut mir leid.«

»Es überrascht mich nicht wirklich, weißt du«, sagte John. »Eli hat immer schon Profit über Freundschaft gestellt. Dabei ist Geld so unwichtig, Claire. Mal hatte ich welches, mal nicht. Es macht keinen wirklichen Unterschied, außer daß ich mich wohler fühle, wenn ich meinen eigenen Weg gehen kann.« Er sah sie forschend an. »Du verstehst das, nicht wahr? Du hattest nie Geld.«

»Das stimmt, ich hatte Onkel Will und sonst nichts. Außer dem Auto.« Sie grinste. »Dein Freund Matt hat Angst vor Autos«, sagte sie mit Schadenfreude in der Stimme.

»Ja, das habe ich gemerkt«, erwiderte John. »Wenn du seinen Hintergrund kennen würdest, fändest du das noch lustiger.«

»Erzähl«, drängte sie.

Er lachte auf. »Irgendwann mal.«

»Du sagst, er sei Sioux.«

»Ja.«

»Es hat sicher mit dem Tod von General Custer zu tun, nicht wahr?«

»Etwas«, gab John zu. »Matt ist immer noch sensibel wegen seiner Abstammung. Das Klischee vom gezähmten Wilden macht ihn wütend. Er ist ein hochgebildeter Mann.«

»Das habe ich gemerkt. Aber er mag anscheinend keine Frauen.«

»Keine weißen Frauen«, stellte John klar und sah aus dem Fenster.

»Warum nicht?«

»Ich weiß es nicht«, erwiderte John ehrlich. »Wir waren zusammen in Kuba, in verschiedenen Einheiten. Obwohl wir Freunde sind, ist Matt ein Einzelgänger. Er hat wenig über sich erzählt. Ich kenne ihn nur als Matt Davis, aber der Name ist sicher erfunden. Er hatte sicher im Reservat schon einen anderen Namen.«

»Hast du noch mehr Freunde?«

»Ein paar in Texas, ein paar in Florida, einige in Charleston und einige in New York.«

»Waren sie auch alle in der Armee?«

»Nicht alle, ein paar kenne ich vom College.«

Claire sah ihn eine Weile finster an. »Während wir uns hier unterhalten, versteckt sich Mr. Calverson ohne Zweifel mit dem Diebesgut im Zug.«

»Ich fürchte, das stimmt«, gab John zu. »Aber wir werden bis Charleston warten, um das herauszufinden.« Er lehnte sich wieder zurück. »Ruh dich aus, leg dich auf den Sitz, wenn du magst.«

»Es ist so kalt.«

»Hier.« Er zog seinen Mantel aus und reichte ihn ihr, und zögernd nahm Claire ihn an.

»Du wirst dich schon nicht vergiften«, sagte John.

»Ich weiß. Ich dachte nur gerade daran, was es für Diane bedeutet, wenn ihr Mann wegläuft und sie dem Klatsch der Gesellschaft ausgeliefert ist.«

John erzählte ihr nichts von seinem Verdacht über

Diane – daß sie mit Eli floh. Er spitzte die Lippen. »Ja, das wird unangenehm für sie.«

Claire musterte ihn, aber sein Gesicht verriet ihr nichts. John berührte ihre Wange. »Du sorgst dich viel um Menschen«, sagte er, »sogar, wenn sie deine Rivalen sind. Ich habe nicht gewußt, was für ein weiches Herz du hast, bis wir verheiratet waren. Weich und sehr zerbrechlich.«

Claires Herz begann wild zu schlagen.

John lächelte. »Du findest mich immer noch begehrenswert, auch wenn du es nicht zugeben willst«, flüsterte er. »Das finde ich ... beruhigend.« Dann küßte er sie. Claire war zu überrascht, um sich zu wehren.

John umschlang sie mit den Armen und zog sie auf seinen Schoß. Ohne darauf zu achten, daß sie gesehen werden konnten, küßte er sie leidenschaftlich. »Ich kann nie genug von deinem Mund bekommen«, bekannte er an ihren Lippen. »Ich könnte sterben, während ich dich küsse, und wäre ein glücklicher Mann dabei. Komm näher.«

Claire erwiderte aufstöhnend seinen Kuß und erinnerte sich an all die Freuden, die sein Körper ihr in der Dunkelheit der Nacht geschenkt hatte. John hob den Kopf und sah sie voller Begehren an. »Ich will dich«, flüsterte er aufgewühlt, »gleich hier. Oh, Claire!«

Und wieder legte sich sein Mund auf ihren, während seine Hand zu ihren Brüsten glitt. Er liebkoste sie mit Daumen und Zeigefinger, bis sie aufstöhnte und sich an ihm rieb. Er schmeckte nach Kaffee und Rasierwasser, und Claire genoß seine warme Haut unter ihren Fingern. Die Ehe war immer noch etwas Aufregendes und Neues für sie, und sie hatte ein Geheimnis, das er noch nicht kannte. Sie trug sein Kind – wenn sie es ihm doch nur sagen könnte! Aber sie war sich seiner nicht sicher – nicht, ehe nicht Eli Calverson verhaftet und nach Atlanta zurückgebracht worden war und sie Johns wahre Gefühle für Diane kannte.

Als sie sich gerade ineinander verloren, ging die Tür auf, und ein älteres Gesicht musterte das Paar erstaunt. »Ist es zu fassen!« rief die alte Dame aus. »So ein Benehmen in der Öffentlichkeit!«

»Das ist hier kaum öffentlich«, erwiderte John und stand höflich auf. »Die Dame ist meine Frau, die ich gerade erst nach Wochen wiedergesehen habe.«

Die alte Dame entspannte sich ein wenig, als sie Claires rote Wangen und den Ehering sah. »Ich verstehe.« Sie sah von einem zum anderen. »Sind Sie in den Flitterwochen?«

»Wir sind seit ein paar Monaten verheiratet«, erklärte Claire.

»Dann haben Sie Glück«, erwiderte die alte Dame. »Mein Mann, mit dem ich fünfzig Jahre verheiratet war, liegt in einem Sarg im Gepäckwagen. Er soll in Charleston bei seiner Familie beerdigt werden.« Ihre Augen blickten traurig. »Verzeihen Sie mein Eindringen, aber sonst ist nichts mehr frei. Der Zug ist sehr voll.«

»Bitte, nehmen Sie doch Platz«, bot John an und setzte sich neben Claire, ehe er die Mäntel aufhob und beiseite legte. Dann ergriff er, ohne zu zögern, Claires Hand. »Meine Frau und ich machen Ferien«, log er fröhlich und lächelte. »Ich kenne Charleston gut, ich war dort auf der Zitadelle.«

»Wirklich?« rief die Dame aus und hob den Schleier. »Mein Sohn war auch dort! Vielleicht kennen Sie ihn, Clarence Cornwall?«

John verbarg ein Grinsen. »Ja«, sagte er, »ich kenne ihn wirklich, er war eine Klasse unter mir.« Er lächelte. »Ich bin John Hawthorn, und das ist meine Frau Claire.«

»Ich bin Prudence Cornwall«, stellte sich die Witwe vor. »Wie nett, Sie kennenzulernen.« Sie seufzte. »Clarence, der arme Junge, hat die Zitadelle gehaßt. Er hat keinen Abschluß gemacht. Das war eine große Enttäuschung für meinen Mann.«

»Und was macht Clarence nun?«

»Er ist Kapitän eines Fischerbootes. Ist das nicht ironisch?«

»Ja, wirklich.« John wandte sich an Claire. »Clarence hat Wasser immer gehaßt. Er konnte nicht schwimmen.«

»Er kann es immer noch nicht.« Mrs. Cornwall kicherte. »Aber er macht seine Aufgabe sehr gut und verdient seinen Lebensunterhalt damit. Er ist verheiratet und hat sechs Kinder.«

»Wie schön!« rief Claire voller Wärme. »Er ist sicher glücklich über die Kinder.«

John bewegte sich unruhig. Er hatte noch nie über Familie nachgedacht. »Kinder sind sehr unruhig«, warf er ein, ohne seine Frau dabei anzusehen – was vielleicht nur gut war. »Aber das ist noch kein Thema für uns.«

Er klang erleichtert, und Claire fing an, sich Sorgen zu machen. Wenn er gar keine Kinder wollte, was sollte sie dann machen? Und was war mit Diane? Als John und die alte Dame von Charleston und alten Zeiten sprachen, sah Claire unglücklich aus dem Fenster. Sie hatte so viele Probleme.

Die alte Dame zupfte ihren Schleier zurecht. »Ich wünschte, ich hätte einen glücklicheren Anlaß, um nach Charleston zurückzukehren«, seufzte sie. »Es ist so traurig. Aber diese andere junge Frau ... Sie weigert sich, von der Seite ihres toten Mannes zu weichen, die Arme. Es ist so unbequem im Packwagen. Sie war elegant gekleidet, aber der Sarg besteht nur aus Pinienholz.« Sie zog die Stirn kraus. »Ihr Mann muß sehr groß gewesen sein, ich habe noch nie einen so großen Sarg gesehen. Nun«, sie wedelte mit der Hand, »mit dem Schiff wäre es wahrscheinlich noch viel teurer.«

»Ist die andere Dame auch in Atlanta eingestiegen?«, fragte John mit ungewöhnlichem Interesse.

»Ich bin doch in Colbyville eingestiegen«, protestierte

die alte Dame, »weil wir dort meine Schwägerin besucht hatten. Die andere Dame hat in Atlanta zwei Truhen eingeladen und den Sarg in Colbyville. Deshalb habe ich keinen Platz mehr bekommen«, setzte sie hinzu, »ich wollte sie nicht allein lassen, bis alles geregelt war, auch wenn sie meine Hilfe ablehnte.«

Johns Augen wurden groß.

Claire sah ihn an. »Du glaubst doch nicht ...«

»Nein?« murmelte er kühl. »Wollen wir uns ein wenig Bewegung verschaffen, Claire?«

»Ja, gerne. Bitte, entschuldigen Sie uns«, sagte Claire und stand auf.

»Aber ja, gehen Sie nur. Ich mag es auch nicht, wenn man so lange still sitzen muß. Man wird einander leid, ehe man da ist!«

»Das bestimmt nicht«, versicherte ihr John höflich und lächelte die Witwe an.

Sie lachte auf. »Sie sind ein Schmeichler, junger Mann. Ihre Frau wird ein Auge auf Sie haben müssen.«

»In der Tat«, erwiderte Claire und griff nach Johns Hand in dem scheuen Versuch, das Bild einer glücklichen Ehe aufrechtzuerhalten.

Falls ihn das überraschte, verbarg er es gut. John drückte ihre Hand und zog sie aus dem Abteil. Sie waren ein ganzes Stück weg, ehe Claire zu sprechen begann. John hielt noch immer ihre Hand, und es erregte sie, den sanften Druck zu spüren.

»Glaubst du, daß es Diane ist?« fragte sie vorsichtig, weil sie sich seiner Gefühle nicht sicher war.

»Natürlich«, sagte er und klang ganz ungerührt. »Als ich bei ihr war, standen zwei gepackte Truhen in der Halle. Das waren die, die wir in Atlanta aufgebrochen haben. Ich habe dir das nicht erzählt«, sagte er mit einem Grinsen, »aber es waren lauter Kleider von Diane darin. Da dachte ich mir, daß sie wahrscheinlich mit Eli geht.« Er lachte boshaft. »Mit Eli und dem Geld, sollte ich sagen. Diane hätte nie zugelassen, daß er das Geld, aber nicht sie mitnimmt.«

»Das tut mir so leid«, sagte Claire mit echtem Bedauern. »Ich weiß, daß sie ... dir viel bedeutet.«

John drehte sich mit zärtlichem Blick zu ihr um. »Bedeutete«, sagte er mit Betonung auf der Vergangenheitsform. Aber während Claire noch mit angehaltenem Atem und wild schlagendem Herzen wartete, kam der Schaffner vorbei. John sprach ihn an.

»Wo ist der Gepäckwagen?« fragte er ihn. »Eine Freundin von uns wacht dort bei ihrem verstorbenen Mann. Wir wollten sie kurz besuchen.«

»Da entlang, Sir, und durch die Tür. Es ist gleich der nächste Wagen. Und seien Sie vorsichtig.« Er lächelte und ging weiter.

John und Claire arbeiteten sich durch die Reihen von Reisenden hindurch zur hinteren Plattform. »Wenn doch Matt bei uns wäre«, murmelte John. »Ich weiß nicht, wie Diane reagiert, wenn sie uns entdeckt.«

»Sie braucht uns ja nicht zu sehen«, schlug Claire vor. »Kannst du nicht einfach durch die Tür spähen, ob sie es ist?«

»Nicht, wenn die Blende davor ist«, erwiderte John. »Aber ich werde es versuchen. Warte hier.«

Er ging zum nächsten Wagen und stellte sicher, daß sie nicht beobachtet wurden. Die Blende in der Tür war heruntergezogen, aber die Bewegungen des Zuges ließen sie von einer Seite zur anderen gleiten, so daß immer mal ein Spalt frei wurde. John sah zwei Särge, einen verzierten und einen einfachen. Diane saß mit hochgeschlagenem Witwenschleier neben dem geöffneten Piniensarg, aus dem Elis kahler Kopf ragte. Offenbar besprach er etwas mit Diane, die sehr beunruhigt aussah. Rasch eilte John zu Claire zurück.

»Sie sind es«, sagte er freudig. »Jetzt müssen wir nur

schnell den Pinkerton-Mann in Charleston finden ...« Er unterbrach sich. »Claire, wir halten doch unterwegs in Augusta. Ich telegrafiere den Pinkertonleuten, daß sie dorthin kommen sollen! Wenn das Geld auch im Sarg ist, haben wir Eli überführt!«

»Und wenn nicht?« fragte Claire beunruhigt. »Was, wenn er es mit einem anderen Zug geschickt hat?«

»Das Risiko müssen wir eingehen. Aber er wird es schon dabeihaben. Sonst wäre Diane auch nicht bei ihm.«

»Du klingst so bitter.«

»Das bin ich auch.« Er blickte sie liebevoll an. »Ich war jahrelang von ihr besessen und habe in der ganzen Zeit nie gesehen, wie sie wirklich ist. Ich habe mein Leben damit verschwendet, einem Trugbild hinterherzulaufen.«

Claire spürte neue Hoffnung. »Keine Zeit ist verschwendet, wenn wir dabei lernen, John«, sagte sie ernst. »Dennoch wird es schwer für dich sein, wenn sie verhaftet wird.«

»Einerseits schon, Claire«, erwiderte er, »aber irgendwann bekommen die Leute immer, was sie verdienen.«

Claire dachte nach. »Gibt es eine Belohnung dafür, wenn man jemanden stellt, der Geld hinterzogen hat?« fragte sie dann.

»Ja, die Belohnung wird von der Bank gezahlt.«

Sie lächelte. »Dann laß mich etwas ausprobieren.«

»Was?«

»Ich rede mit Diane.«

»Bestimmt nicht« sagte John scharf. »Das ist viel zu riskant. Was, wenn Eli eine Waffe hat?«

Seine Sorge tat ihr gut. »Ich werde kein Risiko eingehen«, versprach Claire und dachte an das kleine Leben, das in ihr wuchs. »Ich habe schon eine Idee, wie ich mit ihr allein sprechen kann. Ich warte hier, bis sie aus dem Wagen kommt.«

»Allein? Oh, nein.« Sein Griff wurde fester. »Ich werde

Sie nicht aus den Augen lassen, Mrs. Hawthorn. Ich warte mit dir.«

Sie lächelte ihn entzückt an. »Willst du dich denn nicht mit Mrs. Cornwall unterhalten?«

»Nein.«

Sie kicherte. »Dann freue ich mich über deine Gesellschaft. Ein paar Leute sind im Speisewagen, deshalb sind hier Plätze frei. Sie kommen aber sicher bald zurück.«

»Dann müssen wir hoffen, daß Diane bald vorbeikommt.«

Claire war sich dessen sicher, denn im Gepäckwagen gab es keinen Erfrischungsraum. Dieser hier war der nächste. Claire hoffte, daß Diane bald kommen würde.

John ergriff ihre Hand und drückte sie. »Ich mag deine Hände«, sagte er unerwartet. »Sie sind sehr fähig und können sogar Autos reparieren.«

Claire lächelte ihn an. »Sie könne auch Mahlzeiten zubereiten.« Sie wandte den Blick ab. »Aber das macht ja Mrs. Dobbs so gut.«

John beobachtete sie unruhig. »Claire«, sagte er dann »ich habe dich nie gefragt, ob du lieber einen eigenen Haushalt hättest. Möchtest du das?«

Sie versuchte zu sprechen, brachte aber keinen Ton heraus.

»Oh, meine Liebe.« Er küßte sie. »Natürlich möchtest du das. Wenn wir zurückkommen, suchen wir ein Haus«, sagte er entschieden. »In der Nähe gibt es zwei kleine Häuser, die in Frage kämen. Oder suchst du etwas Besonderes?« Er lächelte über ihre Begeisterung. »Wie wäre es mit Fachwerk und Türmchen?«

Claire lachte glücklich auf. »Oh, nein, das ist viel zu großartig für mich. Bist du auch sicher, daß du dir ein Haus mit mir wünschst?«

John legte ihr den Arm um die Schultern, bog ihren Kopf zurück und sah ihr in das strahlende Gesicht. »Ja, das will ich.« Er zog sie fester an sich. »Aber nicht mehr so wie bei Mrs. Dobbs. Ich will ab jetzt wirklich dein Mann sein, meine Liebste, und jeden Morgen neben dir aufwachen, für den Rest meines Lebens.«

Tränen stiegen ihr in die Augen, und sie berührte seinen Mund mit zarten Fingern. »John, ich liebe dich so«, flüsterte sie.

Ohne sich um die anderen Passagiere zu kümmern, küßte er sie so zärtlich, daß sie erbebte. Er lächelte an ihrem Mund, glücklich über ihr Geständnis. »Und ich liebe dich«, sagte er zu ihrer Überraschung und Freude. »Von ganzem Herzen. Aus tiefster Seele.« Dann küßte er sie wieder, und es war mehr als ein Kuß: Es war ein Schwur.

Lachen erklang, und sie bemerkten, daß die anderen Passagiere sie amüsiert beobachteten. John errötete tatsächlich und lachte verschämt, ließ aber Claires Hand nicht los. »Der Rest muß warten«, flüsterte er ihr ins Ohr. »Hier können wir jetzt schlecht über unsere Zukunft diskutieren.«

Claire strahlte ihn an. »Es dauert nicht mehr lange. Ich ...«

Die Tür ging auf, und Diane kam herein. Sie sah starr geradeaus und bemerkte sie nicht, als sie an ihnen vorbeiging. Claire drückte Johns Hand, stand schnell auf, ehe er protestieren konnte, und folgte Diane in den Waschraum.

Sie schloß hinter sich ab, so daß sie beide allein waren.

»Was ...?« schrie Diane angstvoll auf und griff sich an die Kehle.

»Keine Angst, ich bin es nur«, beruhigte sie Claire sanft. »Sie haben große Probleme. Wir wissen, daß Ihr Mann sich in einem Sarg im Gepäckwagen versteckt. An der nächsten Station wartet ein Pinkerton-Mann auf Sie beide«, flunkerte sie. »Das haben wir in Atlanta so arrangiert.«

Diane lehnte ihren Kopf an die Wand und schluchzte rauh auf. »Ich wußte, daß das passieren würde! Ich habe ihm gesagt, daß das nicht funktioniert!« klagte sie. »Er hat mich hier hineingezogen und mich gezwungen, ihm zu helfen. Er hat mir gedroht, wenn ich nicht mitgehe. Er sagte, daß er für mich sorgt, wenn ich mitkomme, aber auch, daß ich in großer Gefahr durch den kleinen Mann bin, den er angeheuert hat, wenn ich ihm nicht helfe. Ich hatte Angst vor ihm«, gestand Diane und sah Claire aus tränennassen Augen an. »Er war gewalttätig und ich schwach. Ich bin verloren! Ich habe Schande über mich und meine Familie gebracht! Und alles nur, weil ich nicht arm sein wollte!«

»Hören Sie zu!« sagte Claire ernst. »Auf Eli ist eine Belohnung ausgesetzt. Eine große Belohnung, wenn auch das Geld wiedergefunden wird.«

»Oh, verteufeltes Geld«, schluchzte Diane, und Tränen liefen ihr über die Wangen.

»Nein, die Belohnung ist anderes Geld, von den Investoren extra ausgesetzt für die Ergreifung des Täters und die Wiederbeschaffung des Vermögens«, erklärte Claire. Sie sprach schnell und dringlich, denn Johns Zukunft hing davon ab, daß sie die Hilfe dieser ehemaligen Rivalin bekam. »Denken Sie doch, Diane, Sie wären eine Heldin. Die Leute würden Sie mögen und bemitleiden, weil Sie so viel ertragen mußten. Und sie würden Sie respektieren, weil Sie den Mut hatten, trotz Ihrer Furcht vor ihm Ihren Mann auszuliefern.«

Diane hörte auf zu schluchzen und sah Claire aus rotgeränderten Augen an. »Stimmt das?« fragte sie überrascht.

»Natürlich.«

Diane spielte mit ihrem Taschentuch und schlug die Augen nieder. »Ist es eine hohe Belohnung?« wollte sie dann wissen.

»Eine sehr hohe.«

»Aber ich bin eine Komplizin, ich wußte davon. Ich werde ins Gefängnis müssen.«

»Nein. Das müssen Sie nicht, wenn Sie ihn ausliefern. Wenn Sie erklären, daß er Sie bedroht hat, wird man Verständnis für Sie haben.«

»Ja, ich denke, daß Sie recht haben könnten.« Sie sah Claire mißtrauisch an. »Warum wollen Sie mir helfen? Sie wissen doch, daß Ihr Mann mich liebt. Wenn ich Eli los bin, bin ich frei, so daß er mich heiraten kann.«

Das wußte Claire jetzt zum Glück besser, aber sie wagte nicht, das im Moment zuzugeben, damit Diane es sich nicht noch anders überlegte. »Wenn Sie Ihren Ehemann nicht ausliefern, muß John ins Gefängnis«, führte Claire aus. Sie holte tief Luft und wartete. Dabei dachte sie an Johns Kind und daran, wie sein Gesicht ausgesehen hatte, als er ihr seine Liebe gestanden hatte. Sie liebte ihn und würde sogar ihr eigenes Glück für ihn opfern. Nur gut, daß das nicht nötig war. Sie versuchte, traurig zu lächeln, während Diane mit sich rang, und setzte hinzu: »Wenn es das ist, was er sich wünscht, sehe ich John lieber bei Ihnen als im Gefängnis.«

»Wie selbstlos Sie sind«, sagte Diane. »Ich bin es nicht. Ich bin gerne reich und habe schöne Sachen.« Sie zuckte die Achseln. »Ich dachte, John wäre reich. Ich hatte genug davon, von der Hand in den Mund zu leben und alles mit meinen Schwestern zu teilen, die von mir abhängig sind, solange sie keine Ehemänner haben. Ich habe Eli geheiratet, weil er Geld besaß.« Sie seufzte. »Ich habe ihn nie geliebt. Ich liebe John.« Diane sah auf. »Aber ich habe ihn nie genug geliebt, nicht wahr, Claire? Aber Sie tun das, denke ich. Es tut mir leid, daß er Sie nicht liebt.«

»Das spielt keine Rolle«, sagte Claire, ohne sich ihr Geheimnis anmerken zu lassen. »Wenn er nicht ins Gefängnis muß, macht mich das glücklich. Werden Sie mir dabei helfen?«

Diane zögerte. Aber sie hatte keine andere Wahl.

16

Auf der Strecke nach Augusta lag der kleine Ort Liberty. Während der Zug hielt, um Passagiere einsteigen zu lassen, eilte John in den Bahnhof, um ein Telegramm an den Sheriff von Augusta zu senden.

Diane kehrte in den Gepäckwagen zurück, schloß die Tür sorgfältig hinter sich und achtete darauf, daß die Blende unten war. Dann setzte sie sich neben den Sarg, als wäre nichts geschehen.

»Ist alles in Ordnung?« fragte Eli und lugte über den Rand des Sargs. »War jemand im Zug, der dich erkannt hat?«

»Natürlich nicht«, log Diane überzeugend. Sie hatte Übung darin. »Aber der Zug ist sehr voll.«

»Das macht nichts. Die Leute werden überall am Weg aussteigen. Sobald wir über die Staatsgrenze und in Carolina sind, kann ich aus diesem Ding hier raus. Es ist sehr unbequem, und in South Carolina werde ich nicht gesucht.«

Diane warf einen Blick in den Sarg und auf die Tüten voller Geld. Es gab einige davon, alle bis zum Rand mit Banknoten vollgestopft. Es war eine riesige Summe, und sie hatte gerade eingewilligt, es der Bank zurückzugeben. Nun, dachte sie sich, wenigstens gibt es eine Belohnung. Sie würde nicht ins Gefängnis müssen und wäre Eli los. Und sie bekäme John zurück. Claire war keine Gegnerin für sie. Diane lächelte.

»Du siehst so zufrieden aus«, murrte Eli und wischte sich den Schweiß von der Stirn.

»Nun, alles läuft so, wie wir es gewünscht haben, nicht wahr?« entgegnete Diane fröhlich und sah aus dem Fenster auf die Landschaft, während sie sich eine glücklichere Zukunft ausmalte.

Als der Zug in Augusta einlief, drängten einige Männer in Anzügen herbei, und John ging ihnen entgegen. Während Claire sie vom Abteilfenster aus beobachtete, stiegen sie in den Zug. Minuten später wurde ein entsetzter, geschlagen aussehender Eli Calverson in Handschellen abgeführt, und ein Mann mit Sheriffstern ging hinter ihm mit mehreren Tüten voll Geld in der Hand.

John kam rasch in das Abteil zurück, das sie immer noch mit Mrs. Cornwall teilten. »Tut mir leid, Sie allein lassen zu müssen, Mrs. Cornwall, aber Claire und ich müssen aussteigen und zurück nach Atlanta. Komm, Liebste«, sagte er und zog Claire hoch. »Gute Reise«, wünschte er Mrs. Cornwall.

»Danke, junger Mann. Ich wünsche Ihnen alles Gute«, erwiderte die alte Dame.

Sie winkten ihr zu, als sie durch den Wagen und zur Tür liefen, wo sie ausstiegen. Diane stand ein Stück entfernt zwischen zwei Polizeibeamten und weinte lautlos in ihr Taschentuch, wahrend ihr Mann ihr wütende Blicke zuwarf, als er abgeführt wurde.

»Mein armer, armer Eli«, schniefte Diane. »Ach, er war zuletzt so verwirrt. Er wußte nicht, was er tat, nicht wahr?« Sie sah zu dem jungen Detektiv auf, der leicht zu beeindrucken war.

Der junge Mann tätschelte ihr die behandschuhte Hand. »Natürlich nicht. Beruhigen Sie sich, Mrs. Calverson. Wir werden uns bestens um Sie kümmern. Kommen Sie, wir besorgen Karten für die Rückfahrt nach Atlanta.«

»Doch nicht im selben Zug wie mein Mann?« fragte Diane mit echter Angst. »Oh, das kann ich einfach nicht ertragen.«

»Nein, Ma'am, er fährt mit einem besonderen Zug«, beruhigte sie der Polizist. »Keine Sorge, wir kümmern uns um alles. Ach, Mr. Hawthorn«, rief er John zu und grinste. »Reisen Sie und Ihre Frau auch mit uns zurück?«

»Ja, das tun wir«, sagte John. Er lächelte Diane zu, hielt aber Claires Hand und ließ sie nicht los.

Falls Diane von der Aufmerksamkeit, die John Claire gegenüber zeigte, überrascht war, ließ sie es sich nicht anmerken. Sie lächelte den Hawthorns schwach zu und schob ihren Arm dann in den des jungen Pinkerton-Mannes, um mit ihm zu gehen. Es war verständlich, daß John sich ihr nicht in der Öffentlichkeit näherte, dachte sie. Sie mußten den Schein wahren, das war nur klug. Sie lächelte den jungen Mann an ihrer Seite strahlend an, und er lächelte zurück und begann, über sich selbst zu sprechen.

Diane ermutigte ihn. Sie wußte, wie man mit Männern umging, und dieser hier war keine Herausforderung. Man konnte Männer zu allem bringen, wenn man an ihre Eitelkeit appellierte, indem man sie nach ihrem Beruf und ihrem Leben fragte. Es war überraschend, was sie alles zu sagen hatten.

Diane ging mit ihm zu ihrem Platz, der weit von John und Claire entfernt war. Zurück verging die Zeit viel schneller als auf der Hinfahrt, und schon bald fuhren sie im Bahnhof von Atlanta ein.

Männer von Pinkerton, darunter Matt, der noch nicht nach Chicago abgereist war, nahmen den Zug in Empfang. Statt Calverson selber wegzubringen, ließ Matt den jungen Detektiv ihren Gefangenen in das Stadtgefängnis bringen, was den Mann schwindelig vor Bedeutsamkeit werden ließ. Claire beobachtete, wie er den Gefangenen wegbrachte, als hätte er ihn beim Rennen gewonnen.

»Jetzt fahre ich aber wirklich nach Hause«, sagte Matt lächelnd zu John. »Wenn er nicht in den Truhen war, wo dann?«

»Er hatte sich ausgerechnet in einem Sarg versteckt!« erklärte John. »Und seine Frau saß neben ihm im Gepäckwagen und spielte die trauernde Witwe. Es hätte klappen können, wenn nicht eine echte Witwe uns von ihr erzählt hätte.« John schüttelte den Kopf. »Sie hat gar nicht gemerkt, daß sie ein Verbrechen geklärt hat. Wir hätten es ihr sagen sollen, das hätte ihren Tag gerettet.«

Matt sah an ihm vorbei zu Diane, die von zwei hilfreichen Pinkerton-Männern umschwärmt wurde. »Und was ist mit ihr?« wollte er wissen.

»Sie erhält die Belohnung«, sagte John. »Ich wage zu behaupten, daß sie immer auf den Füßen landet.«

Matt nickte. »Die Belohnung ist recht hoch. Ich nehme an, du weißt das?«

»Ja«, sagte John. »Sie haben mich nach meiner Entlassung aus dem Gefängnis nicht allzu warm empfangen«, meinte er trotzig, »aber zumindest haben sie mir von der Belohnung für die Wiederbeschaffung des Geldes erzählt. Sie hofften wohl, daß ich es wieder hergeben würde.«

»Jetzt werden sie zufrieden sein«, sagte Matt. Er sah sich um. »Und da kommt noch mehr Trost.«

Er hatte noch nicht zu Ende gesprochen, als einige Reporter mit Block und Stiften auf sie zukamen – bereit, alle Antworten aufzuschreiben, die sie auf ihre Fragen bekommen würden.

John und Matt erzählten der Reihe nach, und Diane kam auch dazu, die mit ihrer Schönheit und ihrer Geschichte die Heldin wurde. Zumindest so lange, bis Claires Anteil an der Geschichte bekannt wurde.

»Sie haben ein Auto?« rief einer der Reporter aus. »Und Sie sind darin hierhergefahren? Können wir es sehen?«

»Aber sicher«, sagte Claire und strahlte.

John legte ihr stolz den Arm um die Schultern. »Es gibt noch etwas, was Sie über meine Frau wissen sollten. Sie hat gerade einen Vertrag mit Macy's geschlossen, daß sie eine Kollektion für New York entwirft.«

»Unter Ihrem Namen?« fragte ein Reporter.

»Nein«, erwiderte Claire, »ich nenne mich Magnolia.«

Diane keuchte auf und wurde blaß, daß Claire die Designerin der eleganten Kleider war, die sie sich so wünschte. Was für ein Jammer, daß sie Johns Frau war!

John war beeindruckt. Er hatte genug von Magnolias Ruhm gehört, um zu wissen, was das bedeutete. Was für eine Frau war doch die Frau, die er liebte. Stolz sah er sie an, und Claire drückte seine Hand.

»Magnolia, wie südstaatlerisch«, sagte ein anderer Reporter. »Und jetzt, Mrs. Hawthorn, lassen Sie uns gehen und dieses Auto ansehen.«

Kenny hatte Chester bereits in die Garage gebracht, und die Presse fotografierte Claire in ihrem Auto. Auch Mrs. Dobbs war auf einem Foto zu sehen und war selig. Der Reporter, der am interessiertesten war, stellte sich als derjenige heraus, der von Anfang an Zweifel an Calversons Unschuld gehabt hatte. Claire fand ihn auf Anhieb sympathisch und dankte ihm für die Unterstützung ihres Mannes.

An diesem Abend aßen John und Claire mit Johns Eltern im Hotel. Maude Hawthorn war voller Begeisterung und voller Fragen über den Tag und wollte alles erfahren.

»Ich kann es nicht glauben«, sagte sie und schüttelte den Kopf. »Ihr zwei seid verrückt, wißt ihr das? Was, wenn er eine Waffe gehabt hätte?«

»Ich hatte Steine in der Tasche«, beruhigte sie Claire.

John lachte. »Und ich eine Pistole.« Er warf einen Blick auf das schockierte Gesicht seiner Frau. »Das habe ich dir nicht erzählt, Claire, weil ich dachte, daß es besser ist, wenn du das nicht weißt. Ich mußte sie dann ja auch nicht benutzen.«

»Ich meine mich zu erinnern, daß du in der Armee für deine Schießkunst Preise bekommen hast«, meldete sich Clayton Hawthorn zu Wort. Es fiel ihm immer noch schwer, mit seinem Sohn zu reden, aber er war schon entspannter und gab sich viel Mühe, ihre Beziehung zu verbessern.

»Das stimmt. Manchmal vermisse ich die Armee.«

»Nun, mein Junge«, fragte Clayton, »warum trittst du dann nicht wieder ein?«

Das war, da es von seinem Vater kam, fast schon eine Entschuldigung. John lächelte. »Ich weiß nicht, ob ich mich dort wieder wohl fühlen würde«, begann er. Er sah Claire an und lächelte. »Ich hatte erst Zweifel, ob mir ein Leben mit der Bank gefallen würde.«

Claire zuckte nicht mit der Wimper. »Ich gehe dahin, wo du hingehst«, sagte sie nur.

»Wenn morgen die Zeitungen erscheinen, ist dein Ruf gerettet«, bemerkte seine Mutter. »Und die Uniform steht dir so gut.«

John lächelte. »Danke, Mutter. Aber auf den Philippinen sind immer noch Unruhen.« Er warf Claire einen Blick zu. »Ich möchte meine Frau nicht mit ins Kriegsgebiet nehmen, zumal sie gerade eine eigene Karriere beginnt. Ich habe doch erwähnt, wie stolz ich auf dich bin, Claire?«

Sie errötete. »Nein, das hast du nicht.«

»Dann ist jetzt eine gute Zeit, um dir zu sagen, daß ich es bin«, sagte er und sah sie warm an. »Deshalb wäre es im Moment ungünstig, wieder zur Armee zu gehen.« Er ergriff Claires Hand und zog sie sanft an die Lippen. Seine

Augen waren voller Versprechen. »Ich habe hier noch viel zu tun, und ich will nicht wegrennen. Erst muß der Skandal abgeebbt sein. Danach entscheiden Claire und ich gemeinsam, was wir tun.«

Clayton räusperte sich. »Nun, ich würde mich sehr freuen, wenn ihr nach Savannah kämet. Du könntest die Bank übernehmen, wenn der alte Marvis aufhört.« Er bewegte sich unruhig. »Das soll keine Bestechung sein, auch wenn es wie eine klingt.«

John sah seinen Vater an. »Ich wäre gerne bei Mutter und dir. Ich werde es in Betracht ziehen.«

Clayton starrte ihn fassungslos an. »Wirklich?«

»Würdest du gerne in Savannah wohnen?« fragte John Claire liebevoll.

Sie strahlte. »Oh, ja. Ich liebe es«, rief sie. »Dort gibt es so viel Geschichte. Und du könntest mit Jason und deinem Vater segeln gehen. Ich habe von deiner Seekrankheit gehört«, setzte sie spitzbübisch hinzu.

»Was? Das weißt du?« fragte er belustigt.

»Ja, ich habe alles über dich in Savannah erfahren«, erwiderte sie boshaft. »Ich weiß von dem Frosch, den du im Nähkorb deiner Mutter versteckt hast, und von dem Wurm, den du Emily in der Kirche in den Ausschnitt gesteckt hast. Ausgerechnet in der Kirche!«

»Es hat den Gottesdienst sehr belebt«, verteidigte sich John.

Claire freute sich, endlich den wahren John kennenzulernen. Er liebte Neckereien und lachte gerne. Claire warf einen Blick auf ihre verschränkten Hände. »Aber wie du sagst, wir können später darüber sprechen, wo wir wohnen werden.«

Er drückte ihre Hand.

»Und von jetzt an kannst du mit deinem Leben machen, was du möchtest«, versprach Clayton Hawthorn und hob das Kinn. »Ich ... bin stolz auf dich, John – und ich schäme mich, weil ich zwei Jahre vergeudet habe. Ich hätte dir niemals die Schuld an den Ereignissen geben dürfen. Du hast sicher genauso getrauert wie ich.«

»Das stimmt«, sagte John, und seine Augen blickten traurig. »Aber ich habe auch gelernt, wieviel mir meine Familie bedeutet. Also waren es keine vergeudeten Jahre.«

Clayton sah ihn streng an. »Du könntest uns mal besuchen kommen.«

John lächelte. »Ich könnte mit Claire zu Weihnachten kommen.«

Der alte Mann strahlte. »Das könntest du!«

»Du mußt«, drängte Maude. »Das wird schön, wenn die ganze Familie zusammenkommt.«

John wandte sich an seine Frau. »Sollen wir gehen und packen?«

Claire hielt den Atem an. »Wirklich?«

»Natürlich.«

Claire sprang auf. »Dann laß uns gehen!«

John lachte. »Gut! Wir können wohl morgen mittag mit euch fahren, wenn euch das recht ist?« wandte er sich an seinen Vater.

»Sehr schön. Kommt zum Frühstück, danach fahren wir los.«

Aber sie packten nicht. Sie beantworteten Mrs. Dobbs' Fragen, und anschließend schlossen sie sich ein und gingen zu Bett. Sie liebten sich wie nie zuvor, zärtlich und so vollkommen, daß Claire atemlos und erschöpft dalag.

Später schliefen sie und erwachten früh, nur um sich erneut zu lieben. Danach standen sie auf. Claire frisierte sich gerade, als Mrs. Dobbs anklopfte. »Es tut mir leid, Sie zu wecken«, rief sie, »aber Mr. Hawthorn hat einen Besucher. Es ist diese Mrs. Calverson«, setzte sie mit Abscheu hinzu.

Claire sah John an, der ein unbeteiligtes Gesicht machte. »Geh nur, Schatz«, sagte sie, »ich muß mich noch frisieren.«

»Claire ...«, begann er zögernd.

Sie hob die Brauen. »Ja?«

Er lachte und küßte sie hart und dann noch einmal. »Komm herunter, wenn du fertig bist«, flüsterte er. »Und mach dir keine Sorgen!«

»Das tue ich auch nicht, nicht nach gestern und letzter Nacht.« Sie errötete.

»Es war schön«, bestätigte John heiser. »Werde nicht rot, wenn Mrs. Dobbs dich fragt, ob du letzte Nacht auch Schreie gehört hast, sonst verrätst du uns.« Er küßte sie.

»Ja.« Sie preßte sich an ihn und zitterte schon wieder vor Verlangen.

»Ich habe nie mit Diane geschlafen«, verriet er ihr leise. »Ich habe gelogen.« Beschämt sah er sie an.

Claires Augen leuchteten auf. »Danke, daß du es mir gesagt hast.«

»Es mußte sein!« erwiderte er nur und fuhr ihr mit dem Finger über die Lippen. »Ein Mann darf keine Geheimnisse vor der Frau haben, die er liebt.«

Claire sah ihm nach, wie er nach unten ging, und war davon überzeugt, daß Diane sich ihm auf einem Silbertablett präsentieren würde. Sie fragte sich, wie er sie wohl abwimmeln würde, denn nun hatte sie keine Zweifel mehr an seiner Treue. Lächelnd legte Claire eine Hand auf ihren Bauch. Ein Geheimnis mußte sie ihm noch verraten. Und das würde sie tun, sobald ihr ungebetener Gast gegangen war.

Sie hatte recht mit seinen Gefühlen, John freute sich nicht, Diane zu sehen. Er war nur verärgert. Diane sah in ihrem blauen Kleid mit weißer Spitze sehr schön aus, das mußte er allerdings zugeben.

»Was kann ich für dich tun, Diane?« fragte er höflich.

Diane war befremdet. »Nun, John, ich dachte, du würdest mich erwarten. Ich meine, Eli muß bestimmt ins Gefängnis. Ich werde gegen ihn aussagen, und Dawes ist gefunden worden und wird auch aussagen, und sie haben das Geld und Elis widerstrebendes Geständnis. Die Bank erhält ihr Geld zurück, und jeder weiß, daß du nur das unschuldige Opfer von Elis Gier warst. Mr. Whitfield will sogar die Fusion durchführen. Aber das entscheidest du, weil du ja nun sicher der Präsident der Bank wirst. Alles ist wieder so, wie es sein soll. Deshalb habe ich gedacht ... ich wollte ... ich dachte, du willst mich.«

John zog Diane auf die Veranda heraus und schloß die Tür hinter ihnen. »Laß uns ehrlich miteinander sein«, begann er. »Ich habe dich einst geliebt, aber du wolltest mehr, als ich dir geben konnte, und da hast du einen anderen Mann geheiratet. Vielleicht habe ich trotzdem noch weiter gehofft. Aber ich kann dir jetzt versichern, daß die Frau, die ich liebe, da oben in meiner Wohnung wartet. Ich habe es erst vor kurzem erfahren, wie sehr sie mich liebt und wie sehr ich sie verletzt habe. Ich will sie nie wieder verletzen.«

»Du liebst mich nicht?« Diane klang flehend.

»Ich mag dich«, sagte John mit einem Lächeln, »das wird immer so sein. Aber ich liebe Claire.«

Diane lächelte traurig. »Dann hat sie also gewonnen, das hatte ich gefürchtet. Sie liebt dich genug, um dich aufzugeben, ich nicht.«

John runzelte die Stirn. »Das verstehe ich nicht.«

»Wir hatten eine Unterhaltung, ehe ich zugestimmt habe, Eli zu verraten«, gestand sie. »Claire sagte, daß sie dir nicht im Weg stehen wolle, wenn du mich liebst. Da wußte ich, daß sie dich mehr liebt als ich. Ich hätte dich nie kampflos einer anderen Frau überlassen.«

John sah sie an. Es stimmte, dafür war sie zu eitel. Claire war nicht so zäh, aber in anderer Hinsicht viel stärker.

»Es tut mir leid, Diane«, sagte er.

Sie fuhr mit der Hand durch die Luft. »Oooh, ich wußte schon, daß es vorbei ist, als du geheiratet hast. Ich wollte es nur nicht akzeptieren. Nun, ich habe die Belohnung – und es gibt viele Männer, die eine junge reiche Frau heiraten wollen.« Sie lächelte. »Selbst eine geschiedene Frau.«

»Werde glücklich.«

Diane zuckte die Achseln. »Ich werde zufrieden sein. Auf Wiedersehen, John.«

»Auf Wiedersehen, Diane.«

Diane ging zu ihrer wartenden Kutsche zurück, und John sah ihr nach – ohne Bedauern. Er brannte darauf, daß sie ging. Als sie weg war, wandte er sich um und lief, immer zwei Stufen auf einmal nehmend, zu Claire. Er dachte an die Nacht. Im Bett bot sie ihm mehr, als er sich je hätte wünschen können. Und außerhalb des Bettes erfüllte sie sein Leben und sein Herz. Er betete sie an. Er wollte keine andere.

John öffnete die Tür und fand Claire am Fenster, wo sie in den Garten hinaussah. Das erinnerte ihn an die ersten Tage ihrer Ehe, als sie oft so allein dort gestanden hatte.

»Sie ist weg«, sagte John.

Claire drehte sich um und lächelte. »Wirklich, John?«

Er trat zu ihr und umfaßte ihr Gesicht mit den Händen. »Ja, wirklich. Ich habe sie weggeschickt, Claire. Und nicht als Opfer oder aus Pflichtgefühl oder aus Scham. Ich habe sie weggeschickt, weil das, was ich einmal für sie empfunden habe, weg ist. Es ist vorbei.« Er nahm sie in die Arme und drückte sie an sich. »Ich bete dich an«, flüsterte er glücklich. »Ich will dich immer nur halten und küssen und nehmen und immer bei dir sein. Ohne dich hatte ich nichts, Claire. Ich liebe dich.«

»Ich weiß. Und ich liebe dich.« Claire küßte ihn mit aller Liebe und Sehnsucht zurück, die sie empfand. Dann fiel ihr etwas ein, das sie in ihrem Glück ganz vergessen hatte, und sie entzog sich ihm.

»Oh, John, hör auf. Ich muß dir etwas erzählen. Dann willst du vielleicht nicht mehr bei mir bleiben.«

»Was sollte das sein!« Er lachte.

»Es ist mein Ernst.« Sie legte ihm eine Hand auf die Brust und drückte ihn weg, als sie ihn mit unruhigen Augen ansah. »John ... ich ... ich trage dein Kind.«

Sein Gesicht nahm einen fassungslosen Ausdruck an. »Du tust ... was?«

»Ja, und du hast Mrs. Cornwall gesagt, daß Kinder dir auf die Nerven gehen, deshalb hatte ich Angst, es dir zu sagen ... Oh, Lieber«, setzte sie beunruhigt hinzu, als sie sein Gesicht sah. »Es tut mir leid!«

»Leid?« Er sah sie mit glänzenden Augen an und fing an zu strahlen. »Leid?« Er hob sie hoch und wirbelte sie herum, wobei er wie ein Verrückter lachte. »Oh, du Hexe! Hexe! Komm her!« Er zog sie an sich und küßte sie, erst hungrig und dann zärtlich, so zärtlich.

»Claire, du weißt gar nicht, wie sehr ich mir unsere Kinder wünsche«, flüsterte er dann. »Ich will Söhne und Töchter und später dann Enkel. Was für eine wundervolle Überraschung!«

Claire war überwältigt und erwiderte seine Küsse selig.

»Was ich im Zug gesagt habe ... vergiß es, ich habe gar nicht nachgedacht. Ich habe mir nur nie vorgestellt, wie es ist, ein Baby im Haus zu haben.« Er blickte sie träumerisch an. »Wir müssen ein Haus kaufen, Claire. Ein großes, schönes Haus, das wir mit Kindern und mit unserer Liebe füllen können.«

Claire drängte sich an ihn. »Oh, mein Lieber, ich kann so viel Glück nicht ertragen.«

»Ich auch nicht. Aber wir werden schon zurechtkommen«, rief er lachend. »Das wird ein Weihnachten. Hast du daran schon gedacht? Wir haben das schönste Geschenk, das ein Mensch nur bekommen kann – ein Kind!«

Claire drängte sich in seine Arme, atemlos vor Glück. »Fahren wir mit deinen Eltern nach Hause?«

»Ja. Ich verspreche dir das glücklichste Weihnachten, das du je hattest.« Er hob den Kopf und blickte in ihre schönen grauen Augen. »Claire, es wird wunderbar!«

Und das wurde es.

ENDE

Längst hat Eduardo Cortes Bernadettes Herz erobert; wenn er sie mit seinen dunklen, sinnlichen Augen anblickt, weckt er Wünsche in ihr, die sie nie zuvor empfunden hat. Aber Bernadette denkt gar nicht daran, ihm ihre Gefühle zu gestehen, obwohl sie schon bald diesen Mann heiraten wird.
Sie weiß, daß sie ihm nichts bedeutet, denn ihre Ehe ist von ihrem Vater als reines Geschäft geplant: Eduardo braucht eine reiche Frau, sie einen Mann, der dank seiner Herkunft ihren Vater gesellschaftsfähig macht. Doch eine solch leidenschaftliche Liebe, wie Bernadette sie empfindet, läßt sich nicht unterdrücken –, und auch Eduardo merkt schnell, daß seine junge Frau ihm ganz und gar nicht gleichgültig ist.
Aber dann begeht er eines Tages einen verhängnisvollen Fehler, der Bernadette zutiefst verletzt ...

ISBN 3-404-18249-9

BASTEI LÜBBE

Schweren Herzens und weil ihr gar nichts anderes übrigbleibt, als ihrem König zu gehorchen, tritt Clemetina die folgenschwere Reise in den Norden an: Auf Befehl König James VI. soll die englische Lady den Anführer eines schottischen Clans heiraten.
Jamie Cameron, ein Barbar, ein Mann, der es gewohnt ist, andere zu beherrschen! Clementina denkt gar nicht daran, sich ihrem beherrschenden Ehemann brav unterzuordnen, aber ihr Mut schwindet, als ihr immer öfter unerklärliche ›Unfälle‹ passieren. Sie ist vielen Leuten ein Dorn im Auge, nicht zuletzt Jamie, doch sie will einfach nicht glauben, daß auch er ihr nach dem Leben trachtet. Denn sie hat sich längst in ihn verliebt ...

ISBN 3-404-18254-5

BASTEI LÜBBE

Savannah ist fest entschlossen, sich von ihrer ehrgeizigen Mutter nicht in eine lieblose Ehe drängen zu lassen. Und so heiratet sie Dominic, den Earl of Castellane – einen Mann, von dem sie weiß, daß er ein Betrüger ist. Doch er hat ihr versprochen, ihr alle Freiheiten zu lassen und sie niemals zu etwas zu zwingen.
Aber Dominic ist auch ein Mann, der keiner Herausforderung widerstehen kann – und seine entzückende, unschuldige Frau ist die größte Herausforderung, der er bisher begegnet ist.
Noch hält ihn sein Ehrgefühl zurück – aber wie lange wird es noch stärker sein als sein Verlangen nach Savannah ...?

ISBN 3-404-18255-3

BASTEI LÜBBE